Edward St Aubyn
Am Abgrund

Edward St Aubyn

Am Abgrund

Roman

Aus dem Englischen
von Sabine Hübner

Piper München Zürich

Mehr über unsere Autoren und Bücher:
www.piper.de

Von Edward St Aubyn liegen im Piper Verlag vor:
Muttermilch
Ausweg
Zu guter Letzt

Die englische Originalausgabe erschien 1998
unter dem Titel »On the Edge« bei Chatto & Windus, London.

MIX
Papier aus verantwortungsvollen Quellen
FSC® C014496
FSC
www.fsc.org

ISBN 978-3-492-05541-3

Gesetzt aus der Adobe Garamond
Satz: Fotosatz Amann, Aichstetten
Druck und Bindung: GGP Media GmbH, Pößneck
Printed in Germany

Für Eleanor

1

Adam trug bei seiner Ankunft in Brookes Villa in San Francisco die feuerrote Nehru-Jacke, die Yves ihm aus Paris mitgebracht hatte. Die meisten Leute würden sich mit einer Nehru-Jacke unsterblich blamieren, doch Adam, in dessen Adern sich die Lava Indiens und das Phlegma Englands mit berauschendem Zischen vereinigten, trug sein neues Outfit mit ungeniertem Selbstbewusstsein. Adam brannte für die Zukunft der Menschheit und hegte nicht die Absicht, dieses Feuer für sich zu behalten. »Diese Jacke ist ein Abbild meines Herzens«, flüsterte er Yves im Taxi zu.

»Und deiner Seele?«, fragte Yves.

»Immer und überall«, erwiderte Adam. »Mit weniger begnüge ich mich nicht, das weißt du.« Sein Blick umflorte sich.

»Mein Shams«, murmelte er.

»Mein Rumi«, nuschelte Yves.

Für Adam mussten Menschen sich irgendwie lohnen. Sie sollten entweder spirituell entwickelt und genial sein wie er oder peinlich reich wie Brooke. Auch schlichte Güte beeindruckte ihn, aus einer gewissen Distanz.

Brooke war tatsächlich derartig reich, dass jedes Maß persönlicher Wunscherfüllung das sinkende Schiff nur so weit ausschöpfte, dass es nicht unterging. Der Zustrom von Geld war unaufhaltsam, schon nach wenigen Tagen erkältungsbedingter Bettruhe standen ihr die unverbrauchten Einkünfte bis zum Hals. Die einzige Pumpe, die sie vor dem Ertrinken retten konnte, war Wohltätigkeit, und ihre Sekretärin brachte ihr im endlosen Bemühen, sie über Wasser zu halten, allmorgendlich einen Eimer voll Schecks zum Unterschreiben.

Brooke behandelte alle Menschen wie Bedienstete, was angesichts der Tatsache, dass sie tatsächlich dreißig davon hatte, von mangelnder Phantasie zeugte. Ihre Bediensteten hingegen behandelte sie wie Familienmitglieder, da sie als Kind von ihrer eigenen Familie zu den Dienstboten abgeschoben worden war. Sie war im eleganten Süden aufgewachsen, und ihre Eltern interessierten sich ausschließlich für Alkohol, Pferde und andere reiche Menschen, die ihre Vorlieben teilten. Brookes Eltern hatten zu verhindern gewusst, dass ihr Kindergeschrei, ihre gestammelten Fragen nach dem Sinn des Lebens die luxuriöse Raffinesse ihres Heims beeinträchtigten. Stattdessen hatte man sie bei einer der zahllosen schwarzen Familien untergebracht, deren schmucklose Hütten sich unter die Kienföhren duckten. Der Holzrauch hing beinahe so greifbar in der Luft wie die langen Schleier des Louisiana-Mooses, in denen er sich fing. Brooke hatte oft darüber nachgedacht, dass es vermutlich besser für sie gewesen war, bei Mammy zu wohnen. Die Gesellschaften, die zu Pferd die Plantage durchstreiften, auf der Suche nach dem perfekten Ort für den Genuss des »Eistee Spezial« – wie man scherzhaft die Gallone kalten Bourbons nannte, in den die Köchin vorsichtshalber einen winzigen Schuss Tee, ein Blatt Minze und einen Zitronenschnitz gab –, trabten nie den Pfad entlang, der zu Mammys Hütte führte und mit seiner ungewöhnlich orangeroten Erde eher einem Fluss als einem Weg glich.

Als ihr Vater beim Sturz von einem seiner Lieblingspferde starb, machte Brooke die aufregende Erfahrung, zur Beerdigungsfeier in das große Haus gebracht zu werden. »So hätte er sich seinen Tod gewünscht«, sagten seine Freunde reihum, und jeder mit dem Gefühl, sein Gespür für die treffende Formulierung bewiesen zu haben, gemischt mit einem gewissen Neid auf das Schauspiel eines so vornehmen Ablebens. Sie fragte ihre Mutter, ob sie nach dem Begräbnis im großen Haus übernachten dürfe.

»Wie kannst du nur so etwas fragen, Brooke?«, meinte ihre Mutter ehrlich empört. »Du siehst doch, das Haus ist voll belegt mit den Verwandten deines Vaters.«

Auf der Rückfahrt im Auto zu Mammy waren in Brooke, durch einen dichten Bodennebel aus Jammer und Unverständnis, eine revolutionäre Wut aufgestiegen, ein Argwohn gegen reiche Weiße, der jedem Kreuzverhör durch Malcom X standgehalten hätte, und die Entschlossenheit, jenseits des von Hengsten und geleerten Flaschen abgesteckten Familienhorizonts einen Daseinszweck zu finden, ohne dabei allzu weit in die Richtung abzudriften, die durch Mammys Leidenschaft für übermäßiges Essen und ihre Ohnmachten in der Kirche vorgezeichnet war.

Nach einer psychoanalytischen Vorhölle in Manhattan, konfrontiert mit dem grauen Spiegel von Dr. Bukowskis Schweigen (»Wenigstens bin ich kein Kleinianer«, hatte er beim ersten Treffen gegluckst, sich dann aber nie wieder so einen Temperamentsausbruch gestattet), machte sie sich auf den Weg zur Westküste mit ihren bunten Befreiungsversprechen.

Davon kuriert, weise Männer dafür zu bezahlen, ihr zuzuhören, bezahlte sie nun dafür, ihnen zuzuhören.

Zu diesem Zeitpunkt begegnete sie Kenneth Shine, dem spirituellen Lehrer, und erkannte, dass sie hier endlich am Beginn ihrer eigentlichen Reise stand.

»Sie haben mein Leben verändert«, sagte sie ihm an jenem ersten Abend.

»Was hat Ihr Leben *nicht* verändert?«, fragte er mit gütigem Blick, und diese Frage, die ihr unter anderen Umständen kaum aufgefallen wäre, öffnete ihren Geist. In diesem Moment glaubte sie zu erkennen, wie unbeständig alles ist und dass wir uns alle verändern und dass das Ich nur eine Illusion ist und so weiter – er konnte das so viel besser ausdrücken als sie, aber sie stand immer noch unter diesem Eindruck, und das hatte sie in den letzten fünf Jahren angetrieben, während sie sich für das Gute in der Welt einsetzte; auf der Ebene, die wirklich etwas bedeutete, nämlich der der Veränderung des Bewusstseins.

»Human Potential Movement«, das war eine ziemlich vollmundige Bezeichnung, vielleicht etwas zu pompös, nichts, was man beiläufig ins Gespräch einfließen lassen konnte, doch in ihren Ohren hatte es einen erhabenen Klang.

»Du bist der Guidobaldo des Millenniums«, hatte Adam kürzlich erklärt. Sie hatte nicht gewusst, wie das gemeint war. Adam konnte manchmal richtig gemein sein. Natürlich nur, weil er so wahnsinnig genial war und das menschliche Potenzial so klar erkannte, dass er auf jede Selbstgefälligkeit unduldsam reagierte. Gleichzeitig war seine Unduldsamkeit durchaus selbstgefällig, und sogar seine Nervenzusammenbrüche und hysterischen Tränen hatten etwas Arrogantes, als wären sie von Shakespeare und verdienten das eingehendste Studium.

Weder Mammy noch Brookes Lehrer und Lehrerinnen an der Foxcroft Academy waren Asse auf dem Gebiet der Renaissance gewesen, doch wie sich herausstellte, hatte Guidobaldo diese in finanzieller Hinsicht quasi alleine gestemmt. Sie wusste, wozu sie nützlich war, und freute sich, nützlich sein zu können. »Jeder hilft auf seine Weise – der eine laut, der andre leise« – Kenneth brachte es wie immer auf einen einprägsamen Nenner. Adam nannte ihn den »Autoaufkleber«. Zwischen den beiden Männern herrschte eindeutig eine gewisse Rivalität, aber Brooke liebte sie beide.

Kenneth arbeitete an einer Synthese sämtlicher Weltreligionen und Philosophien und wollte sie zu einer Form verdichten, die jeder verstand. »Global denken, lokal handeln«, lautete eines seiner Mottos. Einen Namen für seine Philosophie hatte er schon; das Übrige würde sich finden. Er nannte sie Streamismus, in Anlehnung an Heraklit, der wohl mal so etwas gesagt hatte wie, man könne nicht zweimal in den gleichen Strom steigen. Es sei jedes Mal ein neuer Strom. Alles Weitere verwirrte Brooke ein wenig. Sollte man dem Strom folgen – Kenneth hatte da ein total taoistisches Konzept über das Dem-Strom-Folgen, das ganz wunderbar zu Selbstakzeptanz und all diesen psychologischen Schlüsselbegriffen passte –, oder sollte man der Fels in der Brandung sein, unbeeindruckt von den flüchtigen Manifestationen der Zeit? Auch damit kannte er sich sehr gut aus. Das sei halb Buddhismus, halb Marc Aurel, hatte er ihr erklärt. Sie lernte ja so viel, aber jetzt war sie leicht durcheinander, weil sie sich teils als Felsen im Strom ruhen, teils vergnügt dessen kleine Katarakte hinabsausen sah.

»Natürlich«, meinte Kenneth, als sie ihm von ihrem Problem erzählt hatte. »Du hast das zentrale Paradoxon des Streamismus durchdrungen.«

Sie war richtig stolz auf sich.

»Was ist Gott?«, hatte er sie plötzlich mit seinem gütigen Blick gefragt.

Sie hatte nervös geblinzelt.

»Der unbewegte Beweger«, flüsterte Kenneth. »Was müssen wir werden?«, donnerte er.

»Gott«, riet sie wild drauflos.

»Genau!« Er schenkte ihr ein strahlendes Lächeln, ein Lächeln, wie sie es von ihrem Vater nie bekommen hatte, und sie fühlte sich, als sei sie auf einen Berggipfel emporgehoben worden.

»Wir schwimmen im Strom, ruhen aber gleichzeitig in uns selbst, und indem wir dies tun, werden wir zu Göttern«, behauptete Kenneth, während ihr bei diesen gedanklichen Höhenflügen schwindlig wurde.

»Damit verrate ich dir natürlich nur einen Teil des Ganzen, du musst auf das Buch warten.«

Und das tat sie. In der Zwischenzeit unterstützte sie Kenneth. Er wollte von einem Mainstreamverlag keinen Vorschuss annehmen. Da könne er sich nicht richtig entfalten, und schließlich heiße seine Philosophie ja nicht Mainstreamismus, witzelte er.

Kenneth dachte unablässig über Streamismus nach. Dieses Konzept war so reich an verborgenem Glanz, dass er sich der Pedanterie, seine Reflexionen aufzuzeichnen, verweigerte. Schweiften seine Gedanken bei der Lektüre Laotses oder der Betrachtung einer Baseballübertragung im Fernsehen ab, kam er unweigerlich zu dem Schluss, innerlich abzuschweifen sei der ungehemmteste Ausdruck des Streamismus, und erlaubte es seinen Gedanken, sich völlig ungehindert zu zerstreuen.

Angesichts solch umfassender Begeisterung verzieh er es sich, dass er Brookes Geld annahm, ohne ihr etwas Konkretes dafür zu bieten. (Wie unstreamistisch wäre das gewesen und doch andererseits wie streamistisch.) Trotzdem ließ ihn die Erinnerung an seine vorgetäuschte Leidenschaft zusammenzucken. Wie praktisch wäre es gewesen, hätte er sie attraktiv gefunden, aber sexuelle Heuchelei ist für einen Mann logischerweise schwer aufrechtzuerhalten. Dennoch empfand er eine beunruhigende Zuneigung zu ihr. Die Reichen hatten ja immer Angst, ausgenutzt zu werden, und Brooke forderte diese Befürchtung mit einem Scheck nach dem anderen heraus. Ausgesprochen mutig von ihr.

»Eines Tages kann ich es dir zurückzahlen«, erklärte er, als sie ihm wieder mal einen Scheck über fünftausend Dollar ausstellte. »Außer dem Buch und den Kassetten wird es noch lauter Broschüren für viel beschäftigte Menschen geben: ›Streamismus und Sexualität‹, ›Streamismus im Büro‹, ›Streamismus und deine Kinder‹ …«

Kenneths Broschüren bereiteten ihr zwar etwas Sorge, aber schließlich konnte nicht jedermann das Privileg genießen, Kenneth persönlich zu kennen. Sie wollte nur nicht, dass der Streamismus zu etwas Gewöhnlichem verkam.

»Noch gewöhnlicher, als er schon ist, kann er gar nicht mehr werden«, hatte Adam gegiftet.

Nein wirklich, diese Jungs benahmen sich wie Rivalen. Sie musste es irgendwie schaffen, dass die beiden sich besser verstanden. Vielleicht sollten sie an einer Männergruppe teilnehmen und zusammen in eine Schwitzhütte gehen. Robert Bly konnte ihnen raten, wie man so eine Gemeinschaftserfahrung unter Männern am besten anging. Es war doch Wahnsinn, dass sie sich so stritten, wo sie doch eigentlich dasselbe wollten: die Welt vor der Selbstzerstörung zu retten.

Brooke bezahlte auch Adams Apartment in San Francisco. Indem er seine Schmeicheleien mit scharfen Bemerkungen würzte und gelegentlich seine Telefonnummer änderte, sorgte er dafür, dass ihn dieses Arrangement nicht korrumpierte und sie sich nicht einbildete, über ihn verfügen zu können. Hatte Joyce nicht seine Miss Weaver gehabt? Und wer würde sich heute ohne Joyce noch an Miss Weaver erinnern? Mantegna hatte seine Sforzas gehabt. Ihre lächerlichen Intrigen wirkten jetzt reichlich dürftig, doch seine Bilder vergalten das Geschenk ihrer Patronage mit dem weitaus größeren Geschenk seiner Unsterblichkeit. Und genau besehen, spendeten die Mönche Südostasiens, die dank der Großzügigkeit, des *dana,* der örtlichen Bevölkerung überlebten, denen, die sie unterstützten, ja einen Segen. Nein, Adam war mit der Situation völlig im Reinen, ließ sich aber durch den Umstand, dass Brooke ihm helfen wollte, seinen gottgegebenen Daseinszweck zu erfüllen, nicht von gelegentlichen sanften Sticheleien abhalten.

»Ich hoffe, ich sterbe mal vor dir«, hatte er an jenem Morgen zu ihr gesagt, als sie ihn mit einer neuen Liste ihrer guten Werke gelangweilt hatte. »Ich würde den Himmel gern kennenlernen, bevor du ihn verbessert hast.«

»Wenn du dann kommst, gebe ich eine Party für dich«, meinte Brooke, für die »Networking« zu einer zwanghaften Gewohnheit geworden war.

»Wenn *du* Cocktailpartys gibst, Süße, werde ich wissen, dass ich *nicht* angekommen bin«, antwortete er.

»Sei nicht so gemein«, sagte sie, wie in letzter Zeit immer öfter.

»Allmählich wird Brooke ziemlich anmaßend«, hatte Adam zu Yves gesagt, nachdem er eingehängt hatte. »Irgendwann wird sie sich noch für die nächste göttliche Mutter halten.«

»*Ah non*«, meinte Yves mürrisch, »nicht schon wieder eine. *Je ne crois pas que je pourrais supporter encore une Mère Divine.*«

Sie sprachen über etwas anderes als Brookes möglichen künftigen Anspruch auf Göttlichkeit, als Adam und Yves in Brookes Salon anlangten. Adams tintenschwarzes ungekämmtes Haar fiel auf sein flammend rotes Jackett, das wiederum seine breiten Hüften und schwarzen Hosen umloderte. Yves, dessen Jacke den gleichen Schnitt hatte, aber in wirbelnden Meeresfarben prangte, wirkte relativ besänftigend. Die beiden repräsentierten die Komplementarität von Türkis und Orange, die Vermählung von Feuer und Wasser, von Yin und Yang, von Rumi und Shams; aber das wussten nur sie. Auf alle anderen wirkten sie wie Clowns.

Adam, der Kenneth zutiefst misstraute, näherte sich ihm zuerst. Er hatte kürzlich herausgefunden, dass Kenneth vor seiner Inkarnation als Möchtegernguru für eine Rockband als »Ambience Director« gearbeitet hatte, ein euphemistischer Titel, den er sich für seine Rolle als Zuhälter und Drogenkurier zugelegt hatte.

»Hallo, Kenneth, wie lautet die Lektion des heutigen Abends?«

»Demut, Adam, und für dich ganz besonders.«

»Oh«, sagte Adam und blickte sich im Raum um wie in einer öden Landschaft. »Und wer lehrt Demut?«

»Das Leben«, antwortete Kenneth gelassen, »wenn du offen dafür bist.«

»Der Autoaufkleber hat gesprochen«, erwiderte Adam in gespielter Ehrfucht.

Yves kicherte und ließ sich vom schwarzen Butler ein Glas Champagner reichen.

Brooke war noch oben, als Adam und Yves eintrafen. Einige Gerüchte über die Angewohnheiten ihrer Mutter, von denen sie gehört hatte (»Sie lässt die Leute gerne warten«, hatte Mammy oft erzählt), hatten sowohl der Scheuerbürste von Dr. Bukowskis Schweigen als auch der Laserchirurgie von Kenneths Lehren standgehalten.

Sie dachte über all die faszinierenden Menschen nach, die sie zum Essen eingeladen hatte, »Gurus«, wie sie sie vor fünf Jahren vielleicht noch genannt hätte. Jetzt waren es einfach ihre engsten Freunde. Ein paar neue Gesichter gab es heute Abend, auch neue Namen. Ihre Sekretärin hatte eine Liste angefertigt und sie im Schlafzimmer gelassen, auf ihrem, wie Brooke es nannte, »Behelfsschreibtisch«, den sie benutzte, wenn sie es weder in ihr Arbeitszimmer noch in ihr Büro oder in ihre Bibliothek schaffte. Unter anderem eine phantastische Umweltaktivistin, eine total faszinierende Irin, die sagte, man könne den Planeten retten, indem man in sämtlichen verwüsteten Regenwäldern Bambus pflanzte.

»Es ist tatsächlich ziemlich wichtig«, hatte sie mit gönnerhaftem Lächeln zu Brooke gesagt. »Wir reden hier über die Lungen unseres Planeten.«

Die Lungen des Planeten! Unseretwegen bekam Mutter Erde Lungenkrebs. Zweifellos waren die Männer mit den Kettensägen und die Holzhändler starke Raucher. Die Art, wie die Menschen mit sich selbst umgingen, und die Art, wie die Menschen mit ihrer Umwelt umgingen, passten perfekt zusammen. Manche ihrer buddhistischen Freunde kannten sich mit so etwas ganz besonders gut aus. Gaia war die griechische Erdgöttin, und Gaya hieß das Dorf in Nordindien, wo Buddha Erleuchtung erlangt hatte. Na bitte! Passte doch perfekt. Brooke taumelte weiter von Assoziation zu Assoziation.

Sie erwartete heute Abend auch einen Meeresbiologen, der entdeckt hatte, dass Wale an Aids litten. Eine aus dem Gleichgewicht geratene Welt gebar ständig neue Seuchen. Marburg, Ebola, Sin Nombre – ihre Sekretärin hatte sie notiert; der Meeresbiologe war das erste Mal eingeladen, und sie hatte ihn beim Essen links von sich platziert –, entstanden aufgrund des ungebremsten Bevölkerungswachstums. Es war wie der alte chinesische Fluch: »Mögest du in interessanten Zeiten leben«.

Brooke wusste, dass sie spät dran war, aber sie schaffte es nicht, vom Frisiertisch aufzustehen, sondern ließ all das Revue passieren, was inzwischen zu apokalyptischen Plattitüden geworden war, beinahe beruhigend in seiner Vertrautheit.

»Sie lässt die Leute gerne warten«, vernahm sie schon wieder Mammys Stimme.

»O Gott, ich werde noch wie meine Mutter!«, kreischte sie wild auf, warf ihren Lippenstift hin und hob ihn hastig wieder auf. Ihr Gesicht war inzwischen fast so faltig wie das ihrer Mutter, damals, beim Tod ihres Vaters. In ihrem schlimmsten Streit hatte Adam sie eine »menopausale Mystikerin« genannt. Das wäre fast das Ende ihrer Freundschaft gewesen, doch nach einem langen Gespräch mit Kenneth über die Bedeutung des Verzeihens hatte sie extra für Adam ein Essen gegeben.

»Dieser Mann ist der reinste Geisterfahrer. Dauernd rasselt er mit anderen Leuten zusammen«, sagte Kenneth, als er erfuhr, *wem* sie verzieh. »Allerdings fühle ich mich, hm, um so geehrter«, fügte er beschwichtigend hinzu, »zur Versöhnung beigetragen zu haben.«

Brooke riss sich vom Frisiertisch los, schnappte sich die Liste mit den neuen Namen, warf den Kopf zurück und rauschte aus ihrem Schlafzimmer, als habe der Spiegel sie auf eine Weise beleidigt, die man nur ignorieren konnte. Sie sorgte sich wegen der verspäteten Ankunft ihres Übernachtungsgasts Crystal Bukowski. Ja, Crystal war die Tochter des guten alten – wie sich herausstellte, mittlerweile verstorbenen – Dr. Bukowski, und sie hatten sich vor drei Wochen in New York bei einer faszinierenden Gesellschaft kennengelernt, veranstaltet von ein paar Leuten, die dem Dalai Lama *sehr* nahestanden.

Was für ein Zufall, hätte sie in den alten Tagen gesagt, aber heutzutage benutzte sie nur noch die G-Worte, Glück und Gleichklang. Crystals Mutter, so hatte ihr damals die Gastgeberin erzählt, war eine Patientin ihres Vaters gewesen. Nachdem sie ungewollt schwanger geworden war – und begriffen hatte, dass er zwar seine Familie nicht verlassen, sie aber bezahlen würde, damit sie seine Praxis nicht ruinierte –, war sie einer Reihe bizarrer Kulte beigetreten, mit der kleinen Crystal im Schlepptau.

Crystal hatte gerade eine sehr problematische Romanze mit einem Franzosen hinter sich, und Brooke hegte schon ganz fürsorgliche Gefühle für sie, obwohl sich an Adams rechter Seite eine hässliche Lücke auftun würde, wenn Crystal nicht bald auftauchte. Trotzdem besaß sie, als Dr. Bukowskis Tochter, eine Art ehrenhalber verliehenen Familienstatus. Wenn Dr. Bukowski auch kein schwarzer Diener war, so doch zumindest ein jüdischer Angestellter, dessen Familie größtenteils im Konzentrationslager ausgelöscht worden war und den sie während ihrer sieben Jahre währenden Analyse mit riesigen Geldsummen überschüttet hatte.

Sie hatten lange und genau hinschauen müssen, warum es ihr wohl solche Freude bereitete, verpasste Therapiesitzungen zu bezahlen. Es hatte sie in die Lage versetzt, an zwei Stellen gleichzeitig Geld auszugeben; das passte gut, wenn man zwei Domizile hatte. Doch, er hatte ihr sehr geholfen, aber damals war sie noch ganz ichbezogen gewesen; jetzt ging es ihr um die Welt. Aber sie bereute die Jahre bei Dr. Bukowski nicht. »Wer den Himmel berühren will, muss mit beiden Füßen auf der Erde stehen«, sagte Kenneth immer.

Crystal Bukowski befand sich tatsächlich an Bord einer verspäteten Maschine aus New York und hatte keine Chance, rechtzeitig zu Brookes Dinner zu kommen. Aber sie flog ja sowieso nicht nach Kalifornien, um Brooke zu besuchen, sondern um am Dzogchen-Meditations-Retreat im Esalen Institute teilzunehmen.

Als sie sich ausmalte, wie sie ihrem Sitznachbarn eine Kettensäge durch den feisten Nacken zog, wusste sie, dass Esalen genau das war, was sie brauchte. Mit seiner abgrundtief dummen Visage, die nur aus den finstersten Inzuchttälern Kentuckys stammen konnte (das Ergebnis von Blutfehden und Methylalkohol über Generationen hinweg), seinem militärischen Bürstenhaarschnitt und den knallengen Jeans, die hoffen ließen, er möge der Letzte seiner Linie sein, war dieser Hinterwäldler aus der Hölle seit dem Start in New York auf seinem Sitz herumgerutscht, hatte sich ständig die Eier gekratzt und an seinen Hosen herumgezerrt. Normalerweise hätte sie wohl Zuflucht zu Kopfhörern und einer coolen Chanting-Kassette nehmen können, aber er stieß sie jedes Mal, wenn er sich kratzte, mit dem Ellbogen an, und so konnte sie an nichts anderes mehr denken.

Was wollte ihre Wut ihr sagen? Dass sie Männern zurzeit mit Feindseligkeit begegnete? Dass auch sie sich gern an den Genitalien gekratzt hätte? Dass sie sich blöd vorkam, wie die Sache mit Jean-Paul gelaufen war? Dass sie Schuldgefühle hatte, weil sie so rastlos umherzog, das überraschende Erbe ihres Vaters verprasste und jetzt die gleichen Selbsterforschungstrips unternahm wie ihre Mutter? Ja, ja, ja, ja. Ihr Geist war mal wieder fleißig am Projizieren – sich selbst überlassen, brachte er eigentlich nicht viel mehr zustande –, aber sie hatte es so satt, sich ständig bei irgendetwas zu ertappen, sie wollte heute einfach nur der Aggression nachgeben, dem Hass, den sie auf den Kaliban an ihrer Seite empfand.

Crystal schloss die Augen und konzentrierte sich tief atmend auf ihr Hara, ihr Nabel-Chakra.

Sie versuchte, den Teil ihres Bewusstseins zu beruhigen, der ständig kleine analytische Spiegelchen aufblinken ließ. Schlimm genug, einen abwesenden Psychoanalytiker-Vater gehabt zu haben – musste sie sich da in einen französischen Philosophen verlieben, der gerade die Ausbildung zum Psychoanalytiker absolvierte?

In der Annahme, er brauche einen Raketenstart, um in die Dimensionen jenseits seines rastlos tätigen Intellekts abzuheben, hatte sie Jean-Paul im vergangenen Monat überredet, mit ihr in die Wildnis zu gehen und bewusstseinsverändernde Drogen zu nehmen. Bei ihr setzten bewusstseinserweiternde Drogen den analytischen Tick außer Kraft, der ihr momentan den letzten Nerv raubte, und führten sie in jene

Gefilde des immanenten, greifbaren, numinosen Sinns. Leider schienen das Meskalin und die magischen Pilze auf Jean-Paul den gegenteiligen Effekt zu haben.

Das Schlimmste war, was sich anschließend ereignet hatte. Irgendwo dort unten galoppierte Jean-Paul nun durch die Einöde eines Reservats in North Dakota und tat, als sei er ein Lakota-Krieger, was ja selbst den Lakota kaum gelang. Er lebte jetzt auf einer dieser Dritte-Welt-Müllhalden, die die amerikanische Regierung den indianischen Ureinwohnern angeboten hatte wie ein Straßenräuber, der seinem blutenden Opfer einen U-Bahn-Fahrschein hinwirft. Er hatte sich sogar mit der schriftlichen Bitte, seinen Namen in Little Elk zu ändern, an das französische Konsulat gewandt. Man hatte seiner Bitte nicht entsprochen.

Ihrem gemeinsamen Führer Robert die Schuld zu geben brachte nichts; was konnte dieser aus einem Vorort von Sausalito stammende Junge dafür, der sich für die Reinkarnation eines Hopi-Ältesten hielt? Für alle Fälle behauptete er, die Hopi stammten »ursprünglich« aus Tibet, damit hatte er sich in jeder Hinsicht abgesichert.

Letztendlich nahm sie die Schuld auf sich, weil sie Jean-Paul die bewusstseinsverändernden Drogen gegeben hatte. Als Anthropologe war er natürlich begeistert gewesen. Er hatte Huxley und Leary gelesen und so weiter; er hatte in seinem Leben überhaupt viel gelesen, nur sonst hatte er eben kaum etwas getan.

Jean-Paul hatte sogar angefangen, ihr Vorträge über Wert und Funktion bewusstseinsverändernder Drogen in primitiven und höher entwickelten Gesellschaften zu halten, während sie in ihrem Cherokee mit Vierradantrieb von Moab nach Canyonlands fuhren – Robert hätte zweifellos einen

Hopi mit Vierradantrieb gemietet, wenn es den gegeben hätte, obwohl er auf ihren diesbezüglichen Scherz hin gesagt hatte, er ehre »das Volk der Cherokee«.

Die Augen immer noch fest geschlossen, die Arme fest an sich gepresst, außer Reichweite des Kalibans, spulte Crystal widerstrebend noch einmal den Film ihrer Reise mit Jean-Paul ab. Sie war das immer wieder durchgegangen, aber wie eine Zunge, die an einem eingeklemmten Essensrest herumpult, kehrte ihre Erinnerung ständig zu jenen Ereignissen zurück, in der Hoffnung, die Wahrheit des Geschehenen zu entfernen.

Fast im gleichen Moment unterbrach ein erneuter heftiger Stoß ihres Nachbarn Crystals Gedanken. Kaliban hatte gerade besonders heftig an seinen Jeans gezerrt. Wütend öffnete Crystal die Augen und starrte finster auf sein scheinbar gleichgültiges Profil. Sie war halb erleichtert über die Unterbrechung. Vielleicht hatte sie ja unbewusst bewirkt, dass er sie anstieß.

»Es tut mir leid, dass ich auf meinem Sitz so viel bewege«, radebrechte ihr Nachbar.

Er war gar kein Hinterwäldler aus Kentucky, er war Schwede oder Deutscher.

»Ich habe, äh, Problem mit Haut. Ich komme nach Kalifornien wegen Ärzte.«

»O Gott, das tut mir leid«, sagte Crystal, Abbitte leistend und voller Mitgefühl. »Hoffentlich finden Sie die nötige Hilfe!«

»Danke«, erwiderte er lächelnd. Er hatte eigentlich nette Augen, und ihr schien, als sehe sie darin den Schimmer schmerzlicher Erkenntnis, als habe er mitbekommen, was sie über ihn gedacht hatte.

Was für eine Lektion, dachte Crystal, als das Flugzeug in San Francisco landete. »Was für eine irre Lektion«, murmelte sie im Bereich der Gepäckausgabe. Was für eine irre Lektion, dachte sie zufrieden im Taxi und nickte dankbar, ungläubig und verlegen.

Brooke hatte sich bezüglich ihrer Dinnerparty ein wenig entspannt. Moses reichte gerade Kräutertee, und alle schienen sich prächtig zu amüsieren. Die meisten waren ein bisschen betrunken oder high und stimmten einander in Punkten zu, über die sowieso längst Einigkeit herrschte; planten neue Termine, um auf ihren jeweiligen Seminaren, Konferenzen, Workshops und Performances miteinander über die Rettung der Welt zu diskutieren. Brooke unterhielt sich mit Dave, dem Meeresbiologen. Sie hatte gerade ihre Liste derjenigen Seuchen heruntergespult, die aus ihren »natürlichen Reservoirs« – sie war sehr stolz auf diesen Ausdruck – auf das Umfeld des Menschen übersprangen. Leider hatte sie, da sie sich so viele Namen merken musste, die irische Umweltaktivistin mit einbezogen.

»Ist das nicht grässlich, mit diesen Viren – Ebola, Marburg und O-Hara?«, fragte sie und schüttelte betrübt den Kopf.

Dave schien den Fehler nicht zu bemerken.

»Es gibt da eine Symmetrie«, sagte er und sah sie an. Sein sonnengebleichtes Haar umschloss sein Gesicht wie eine Klammer. »Wir stehen in einer viralen Beziehung zu unserem Habitat und werden zum Habitat des Viralen.«

»Aber ist das nicht so, als würde man sagen, Aids sei eine Strafe Gottes?«, fragte Brooke, die zwar wusste, dass dies nicht stimmte, aber Lust hatte, den Quatsch aufzuquirlen, den die weißen Fundamentalisten verzapften.

»Eigentlich nicht«, erwiderte Dave höflich. »Es ist so, als würde man sagen: Was man sät, das wird man ernten. Karma ist nicht Vergeltung, sondern das, was ist. Auf einem anderen Level ist die Realität, in der wir leben, eine Funktion der Paradigmen, mit denen wir sie beschreiben. Die meisten dieser Paradigmen sind viel zu reduktionistisch.«

»Aber liegt alldem nicht etwas zugrunde?« fragte Brooke fasziniert.

»Doch, da ist die Energie, die die Gestalt der Materie, des Lichts und alles anderen annimmt.«

»Aber ich möchte mir diesen Tisch nicht als Energiefeld vorstellen«, sagte Brooke und hob in gespieltem Schrecken die Ellbogen vom Tisch.

»Warum denn nicht?«; sagte Dave. »Das ist doch cool.«

Ja, warum nicht?, dachte Brooke. Sie lächelte Dave an. Dave lächelte sie an. Sie lernte so viel.

Adam stand auf, Tränen strömten ihm über die Wangen. Alle verstummten.

»Die Wale haben Aids«, schluchzte er. Das hatte er erst eine halbe Stunde zuvor im Gespräch mit Dave erfahren – über Crystals leeren Platz hinweg –, es aber bereits als seine eigene Tragödie vereinnahmt. »Was tun wir diesem schönen Planeten nur an?«

Er hielt inne und rang sichtlich um Fassung.

»Die Menschen in diesem Raum, eingeladen von …« Etwas in ihm hätte gern gesagt »der Madame Verdurin des New Age«, doch dann siegten der Wein und die Begeisterung, und er sagte: »unserer Eleanor von Aquitaine« …

Brooke, die mit »Guidobaldo« gerechnet hatte, war einen Moment lang irritiert, sah aber an den lächelnden Gesichtern, dass der Vergleich schmeichelhaft war. Sie musste für

Adams Konversation eine Rechercheassistentin einstellen, ihre arme Sekretärin hatte schon genug um die Ohren.

»Die Menschen in diesem Raum sind die einzigen Menschen, die die Welt noch vor der völligen Zerstörung bewahren können. Dies ist die wichtigste Versammlung, die in diesem Augenblick der Geschichte stattfinden konnte. Wir sind Zeugen einer neuen mystischen Renaissance, die darum kämpft, gegen alle Widrigkeiten und gegen jede Wahrscheinlichkeit im Schutt unserer sterbenden Zivilisation geboren zu werden, und es ist an uns – uns Gelehrten, Dichtern, Wissenschaftlern, Personen des öffentlichen Lebens, Dharmalehrern –, in die Welt zu ziehen und die Menschen *wachzurütteln.*«

Und dann begann er zu singen, strich mit den Fingerspitzen der einen Hand sein dichtes Haar zurück und legte die andere Hand aufs Herz.

»Oh, ein Wort nur von Shams, und ich gäbe mit Freuden mein Leben hin«, schmetterte Adam.

Sein Leben ist vor mir, und durch seine
Liebe ist mein Herz rein geworden, meine Brust
hat alle Tugend eingesaugt.
Erhasche ich seinen Duft, wandle ich, wie auf Wolken
schwebend, seinen Pfad entlang.

Adam machte plötzlich eine verächtliche Handbewegung.

O Mundschenk, genug deines Weins, ich bin trunken
vom Wein aus seinem Becher.

Moses stand daneben und fragte sich, ob er Adam Kräutertee anbieten sollte. Er hatte in seinem Leben schon viele Menschen singen gehört und fand, Mr Frazer sollte Gesangsstunden nehmen und sich nach anderen Themen umsehen.

»Ich hoffe, ich bin heute Abend gut bei Stimme«, sagte Adam über den matten Applaus hinweg.

»Rumi ist der ideale Führer für unser Zeitalter«, fuhr er mit neuer pädagogischer Ruhe fort. »Sein literarisches Genie ist dem Shakespeares vergleichbar, und sein spirituelles Genie ist so mächtig wie das von Christus. Er bringt uns die ewige Botschaft vom vollkommenen Sein und vom Feuer der verwandelnden Liebe. Und«, wechselte er plötzlich auf eine verstörend umgangssprachliche Ebene, »er erinnert uns daran, dass wir unseren fetten Arsch hochkriegen und singen sollen.«

Ich bin der Feiglinge müde, will mit Löwen leben,
Mit Moses, nicht mit weinerlich wimmernden Memmen,
Ich will das Krakeelen der Trunkenen,
Ich will singen, wie die Vögel singen,
Ohne mich zu sorgen, wer wohl lauscht und was er denkt.

Obwohl Moses Miss Brooke grenzenlos ergeben war, zog er die Grenze, wenn man ihm öffentlich unsittliche Angebote machte, und verließ mit dezenter Empörung den Raum.

Adam nahm mit bescheidenem Lächeln wieder Platz, schwelgte aber bald im Luxus seiner neuen Qual.

»Die Wale!«, klagte er Kathleen O'Hara, wie ein Kind, dessen geliebtes Hündchen gerade überfahren wurde, und das sich in untröstlichem Schmerz zu seiner Mutter flüchtet.

»Ja«, sagte Kathleen, instinktiv in mütterlichem Ton. Was für ein wunderbar sensibler Mann, dachte sie, der so mit seiner femininen Seite in Verbindung stand.

»Es ist schrecklich, was wir den Ozeanen antun«, meinte sie. »Sie sind unsere natürlichen Filtersysteme, die Nieren des Planeten.«

Adams Ansprache hatte alle in Verlegenheit gebracht. Angesichts der Vorstellung, dass sie hier die wichtigste Versammlung der Welt bildeten, und der extremen Verantwortung, die dies mit sich brachte, wollten alle nur noch nach Hause. Crystals Ankunft fungierte da nur noch als kleine Gegenströmung zur Flut des allgemeinen Aufbruchs. Als Moses sie ins Esszimmer führte, unterhielt Adam sich gerade aufgeregt mit Yves, Brooke und Kathleen über sein reges spirituelles Leben. Er kam sich charmant vor, wie meistens, wenn er die angstvolle Hysterie abgelegt hatte, die ihn oft peinigte.

»Crystal, mein Schatz, wir haben dich beim Dinner vermisst«, sagte Brooke.

»Sie haben wirklich ein wundervolles Dinner verpasst«, fügte Adam hinzu und erhob sich.

»Tut mir leid«, sagte Brooke zu Crystal. »Als mir klar wurde, dass die Maschine Verspätung hat, war deine Telefonnummer in meinem Gepäck im Frachtraum.«

Brooke stellte sie den anderen Gästen vor.

»Sie müssen der leere Platz zu meiner Rechten gewesen sein«, meinte Adam.

»Form ist Leerheit, und Leerheit ist Form«, sagte Crystal wie ein indischer Guru. Adam Frazer war in der alternativen Szene eine kleine Berühmtheit, und sie wollte ihn beeindrucken. *Ich kann es nicht lassen,* warf sie sich selbst vor, *der Bei-*

fall einflussreicher Männer ist mir immer noch wichtig. »Letztlich ist beides eins«, flötete sie.

Adam lachte. »Da ich noch nicht *vollständig* erleuchtet bin, ziehe ich diese wunderbare Illusion der nüchterneren vor, die ich während des Essens hatte.«

»Sie treiben im rastlosen Meer des Samsara«, sagte Crystal und schüttelte traurig den Kopf. »Wenden Sie Ihr Bewusstsein wieder der Quelle zu«, drängte sie, den großen Poonjaji zitierend.

»Adam«, mahnte Yves, der den Verdacht hatte, Adam amüsiere sich mit jemand anderem, »es wird spät.«

»Oh, Liebster, bist du müde?«, fragte Adam. »Dann gehen wir natürlich sofort nach Hause.«

»Brooke, es war ein wunderbarer Abend!«, sagte Kathleen.

»Hier ist das, worüber wir gesprochen haben«, meinte Brooke halbwegs diskret und drückte Kathleen ein Kuvert in die Hand. »Für die Stiftung.«

»Für die Lungen des Planeten«, erwiderte Kathleen zwanghaft.

Als die anderen gegangen waren, brachte Brooke Crystal persönlich in eins der Gästezimmer hinauf. Das war doch viel gemütlicher, als sie mit Moses hinaufzuschicken. Brooke setzte sich auf das kleine Sofa am Fußende des Betts, hieß Crystal herzlich willkommen und bat sie, sich hier während ihres Aufenthalts in San Francisco wie zu Hause zu fühlen.

Crystal war gerührt und gleichzeitig leicht betrübt, denn die Orte, an denen sie gelebt hatte, waren immer nur kurz ihr Zuhause gewesen, oft unter den prekären Umständen der Gastfreundschaft. Natürlich hatte sie schon lange das Paradox verinnerlicht, sich ohne ein Zuhause zu Hause zu fühlen, und versuchte die klebrige Befriedigung, Eigentum zu besitzen, als Bestechung zu sehen, der man edelmütig widerstand. Im Gegensatz zu Erinnerungen, auf denen die Tropenluft der Nostalgie lastet, waren ihre Erinnerungen von flüchtigerer Art, flüchtig wie die über den Boden huschenden Schatten der Stare, aber sie konnten hohe Töne erzeugen, ganze Städte evozieren, ganze Stimmungen, ganze Gedankengänge und Gefühlsabläufe, so unermesslich und unvermittelt präsent wie der Geruch des Meeres.

Brookes eigenes beschädigtes Heimatgefühl führte zu beinah exzessiver Gastfreundschaft, aber letztlich waren dann beide Frauen durch das Willkommensritual gerührt.

»Wie du weißt, muss ich am Sonntag nach Esalen«, sagte Crystal, »ich werde also eigentlich nur morgen hier sein.«

»Oh, das hätte ich Adam sagen sollen«, meinte Brooke. »Er hält dort nächste Woche einen Vortrag über Rumi. Es vergeht keine einzige Woche, in der er nicht irgendwo Vorträge über Rumi hält«, lachte sie. »Du musst *unbedingt* Verbindung zu ihm aufnehmen, jetzt, wo ihr euch kennengelernt habt. Ich fände es unerträglich, zwei Freunde am gleichen Ort zu wissen, die sich nicht kontaktieren.«

2

Crystal konnte nicht schlafen. Ihre Gedanken, die im Flugzeug und durch die Ankunft bei Brooke unterbrochen worden waren, kehrten nun zwanghaft zurück nach Utah und zu den Ereignissen, die Jean-Paul anscheinend hatten in den Wahnsinn abgleiten lassen. Sie hatten sich, beinahe bis in halluzinatorische Details hinein, über diesen Trip unterhalten.

Hinterher hatte er ihr erzählt, er habe die Landschaft der Canyonlands als überwältigend fremd empfunden, auch schon vor Einnahme der psychedelischen Drogen. Anfangs sei alles in Ordnung gewesen, bei der Fahrt durch die halb verödete, sanfte Hügellandschaft mit Ponderosakiefern, die Jean-Paul aus den unzähligen Wildwestfilmen seiner Kindheit kannte.

Erst als er aus dem Cherokee stieg und an den Rand der Schluchten ging, hatte ihn die extreme Fremdartigkeit seiner Umgebung umgehauen. Zuerst reagierte er mit Verständnislosigkeit und nervösem Gelächter. Aus dieser Höhe schien es, als habe der Wind den rosa und gelben Sandstein zu sinusförmig gekrümmten und elliptischen Formen geschliffen, zu fliegenden Untertassen, Wellen und Pilzhüten. Mehr noch als der riesige Maßstab und die exotische Farbe dieser Umgebung überwältigte ihn die Tatsache, dass er eine solche Landschaft noch nie erblickt, ja sich nicht einmal ausgemalt hatte. Ohne den Trost der Erfahrung oder einer Analogie vermochte er sie sich nicht zu eigen zu machen, und so sträubte er sich dagegen, dass sie sich ihn zu eigen machte.

Ihm wurde klar, dass er mit habgierigem Sinn gekommen war. Wie die Pelztierjäger und Goldsucher, nach denen der Westen so oft benannt wurde, war er gekommen, um zu plündern. Er suchte nach einem Widerhall jener amerikanischen Codes, die er bereits entziffert hatte, einer Phalanx neuer Bilder, die seinen Argumenten und Beobachtungen Geltung verschafften, und »typisch« amerikanischen Erfahrungen, wie etwa den Kult der Wildnis, die er mit seiner rastlosen intellektuellen Kühnheit dekonstruieren, exhumieren und zersetzen konnte. Im Idealfall hätte er das Buch in Paris geschrieben, so wie Frederic Prokosch *The Asiatics* in Chicago verfasst hatte, aber Crystal hatte ihn zum Kauf von Wanderstiefeln überredet.

Jeder Millimeter Europas war trockengelegt, gepflügt, terrassiert, bebaut worden, man hatte auf jedem Stück Land gekämpft, ihm Namen gegeben, es eingezäunt oder darüber geschrieben, diese amerikanische »Wildnis« hingegen war Schauplatz von Ironie und Skandal. Zunächst war sie unerschwinglich teuer. Nachdem sie Flugzeuge genommen, sich einen Cherokee, Zelte und Schlafsäcke gemietet hatten, Genehmigungen ergattert, neue Kleidung gekauft, im Ramada Inn auf dem Hin- und Rückweg je drei Hotelzimmer gebraucht und für dreihundert Dollar pro Tag einen Führer engagiert hatten, war Jean-Paul klar geworden, dass sie für ebenso viele Nächte auch im Plaza Hotel in New York hätten übernachten können. Statt in ihren stinkenden Kleidern zu schlafen, im Schneegestöber, in Gesellschaft von Robert, dem angeblich vom Aussterben bedrohten weißen Indianerjungen, hätten sie sich in identischen Hotelbademänteln durch die Sender zappen können, auf der Suche nach den Westernfilmen, über deren ödipale Grundmuster er einige seiner provozierend gelehrten Essays geschrieben hatte.

Jets und kleinere Maschinen flogen unablässig über ihre Köpfe hinweg. »Die Wildnis«, reflektierte er, besaß keine vertikale Ausdehnung, sie war nur eine dünne Schicht der Biosphäre, Symbol einer Freiheit, die mehr Verboten und Vorschriften unterworfen war als der Pariser Straßenverkehr. Die banalsten Handlungen – essen, trinken, ausscheiden – waren einer detaillierten Methodik unterworfen, die einem die spezielle Bürokratie der Ranger aufzwang. Sich frei zu bewegen war strengstens untersagt. Den Canyon verunstaltete ein Pfad, den sie entlangtrotten mussten.

Als sie ihre Passierscheine abholten, hatten die Ranger, die als Einwanderungsbeamte die Grenzen dieses erschütternd neuartigen Lands bewachten, sie ermahnt, den »kryptobiotischen Boden« nicht zu betreten, lebendiges Erdreich, das achtzig Jahre brauchte, um zu gedeihen, und durch einen Stiefeltritt zerstört werden konnte. Wer die Wildnis wirklich liebte, verzichtete sowieso darauf, sie zu besuchen. Sobald sich Wildnis in »Die Wildnis« verwandelte, wurde sie zum beflissensten und gefährdetsten Aspekt der Natur. Selbst Robert nannte seine Tätigkeit »das Geschäft mit der Wildnis«.

Am dritten Tag, den sie in dieser kontroversen Landschaft campten, hatten sie Robert zurückgelassen und die psychedelischen Drogen genommen.

Etwa eine Stunde später begannen Jean-Pauls Beine unkontrolliert zu zittern, und er brach zusammen. Das Licht, so schilderte er es Crystal, zuckte rasend schnell über die Spitzen der Salbeibüsche hinweg, wie Helikopterrotoren, die in der Sonne blitzen. Als er erkannte, dass er durch eine Falltür gestürzt war, hinab in eine Sphäre, in der alles passieren konnte, sackte er auf dem Boden noch mehr in sich zusammen, um der Gefahr durch die stählerne Sonne zu entgehen.

Als er sich Crystal erneut zuwandte und zu sprechen versuchte, brachte er nur einen keuchenden Laut hervor:

»Stark.«

Sie nickte, gleichfalls sprachlos.

Er sah die Wartezimmer des Unbehagens, die das Universum allmählich wabenartig durchlöcherten, jeder dieser Räume wimmelnd vor Bittstellern, die einander beiseitedrängten und um seine Aufmerksamkeit buhlten.

Er starb an Krebs. Er wurde verrückt. Er hatte die wahre Bedeutung der Liebe nie gekannt und würde sie niemals kennenlernen. Die morschen Dielenbretter seines Stolzes gaben nach, eins nach dem anderen, und er stürzte durch Staubwolken in ein bodenlos tiefes Kellergeschoss hinab. Kleine Heucheleien trafen ihn wie Axthiebe, uneingestandene Eitelkeiten plusterten sich in all ihrer Monstrosität vor ihm auf.

Wie ein Mann Millionen von Spermien ausstößt, um eine einzige Eizelle zu befruchten, so brachte die Natur Millionen von Menschen hervor zur Verherrlichung eines Durchbruchs des Bewusstseins, eines Wendepunkts in der Geschichte der Empfindsamkeit, einer Erfindung wie des Alphabets, die wirklich etwas veränderte, eines Lieds, an das man sich erinnert, eines Buchs, das man vielleicht in hundert Jahren noch lesen würde. Was war er anderes als so ein dem Untergang geweihtes Spermium, Teil des numerischen Drucks der Evolution, unfähig, persönlich in die Geschichte einzutreten, unfähig, das Wesen seiner Entstehung zu begreifen, geschweige denn, sie zu gestalten? Wissend, dass er auf seiner Lebensreise keine leuchtende Spur hinterlassen konnte, und schockiert durch die absurde Heftigkeit seines Wunschs, eine solche Spur zu hinterlassen, krümmte und wand er sich, als er sah, wie der Teil seines Selbst, der seine eigene historische Ohnmacht nicht akzeptiert hatte, dies nun tat.

Alles drehte sich, als er begriff, dass sein eigener Tod in den Spiralen seiner DNA verschlüsselt war. Es waren seine eigenen Zellen und Organe, die ihn töten würden, sein eigenes Herz, das ihn am Ende vernichten würde.

Er sehnte sich danach, dass die Natur aufbegehrte und mit der kühlen Präzision einer züngelnden Eidechsenzunge die arrogante, parasitäre Menschheit eliminierte, ertrug aber gleichzeitig den Gedanken nicht, dass auch nur der kleinste Dorn die dickste Haut des dümmsten Menschen auf Erden ritzen könnte.

All diese Gedanken bestürmten ihn jäh und intensiv, im selben aggressiven Tempo wie die gleißenden Lichtrotoren, die über die Landschaft zuckten. Mit nackter Panik erkannte er, dass jede einzelne Sekunde lebenslanges Grauen barg, dass die intimste Traurigkeit universal werden konnte und die universalste Angelegenheit unerträglich persönlich, dass die vielen gewundenen Pfade zwischen Seele und Leib gesprengt und in donnernde Autobahnen verwandelt worden waren. Er sah nicht gerne dabei zu, wie seine Seele und sein Leib sich in ihren gegenseitigen Verfall verkrallten, wie zwei Pitbullterrier, die sich wütend in die blutende Schnauze des Gegners verbissen haben, während sie über den Rand eines Abgrunds stürzen.

»*Oh, la vache*«, keuchte er.

Er brauchte eine Pause, die Bilder waren zu stark. Er schloss die Augen und atmete tief ein und aus. Fluoreszierende Dodekaeder pfiffen in einem dichten Meteoritenschauer an ihm vorbei, der fraglos jeden Moment das Raumschiff seiner Identität zerstören konnte. Selbst die Geometrie hatte es auf ihn abgesehen, noch nicht einmal Euklid konnte das Fieber seines Elends lindern. Er öffnete die Augen wieder und ging in Flammen auf.

Oh, Scheiße.

Sollte er Crystal mitteilen, dass er in Flammen aufgegangen war? Wie sah die Etikette des Wahnsinns aus? Konnte er sie denn bitten, ihn zu retten, wenn er keine Ahnung hatte, wer sie war? Dort, in der anderen Welt, hatte er etwas über sie gewusst, doch jetzt, wo er sich auf Pluto befand und Dr. Mengele seine Zähne inspizierte, während die Gesetze der Physik mehrmals pro Sekunde neu definiert wurden, besaß alles, was er einmal zu wissen geglaubt hatte, keine Bedeutung mehr.

»Wo sind wir?«, fragte Crystal mit atemberaubender Sprachbeherrschung. »Es sieht alles so gleich aus.«

»Hä?«, brachte er heraus und zog die Wasserflasche aus seinem Rucksack. In Flammen zu stehen machte Durst.

Warum hatte sie das gesagt? Warum hatte sie diese zusätzliche Verstörung ausgelöst, indem sie darauf hinwies, dass sie sich verirrt hatten? Es sah tatsächlich alles vollkommen gleich aus. Sie befanden sich in einer fraktalen Landschaft: Der kleinste schrundige Kiesel enthielt Schluchten, die auf dem Grund von Schluchten lagen, die sich zu immer breiter werdenden Schluchten in ein Land breiter Schluchten verzweigten. Und jene Schründe führten zu Rinnsalen, die in Bäche mündeten, die in Nebenflüsse rannen, die sich in den schäumenden ockergelben Strom des Colorado ergossen. Jetzt, wo er es von oben betrachtete, sah er, dass dieses vaskuläre System, in die hallenden Schluchten gebettet, eine weitere Schicht von Ähnlichkeiten mit zahlreichen anatomischen, botanischen, kristallinen und zoologischen Formationen schuf.

Es gab sternförmige Blumen und gewiss auch blumenförmige Sterne, doch diese sich vervielfachenden Ähnlichkeiten, die ihn zu anderen Zeiten vielleicht auf einen komplexen Plan verwiesen hätten, oder zumindest auf einen verständlichen Wortschatz, zermalmten ihn jetzt, indem sie den Raum zwischen den Dingen auslöschten, die zu rein geistigen Objekten geworden waren.

Ein primitiverer und chaotischerer Zusammenbruch des Raums fand statt, als er herauszufinden versuchte, wo sie eigentlich saßen. Das rosa-gelbe Felsgebilde bewegte sich schimmernd wie ein enervierendes Op-Art-Objekt, doch statt aus der prätentiösen Kunstgalerie, in der es hing, in die visuelle Befreiung der Straße hinaustreten zu können, saß er im Zentrum dieses kleinen konzeptuellen Scherzes fest wie ein loses Pinselhaar im Pigment, das ihn von allen Seiten umschloss.

Ihn umschloss und durchdrang: Auch sein eigenes Fleisch war eine rosa-gelbe Landschaft, die er sich unwillkürlich enthäutet im Schaufenster einer Metzgerei vorstellte, an der Basis mit ein paar Salbeiblättern garniert.

Diese Gedanken, die zu formulieren ihn endlos Zeit gekostet hätte, waren schnell gedacht, es brauchte nicht länger als der Stich eines Wespenstachels.

Als sei dies nicht genug, schien die Landschaft, in der er sich befand, mit Trümmern aus einer Ära riesiger Reptilien übersät. Ihre versteinerten Leguane, Schildkröten, Eidechsen und Drachen änderten blitzschnell ihre Position, rasten vor und zurück wie grellbunte Karusselgondeln auf einem Jahrmarkt.

»Ich verstehe, was du meinst«, sagte er.

Jedes keuchend hervorgestoßene Wort, vor allem »Ich«, »verstehe«, »du« und »meinst«, schien in gefährliche Grubenschächte der Kommunikation hinabzuführen, konstruiert von engen Konventionen, gestützt durch verrottende Balken, gefüllt mit toten Kanarienvögeln. »Was« barg vergleichsweise eine gewisse Unschuld.

Er wusste, die einzige Möglichkeit, die reale Zeit abzuschätzen, bestand darin, sich durch realen Raum zu bewegen; die einzige Möglichkeit, nicht von der giftigen Schlingpflanze dieses Unwohlseins erwürgt zu werden, bestand darin, seine fundamentalsten Ressourcen dagegen aufzubieten. Dies war keine Erfahrung, der man sich entspannt hingeben konnte, sondern ein Feind, den man um jeden Preis besiegen musste.

In der Nähe erhob sich ein niedriger Erdwall. Wenn er es da hinaufschaffte, würde er vielleicht etwas entdecken, das sie zum Basislager zurückführen konnte, zu Wasser, Nahrung, zu jemandem, dessen Bewusstsein nicht von psychedelischen Drogen verheert war, obwohl er insgeheim glaubte, dass ihn das Enttäuschende all dieser Tröstungen in permanenten Wahnsinn stürzen würde.

Crystal hoffte, dass der Trip nicht noch heftiger würde. Im Moment verschloss sich ihr die Schönheit der psychedelischen Sphäre. Sie hatte das Gefühl, sich von ihrer Mitte zu entfernen, statt ihr näher zu kommen. Die Wahrheit war, dass sie etwas für Jean-Paul gewollt hatte.

Als sie ihn im New York Open Centre Lama Surya Das vorgestellt hatte, hatte Jean-Paul gesagt, er habe viele interessante Fragen zum Wesen der Meditation. Surya Das machte schweigend eine Geste, als schraube er Jean-Pauls Kopf ab und werfe ihn weg.

»Ah, Sie verstehen also, dass ich einfach zu viel denke«, sagte Jean-Paul zufrieden.

»Ein Lama versteht alles«, erwiderte Surya Das mit einer Selbstironie, die so sanft war wie alles an ihm, außer seinem leidenschaftlichen Wunsch nach vollkommener Erkenntnis.

Sie hatte gedacht, Jean-Paul könne vielleicht auf konstruktive Weise »kopflos« werden, aber jetzt war sie da nicht mehr so sicher, als sie ihn schwankend auf allen vieren sah, wie ein kleines Kind beim ersten Versuch zu krabbeln.

Jean-Paul klammerte sich am Boden fest, als wäre es der letzte Strauch am Rand eines Abgrunds, und unter seinen Fingernägeln sammelte sich Dreck. Als er oben auf dem kleinen Hügel angekommen war, drehte er sich um und ließ sich schwerfällig zu Boden plumpsen. Die hektisch im Stroboskoplicht tanzende Landschaft ließ sich ebenso wenig enträtseln wie zuvor, bis auf den fernen grünen Schleier frischen Pappelgrüns. Er erinnerte sich, dass er an dem Bach, der parallel zum Pfad verlief, Pappeln gesehen hatte. Er hob den Arm und deutete in ihre Richtung.

»Da«, sagte er.

Ostensive Definition, war das alles, was er fertigbrachte? Er, dessen Hegel-Aufsatz damals eine aufregende Woche lang Gesprächsstoff unter den Kommilitonen an der Sorbonne gewesen war, konnte jetzt nur noch mit dem Finger auf etwas deuten. Er, dessen Kommentare zu Lacan von der psychoanalytischen Clique in Paris als zukunftsweisend betrachtet wurden, war unfähig, einen Satz zu bilden. Drogen hatten ihn in einen Schwachsinnigen verwandelt.

Crystal drehte sich langsam um und lächelte ihn an. Ein richtiger Mann zu sein und den Heimweg zu finden würde ihm vielleicht helfen. Da, schon wieder war sie mehr auf ihr Gegenüber fokussiert als auf sich selbst. Bei diesem Anflug von Selbstvorwürfen brachen plötzlich die alten Gefühle auf ihren Vater in ihr auf. Er hatte sie geliebt, auch wenn er nicht da war, hatte nie aufgehört, sie zu lieben. In der Therapie hatte sie gelernt, ihr Verlassenwerden zu umreißen und einzuordnen, aber Poonjaji hatte ihr gezeigt, dass ihr Vater sie geliebt hatte, auch wenn er nicht da war, und dass er nie aufgehört hatte, sie zu lieben. Jahrelang war sie wütend und voller Misstrauen gewesen, doch nachdem sie letztes Jahr in Lucknow Poonjaji begegnet war, war sie nach Goa geflogen, hatte dort eine Woche allein am Strand gelegen und Welle um Welle der Befreiung gespürt. Alles Leiden verwandelte sich in eine Lehre, und als sie an den ältesten und schwersten Seelenketten zog, zerrissen sie wie eine Papiergirlande in den Händen eines Kindes.

Wendet das Bewusstsein wieder der Quelle zu, sagte Poonjaji immer. Ja, es war da, jenes Summen, jene tiefere Realität. Es war stets da, sie musste nur ihr Bewusstsein wieder der Quelle zuwenden. Diese Hinwendung empfand sie wie eine Muskelkontraktion im Zentrum ihres Gehirns, und ihre Aufmerksamkeit wölbte sich über die Gedanken, die jene Empfindung hervorrief, über das Denken, das jene individuellen Gedanken zur Existenz befähigten, und stürzte sich in ein grenzenloses Feld aus Licht. Und plötzlich wusste sie, ohne argumentieren oder es in Worte fassen zu müssen, dass das Denken eine Schwächung bedeutete, einen Rückgang, ein lautstarkes und unnützes Beharren auf Unterscheidungen, die zwar ihren begrifflichen Charme, letztlich aber keine Realität besaßen. Die herrschende Macht waren nicht Argumente, Logik, Persönlichkeit oder die individuellen Manifestationen des Lebens, sondern das Leben selbst, das organisierende Prinzip, das Samen zum Keimen und Novae zur Explosion brachte und den Leib beim Tod verließ, ohne dass er auch nur ein Gran leichter wurde. Diese geheimnisvolle, schwerelose und unsichtbare Macht verwies auf eine Genealogie, die grundlegender war als die Geschichte der Dinge, die ihr widerfahren waren. Sie erlebte sie nicht nur als in transzendenter Hinsicht gewaltig, sondern auch als ergreifend persönlich. Ihr ganzer Körper war angespannt und doch vollkommen entspannt, als werde sie sanft in den ersten Stadien eines unaufhaltsamen Orgasmus festgehalten.

»Da«, wiederholte Jean-Paul heiser.

Er zeigte auf etwas.

»Ist das der Heimweg?«

Er nickte. Obgleich Crystal vor liebender Güte für Jean-Paul überquoll, konnte sie sich eine schelmische Freude über seine Sprachlosigkeit nicht verkneifen. Als sie versucht hatte, ihm zu erzählen, was passiert war, als ihr Ichgefühl sich mit einem Lebensgefühl verband, das kein Denken mehr im üblichen Sinn erforderte, hatte er sie gerügt: »Aber dieses reine Sein ist doch ein linguistischer Skandal! Es kann keinen Gedanken ohne Sprache geben und keine Sprache ohne Kultur. Selbst der Schlaf stellt eine kulturelle Handlung dar! Wir bringen unsere Erwartungen an die Sprache der Träume mit, wir bringen Zitate aus Tausenden von Büchern mit. Wenn wir sagen, wir befinden uns in einem Seinszustand, dann stellen wir uns ins Zentrum einer komplexen kulturellen Debatte und nicht *über* diese Debatte.«

Mein Gott, die Franzosen hatten einen Knall. Ihr war damals nur eingefallen: »Es fühlt sich aber nicht nach einer kulturellen Debatte, sondern großartig an.«

»Aber die Kultur *ist* großartig, die Kultur *ist* phantastisch«, hatte er erwidert. »Außerdem ist sie alles, was wir haben.«

Jetzt bewegte sich Jean-Paul halb rollend, halb kriechend wieder zu Crystal hinunter, und mit dem furchtbaren Trotz eines sterbenden Königs, der sich noch einmal aus dem Bett quält, um die Befehle für einen letzten Schwung Exekutionen zu unterzeichnen, rappelte er sich auf. Der Preis, den er für diese Anstrengung zahlte, bestand darin, dass er erneut in hellgelb lodernde Flammen aufging. Der Schweiß kribbelte wie Nadelstiche auf seiner Haut, und er stolperte vorwärts, getragen von wackligen Knien, die Arme ausgestreckt, um den Sturz abzufangen. Er stellte sich vor, dass sich sein schwärzlich verbranntes Fleisch schälte wie gekräuselte Butter und weich zu Boden fiel. Er spürte, dass alles Falsche, Seichte, Listige mit diesem brennenden Fleisch abfiel, und fragte sich unruhig, was noch übrig sei.

Crystal beschloss, Jean-Paul auf seinem schwankenden Rückweg zu folgen. Offenbar musste er in irgendeinem Sinne nach Hause zurückkehren, selbst wenn dieses Zuhause ein Zelt war, in dem er erst eine Nacht verbracht hatte. Schuldbewusst, weil sie angesichts seiner Sprachlosigkeit Schadenfreude empfunden hatte, begann Crystal zum weiblichen Buddha zu chanten, OM TARE TUTTARE TURE SOHA, und umgehend strömte ein Schauer der Beruhigung auf sie herab, wie ein Platzregen aus Honigtropfen, der in die hungernden Münder der Menschen fiel. OM TARE, sie stellte sich vor, wie er auf Jean-Paul fiel, TUTTARE, sie stellte sich vor, wie er auf sie fiel, TURE SOHA, ihrer beider Blut wurde zu flüssigem Gold.

Von Jean-Pauls Fleisch verbrannte immer mehr. Was war noch davon übrig? Was war wesentlich? Er sehnte sich nach einem Diamantleib, einem unvergänglichen und unbrennbaren Diamantleib, aber er sah nur einen verkohlten Leichnam, eine schwarz-weiße Kriegsfotografie, ebenso banal wie hässlich. Auf den Totenverbrennungsplätzen von Benares, an den Ufern des Ganges, die einzige andere exotische Reise, die er je unternommen hatte, hatte er gesehen, wie die in Tücher gehüllten brennenden Leichen sich aufsetzten und aus den Tüchern brachen, auferstanden durch das Medium, das sie verzehrte, aber das war nur ein Moment, in dem Fakt und Symbol eine amüsante Vermählung eingingen. Es bedeutete nichts, gar nichts.

Er versank in noch tieferen Skeptizismus und begann erneut angstvoll über den Unterbau der Sprache nachzusinnen, verborgen wie der Teil einer Bohrinsel, der sich unter der opaken, schäumenden See befindet, die das Bewusstsein vom Unterbewusstsein trennt. Die geschwätzige, belebte Plattform war die Sprache selbst, der Schauplatz sichtbaren Fleißes, doch verstrebt wurde sie durch Chomskys scharfsinnige Grammatik, das Netz der Beziehungen, das den Spracherwerb möglich macht. Am Anfang war nicht das Wort, sondern die Grammatik, ein Skelett, das auf das semantische Fleisch wartete und ihm Befehle erteilte. Wartete die Augenhöhle nicht auf das Auge, konnte es sein, dass das Auge auf einer Kniescheibe oder in einer Armhöhle auftauchte. Zu oft hatte er oberflächlich Denken und Sprache gleichgesetzt, indem er den Begriff »Sprache« so ausweitete, dass alle Bildmuster eingeschlossen wurden, doch ohne Grammatik konnte man ganz gewiss keinen Gedanken fassen. Sie war das Gerüst der Subjekt-Objekt-Beziehung, und der Denker war immer ein Subjekt, selbst wenn er das Objekt seiner eigenen Gedanken war, oder vielleicht gerade dann.

Dass Jean-Paul diese ansonsten vertrauten Reflexionen verstörten, lag nicht nur daran, dass er seine eigenen Analogien absolut überzeugend erlebte, dass er spürte, wie sein Augapfel zur Kniescheibe hinunterglitt oder aus der dampfenden, zottigen Dunkelheit seiner Achselhöhle schielte, sondern es lag auch an dem Gefühl, dass seine eigene Tiefenstruktur der Gefahr der Veränderung ausgesetzt war. Wenn dieser grammatikalische Kern ausgehöhlt, eine tragende Stütze entfernt oder ersetzt wurde, dann konnte ein Selbstbewusstsein, das weit über Erziehung, Nationalität, persönliche Geschichte oder Sexualität hinausging, gesprengt werden, und er würde nicht nur sich selbst verlieren, sondern auch die Chance, sich wiederzugewinnen, indem er die Welt auf eine Weise deutete, die Sinn ergab.

Er hatte eine Droge genommen, sein Körper würde sie verstoffwechseln, und dann war alles wieder gut. Er hatte eine Droge genommen, sein Körper würde sie verstoffwechseln, und dann war alles wieder gut.

Crystal fühlte sich von der goldenen Kaskade ihres ersten Mantras verschlungen, und so, wie den Bedauernswerten, die noch üppige Mahlzeiten zu sich nehmen und dem Koffeingenuss frönen, ein Espresso manchmal willkommen ist, beschloss sie, zum Dzogchen-Mantra zu wechseln, dem ultimativ lakonischen »Oh«. Sofort spürte sie eine andere Form von Energie. Reinigend, alles akzeptierend. Oh, ganz in den Augenblick versenkt! Oh, alle Felsen vibrierten in der gleichen Frequenz! Oh, Ausdruck großer Freude und tiefer Einfachheit! Oh, alle Geräusche, alle Mantras, alle Farben konvergierten in dieser einen Silbe! Oh, ihre Chakren erblühten im Zeitraffer, so wie die Purpurwinde sich in der Morgensonne entfaltet. Ohhhhhhh!

Jean-Pauls Paranoia war unerbittlich, aber er taumelte weiter. Wenn ihm nur noch der Wahnsinn blieb, würde es sein eigener Wahnsinn sein. Das, was er in einem Inferno der Entfremdung sein Eigen nennen konnte, war die Entfremdung selbst! Hatte Nietzsche nicht gesagt, der Maßstab, an dem man einen Menschen messen solle, sei seine Fähigkeit, Widersprüche zu vereinen und Spannungen zu beherrschen? Er zwang sich, von den staubigen Spitzen seiner Wanderstiefel aufzublicken, und versuchte die Landschaft zu bewundern.

Crystal gab sich dem Bewusstsein eines jeden Schrittes hin, als sie sich achtsam ihren Weg durch die Flecken kryptobiotischen Bodens, nackten Felsens und unfruchtbaren Sands bahnte. Sie spürte, dass die Erde sie und Millionen anderer dazu aufrief, sich zu diesem Level kryptobiotischer Achtsamkeit zu erheben. Mit einem *achtlosen* Schritt konnte sie das Habitat der winzigen Wesen zerstören, aus denen dieser lebendige Boden bestand. Sie drang tief in den Zusammenhang zwischen den Dingen ein – ihren Füßen entsprossen Ranken und verwoben sich mit den Wurzeln aller Pflanzen der Erde.

Die Stille dröhnte jetzt so tief wie eine Domglocke. Die Farben, der blaue Himmel, der den gelben Stein überflutete und in den hellgrünen Salbei strömte, sprachen von subtiler Harmonie. Sie hatte das Gefühl, mit der Landschaft verbunden zu sein, nicht in Form vager Durchdringung, sondern mit einem Stöhnen der Hingabe.

Sie hatten gerade einen Flecken leuchtenden Grases erreicht, und jeder der porzellanenen Halme troff von Licht.

»Schau«, sagte sie.

»Was?«

»Ein Colorado Bluebird.«

Obwohl wir doch in Utah sind, dachte Jean-Paul, beharrt er auf seiner skandalösen Bläue. Dieser Vogel ist ein Zerstörer der Nomenklatur, eine kategorische Zerstückelung, ein Grenzverletzer, ein Bewohner der Randgebiete.

Crystal setzte sich ins Gras und beobachtete den Vogel. Er thronte in einem Dornbusch und leuchtete so lebhaft wie eine Kachel aus Isfahan, ein Singvogel im Juwelenbaum eines persischen Paradiesgartens. Sie wünschte sich, er möge näher kommen, und der Bluebird flog auf sie zu und ließ sich auf einem nahen Busch nieder. Sie stellte sich seine blitzschnelle Perspektive vor und hatte das Gefühl, in das Geheimnis seines Bewusstseins eingedrungen zu sein, die Welt in den dunklen Perlen seiner Augen reflektiert zu sehen. Der Vogel kam noch näher, und als er im letzten Moment abdrehte, sah man sein Rückengefieder, von dunklerem Blau, als seien die strahlenförmig angeordneten Federn mit einer konzentrierten Lösung des Himmels gefärbt worden, gegen den er sich nun bewegte.

Der Flug dieses komplexen Vogels, der von Busch zu Busch flog, dachte Jean-Paul, folgt der Linie eines Telefondrahts, wie sie aus dem Fenster eines Zugs gesehen auf und ab schwingt. Doch welche Nachricht transportiert er? Seit zwei Tagen hatte Jean-Paul versucht, dieser Landschaft Vergleiche aufzudrängen und ihr Metaphern zu entringen. Als die Felsen, wie immer mit verstörender Plastizität, eine Stadt aus Minaretten, Pyramiden und Kamelen heraufbeschworen hatten, hatte er nachgedacht, sowohl über die Koinzidenz dieser Konstellation der Bilder – hatte eins der Bilder das andere getriggert? – als auch über den unabwendbaren Fakt, dass die Anasazi, die nun untergegangenen »Ureinwohner« dieser Canyons, darin keine Kamele, Minarette oder Pyramiden gesehen hätten, es sei denn natürlich, sie wären Ägypter gewesen, wie Robert ganz bestimmt glaubte. Wie also waren den Anasazi diese unverwechselbaren Zeichen erschienen? Hatten sie Dinge gesehen, die Objekten ihrer eigenen Kultur ähnelten, oder lasen sie die Bildelemente mit einem radikal anderen Blick?

Wie die Kondensstreifen der Jets über ihm kreuz und quer über die verlorene Wildnis des Himmels verliefen, so bewegte sich der Verkehr der Analogien von einem Gegenstand zum anderen, plünderte jede Sprache, jede Kultur, jede Landschaft und schuf ein immer dichteres Netz von Verbindungen, einen zunehmend zerkratzten Spiegel. Doch aus dieser scheinbaren Reduktion der Ressourcen würden Hybriden entstehen, immer komplexere Kombinationen immer spärlicher werdender Elemente. Würden diese Bilder etwas Neues erschaffen oder nur Dekadenz?

Crystal beobachtete, wie die tiefen weißen Wolken langsam in die Schluchten zogen. Trotz des extremen, ungewöhnlichen Wetters – eine Stunde sengende Hitze und dann heftiger Schneefall – war diesen Wolken eine dekorative Unschuld eigen. In der Nähe des Camps stand ein großer runder Kaktus, der Crystal an einen geodätischen Dom aus dicht gepackten Segmenten erinnerte. Sie hatte ihn am Morgen zuvor gesehen. Tautropfen hafteten an seinen stahlgrauen Stacheln, und in den Nähten zwischen den einzelnen Segmenten leuchteten die roten Blütenknospen wie Blutstropfen. Zwei davon waren aufgegangen und leuchteten mit unglaublicher Intensität vor dem Hintergrund der graugrünen Haut des Kaktus. Als sie von ihrer Wanderung zurückkehrte, waren diese blutroten Kelche mit Schneekristallen gefüllt. Wunderschön.

O Gott, sie spürte, wie die Pilze zu wirken begannen. Der drängende Glanz des Meskalins wich den prächtigeren Eruptionen, der zaudernden Fontäne des Psilocybins. Ein irisierender Schein spielte über die Perlmuttoberfläche der Wolken. Crystal beobachtete, wie dieser Schein träge vom Gesicht eines schlafenden Säuglings – es war ihr eigenes Gesicht, wie friedlich sie aussah! – zu einer Schar dicht bemähnter weißer Pferde hinüberglitt, die mit ihren galoppierenden Hufen blasslila Staub aufwirbelten. O ja, es war wie ein langsamer Fick, diese erotische Hingabe des Proteus an ihre glühende Phantasie. Wenige Meter zu ihrer Rechten waren nun die sich entfaltenden Blätter der Pappeln; die schlanken Äste pulsierten vor Frühling, Blätter wie sich öffnende Fäuste, die sich der Wärme und Fülle des Lebens hingaben.

Wieder flog ein Jet über ihre Köpfe hinweg, und sie dachte an die Aussage Thich Nhat Hanhs, wie das Läuten des Telefons einem als Meditationsglocke dienen könne, um sich für die Achtsamkeit zu öffnen, und so stellte sie sich den Jet wie eine Klinge vor, die die Leinwand eines Zelts durchschneidet und den Blick hinaus ins funkelnde Dunkel öffnet.

Ja, dieses Geräusch war ihr Mantra. Die Pilze bargen eine außerordentliche Weisheit. Sie war tief in die heilige Natur der Psychedelika eingedrungen, die die heilige Natur aller anderen Dinge offenbarte. Sie waren eins der Tore, die in das leuchtende Feld führten.

»Die Pilze beginnen zu wirken«, rief sie Jean-Paul leise zu.

»Pilze!«, sagte Jean-Paul. Das Wort allein genügte, um Keime einer tieferen Paranoia in seinen Blutstrom einzuschleusen. »Wird dieser Trip etwa noch stärker?«

»Anders«, meinte Crystal. »Noch sexyer.«

»*Noch* sexier? Heißt das, der erste Teil war für dich sexy? Ich finde es nicht so sexy, wenn ein wütender Mann versucht, mit einem Schneidbrenner die Struktur meiner Identität zu zerlegen! Selbst der Marquis de Sade hätte sich bei dieser Gelegenheit ausnahmsweise, aber gezwungenermaßen der Vorstellung sexueller Erregung verweigert.«

»Red nicht so viel«, sagte Crystal lächelnd, »sieh's dir einfach an.«

»Ich seh es doch, was soll ich denn sonst sehen?«

Crystal ging zu ihm und küsste ihn auf den Mund. »*Calme-toi*«, flüsterte sie.

Jean-Paul lächelte zurück. Er hatte viel zu große Angst, um jetzt mit ihr schlafen zu wollen. Außerdem standen oben auf dem Berggrat zweifellos Ranger mit ihren Staatsferngläsern, jederzeit bereit, sie zu erschießen, wenn sie sich im kryptobiotischen Erdreich wälzten. Er tat, als habe ihr Kuss ihn überzeugt, und setzte den Heimweg fort.

Wo war der auf ewig entgleiste Zug seiner Gedanken? O ja, diese Landschaft, diese Verpflichtung zur Ehrfurcht. Wenn er jetzt auf die Knie fiel, was würde er anbeten? Die Winderosion? Den Sandstein? Das Wetter? Den relativen Maßstab menschlicher und nichtmenschlicher Phänomene? Nein, er würde den Geist anbeten, den Rousseau so klug für das westliche Bewusstsein vermarktet hatte, den Geist selbstgefälliger Erhabenheit. Aber gewiss war die Essenz dieser Landschaft ihre Nichtmenschlichkeit, ihre Härte, die Art und Weise, in der sie knapp außerhalb der Reichweite des gierigen

Zugriffs jämmerlicher Täuschung lag. Die zivilisierten Landschaften Europas, der Alpen, der Provence, der Toskana und so weiter, waren die Nymphomaninnen des Erhabenen, ständig brachten sie die Empfindlichkeiten und Reflexe aller Besucher in Einklang, legten sich stöhnend hin, während einer nach dem anderen daherkam, mit seinen Andeutungen von Unsterblichkeit, seinen Seufzern der Bewunderung oder seiner bequemen Überzeugung, dass das Glück, wie Rosanow gesagt hatte, darin besteht, in der Nase zu bohren, während man den Sonnenuntergang betrachtet.

Im Gegensatz dazu war der Canyonlands-Nationalpark die eisernste aller Jungfrauen, der man sich nur zu ihren eigenen Bedingungen nähern durfte, durch ein Gitter in der Klostermauer. Sie war nicht interessiert an Sehnsüchten und Begehrlichkeiten, nur an Anbetung, und letzten Endes nicht einmal daran. Sie verkörperte schlicht etwas so Fremdartiges und Extravagantes, dass die Straße der rousseauesken Vereinigung mit der Natur sich gabelte – Richtung Unverständnis einerseits und Selbstauslöschung andererseits.

Wie würde man sich »hingeben«, welchen mentalen Akt bedeutete dieses »grause Wagnis«? Hatte es mit Demut zu tun – aber damit kannte er sich gar nicht aus –, oder war es vielmehr die Empfindung eines besonderen Schicksals, das einen mit universeller Ehrfurcht erfüllte?

Er versuchte sich wieder dazu zu zwingen, seine Umgebung einfach zu betrachten, statt sie zu lesen, und dann, sie eher zu spüren als zu betrachten. Er brauchte diese Entscheidungen nur zu treffen, und schon waren sie ausgeführt, doch er merkte, dass er etwas anderes empfand als universelle Ehrfurcht. Es schien, als ob er und es sich überlagerten, Subjekt und Objekt, Innen und Außen, so, als blicke er an einem sonnigen Tag durch eine Schaufensterscheibe auf ein verglastes Bild; doch die Glasgeister waren nicht etwa Effekte, deren Zeuge er von einem bekannten Zentrum aus wurde, sondern er hatte das Gefühl, dass kein Bestandteil dieser geisterhaften Szene existierte, ohne durch seine Gegenwart belebt zu sein. Dass sich sein Selbst im schimmernden Gebilde auflöste, bewirkte dabei ein Gefühl völliger Verlorenheit, als könne ihm die von der Stoßstange eines vorbeifahrenden Wagens aufs Fenster gespiegelte Sonne seine Seele rauben, die ganz substanzlos geworden war, weil alles sie durchdrang.

Bestand das Problem darin, dass er beschreiben musste, was passierte, und dass die Beschreibung ebenjene Begriffe – zum Beispiel »Subjekt« und »Objekt« – enthielt, die durch die Erfahrung aufgehoben wurden, die zu beschreiben er versuchte? Er musste das jetzt wissen!

»Man nennt es ›Nichtwissen‹«, sagte Crystal und blieb auf dem Pfad stehen. »Manchmal muss man im Nichtwissen verharren. Ich weiß nicht, warum ich das gesagt habe… Wahrscheinlich muss ich im Nichtwissen verharren. Mein Gott, das ist eine dieser Endlosschleifen.«

»Unglaublich!«, sagte Jean-Paul. »Ich hatte im Moment daran gedacht, dass ich *unbedingt* wissen muss, was die Dinge bedeuten, wenn sie geschehen.«

»Vermutlich habe ich das empfangen.«

»Empfangen, was soll das heißen? Stehen wir in telepathischer Verbindung?«

»Ich weiß nicht«, hatte Crystal gesagt, weil seine Stimme so skeptisch und besorgt klang.

Wenn sie über die Veränderungen nachdachte, denen Jean-Paul nach jenem Tag unterworfen wurde, hatte Crystal oft überlegt, ob es die Vorstellung einer telepathischen Verbindung und die Durchlässigkeit seines eigenen Bewusstseins gewesen waren, die ihn so rettungslos verwirrt hatten.

Sie setzte sich im Bett auf. Es war drei Uhr morgens in San Francisco, und sie musste am nächsten Tag einen Haufen Leute treffen. Sie kreuzte die Beine und atmete tief aus, um das Gefühl zu vertreiben, sie sei schuld und habe ihn im Stich gelassen. Irgendwann sank sie in entspannte Meditation und von dort aus in erschöpften Schlaf.

3

»Besteht irgendeine Chance, dass du zu Kleinwort zurückgehst?«, seufzte Mrs Thorpe.

»Keine Ahnung«, sagte Peter, dem dies unwahrscheinlicher vorkam als eine Invasion vom Sirius. Kleinwort lag ihm im Augenblick völlig fern. Im Lauf der letzten Tage war die übrige Welt zurückgewichen, wie Wolken, die in der Hitze einer Atomexplosion verdampfen. Er wagte seiner Mutter nicht zu sagen, dass er ihre Telefonnummer vergessen hatte.

»Dir muss doch langsam das Geld ausgehen«, sagte sie hoffnungsvoll.

»Noch nicht.«

»Du kannst doch nicht einfach sagen, ›keine Ahnung‹«, meinte Mrs Thorpe.

»Auch nicht, wenn es die Wahrheit ist?«

»Ich glaube aber nicht, dass es die Wahrheit ist, wenn du in dich gehst.«

»Du meinst, mein tiefstes inneres Anliegen ist meine mögliche Wiedereinstellung bei einer Handelsbank?«

»Du hörst dich so anders an«, sagte seine Mutter. »Früher hast du an die Zukunft gedacht.«

»Nun, momentan versuche ich, in der Gegenwart zu leben.«

»So was tun Tiere, mein Schatz, *wir* haben ein Bewusstsein.«

»Und wofür? Um uns Lebensversicherungen zu kaufen?«

»Mir ist nicht ganz klar, ob man dich zum Sozialisten oder zu einem Anhänger der Mun-Sekte gemacht hat«, sagte Mrs Thorpe.

Peter sah aus der Telefonzelle hinaus. Der Anblick des Pazifiks, der zwischen den dunklen Ästen einer Zeder hindurchfunkelte, ließ ihn lange genug innehalten, dass sein Ärger sich legte.

»Wahrscheinlich hast du in gewisser Hinsicht recht. Ich weiß eigentlich auch nicht, was ich will«, sagte er. »Wir Menschen sind so bruchstückhaft, vielleicht können wir uns selbst nie als Ganzes wahrnehmen.«

»Ist alles in Ordnung mit dir?«, fragte Mrs Thorpe, und ihr Widerstand wich einen Moment lang mütterlicher Besorgnis. »Du drehst doch nicht durch, oder?«

»Nein, also, ich hatte neulich zwar dieses seltsame Gefühl. Vielleicht hab ich mich da als Ganzes gefühlt, oder es kam einfach etwas Neues in mir zum Vorschein.«

»Du drehst *wirklich* gleich durch«, sagte Mrs Thorpe, die diesbezüglich nun keinen Zweifel mehr hegte.

Sie schwiegen einen Moment, dann fuhr Mrs Thorpe tapfer fort: »Fiona hat angerufen. Ich musste zugeben, dass ich keine Ahnung habe, wie man dich erreichen kann. Wahrscheinlich hat sie mir das nicht geglaubt, und das ärgert mich wahnsinnig, denn ich finde ja, wie du weißt, dass sie perfekt zu dir passt. Sie gibt dieser Findhorn-Stiftung die Schuld. Ich begreife wirklich nicht, warum du da überhaupt hingegangen bist.«

»Zum einen, um von Fiona wegzukommen«, sagte Peter.

»Na ja, dafür hättest du ja nicht gleich zur Mun-Sekte gehen müssen, sondern zum Beispiel auf eine meiner Serenissima-Touren. Die sind einfach herrlich! Im nächsten Monat schauen wir uns die Schlösser an den Ufern der Donau an!«

»Wenn du's wirklich wissen willst, ich war außerdem hinter einer anderen Frau her.«

»*Cherchez la femme!*«, sagte Mrs Thorpe.

»Genau das hab ich versucht. Wir haben nur drei Tage zusammen verbracht, aber ich bin in meinem ganzen Leben noch nie so glücklich gewesen. Und dann ist sie einfach verschwunden, weil sie fand, dass kein Mensch einen anderen besitzen könne.« Peter sah Brad in einem verwaschenen rosa T-Shirt an der Telefonzelle vorbeilatschen.

»Hey, Peter«, sagte Brad.

Peter winkte Brad zu. »Ich hatte gar nicht den Wunsch, sie zu besitzen«, erklärte er seiner Mutter weiter. »Ich wollte einfach nur mit ihr abhängen.«

»Abhängen?«, fragte Mrs Thorpe. Sie musste an einen ekelhaften Artikel über amerikanische Jugendliche denken, die sich wegen des sexuellen Kicks in der Dusche aufhängten.

»Ach, das ist nur so ein Ausdruck für ›mit jemandem rumhängen‹ – Zeit mit jemandem verbringen.«

»Nun, diesen Ausdruck sollte man abschaffen«, sagte Mrs Thorpe. »Wie lange hast du noch vor, dieser verführerischen Frau hinterherzulaufen? Sex ist nicht alles. Das habe ich von deinem Vater gelernt. Wenn du zu Kleinwort zurückgehen würdest, könntest du einen Privatdetektiv engagieren, der sie findet. Wenn er Erfolg hat, kannst du sie überraschen. Aber mal ehrlich, darauf scheint sie sowieso nicht besonders begierig zu sein.«

»Damals war sie begierig, das ist ja das Merkwürdige. Jedenfalls habe ich kein Foto von ihr und weiß ihren Nachnamen nicht, der Detektiv müsste also Hellseher sein.«

»In den Kreisen, in denen du zur Zeit verkehrst, besteht daran sicher kein Mangel«, sagte Mrs Thorpe und betonte das Wort »Kreisen« mit kühler Ironie. »Gehst du gewohnheitsmäßig mit Frauen ins Bett, deren Nachnamen du nicht kennst? Wie du weißt, bin ich nicht so leicht zu schockieren …«

»Und ob du leicht zu schockieren bist …«

»Nein, nein, mir ist klar, dass sich Normen ändern, manchmal wünschte ich mir nur, sie würden sich zum Besseren ändern.«

»Hör mal, mir geht das Geld aus«, sagte Peter und ignorierte die Münzen, die sich auf der hölzernen Ablage unter dem Telefon stapelten.

»Sagst du mir wenigstens, wo du bist?«

»Im Esalen-Institut.«

»Was ist das?«

»Ein Zentrum für inneres Wachstum. Ich weiß …«

»Klingt wie etwas, womit man zum Arzt gehen sollte«, kicherte Mrs Thorpe.

»Ach, jetzt ist die letzte Münze durchgefallen«, sagte Peter. »Ich ruf bald wieder an.«

Es überraschte ihn nicht, dass es seiner Mutter schwerfiel, die Veränderungen zu begreifen, die er in den letzten vier Monaten durchgemacht hatte; ihm selbst fiel es ja noch schwerer, trotz des Vorteils, sie persönlich durchlebt zu haben. Seine Mutter konnte sich wenigstens in der Gewissheit ihrer Missbilligung sonnen, wogegen er gleichzeitig Missbilligung und überwältigende Dankbarkeit empfand, von einer neuen Aufrichtigkeit durchflutet wurde und manchmal mit derselben Aufrichtigkeit überzeugt war, dass er einer Täuschung erlag.

Sein Leben war ein Gewaltmarsch durch die Cotswolds der englischen Respektabilität gewesen, durchsetzt mit Perioden ähnlich brutalen Müßiggangs inmitten ebenjener makellosen Hügel. Jetzt stand alles in Zweifel. Seine Suche nach Sabine schien ihn in eine Himalajalandschaft entrückt zu haben, wo sich das Erhabene und Lächerliche erschreckend jäh abwechselten. Manchmal erfroren seine Füße, während sein Gesicht brannte. Manchmal befand er sich keuchend jenseits der Baumgrenze alles Beruhigenden und Vertrauten, doch der Blick von jenen felsigen Hängen ließ ihm die Lockungen der Heimkehr schal erscheinen, die tropfenden Eichen und blökenden Schafe, die Böen warmer, abgestandener Luft in der U-Bahn auf dem Weg zur Arbeit, dies ständig wiederholte Zugehörigkeitsgefühl. Ohne zu wissen, was es hieße, die Welt unverhüllt zu betrachten, wusste er doch, dass er dies noch nie getan hatte. Der graue Star von Gewohnheit und Konditionierung verschleierte seinen Blick; die Welt um ihn herum wirkte, als habe eine verrückte Floristin sie in endlose Schichten lärmender, alles verzerrender Zellophanfolie verpackt.

Er hatte immer zu viel zu tun gehabt, um Tagträumen nachzuhängen, außer vielleicht Träumen von unerwartetem Sex und einer unerwarteten Beförderung. Dafür hatte schließlich jeder Zeit. Peter stemmte sich hoch, ging aus der Telefonzelle und schlenderte, die Hände in den Hosentaschen, zum Pazifik hinunter.

Als er Sabine auf einer Geschäftsreise nach Deutschland kennengelernt und tatsächlich ganz unerwartet Sex mit ihr gehabt hatte, war ihm der Fehler unterlaufen, Gavin davon zu erzählen, in Gavins Terminologie.

»Hab in Deutschland eine Wahnsinnsfrau kennengelernt, körperlich, mal abgesehen von allem anderen, echt der Wahnsinn.«

»Du Glückspilz!«, sagte Gavin.

Sie kannten sich aus der Schule, und Gavin, total verblüfft, dass Peter und er nun schon zum zweiten Mal der gleichen Institution angehörten, hatte prophezeit, sie würden in der Bank »verdammt gute Kumpels« werden. Obwohl Gavins Dinnerpartys in Parson's Green mit ihrer Räucherforellenmousse und die Monopoly-Wochenenden, an denen um echtes Geld gespielt wurde, Peter kaltließen, mit der gleichen Kombination aus Resignation und dem vagen Widerwillen, jemanden zu kränken, die seit jeher sein soziales Leben bestimmte, hatte er sich eine Weile auf Gavins Phantasie von Freundschaft eingelassen.

»Sie hat etwas total Komisches gesagt«, hatte Peter Gavin erzählt und dabei Sabines Akzent übertrieben. »Wir begegnen uns, wir kommen zusammen. Halt mich nicht fest. Wenn wir uns wiedersehen, lassen wir das Universum entscheiden.«

»Für mich hört sich das an wie aus *Looney Tunes*«, meinte Gavin. »Was zum Teufel hast du geantwortet?«

»Ich hab gesagt, na, hoffentlich hat das Universum, was immer das sein soll, ein verdammt gutes Adressbuch«, sagte Peter in der Hoffnung, mit Gavin, dem Scherze so bedrückend leicht von der Zunge gingen, mithalten zu können.

»Das Problem mit diesen Wahnsinnsweibern ist, dass sie dich da voll erwischen«, meinte Gavin und wies mit glücklich-erschrockener Miene auf seine Hose. »Dazu kommen natürlich die geheimnisvollen Tiefen der weiblichen Psyche«, räumte er ein, »und dann findet man raus, dass sie komplett übergeschnappt sind. Am einen Tag, du weißt schon, ein nettes Skiwochenende abseits der Piste, und plötzlich rufst du die Telefonauskunft an: ›Entschuldigung, haben Sie die Nummer der Psychiatrie?‹ Übrigens, Kumpel, es könnte sein, dass drei Wochen Klapsmühle für eine durchgeknallte Deutsche nicht von deiner Krankenversicherung übernommen werden«, sagte Gavin und lachte schallend.

Nach diesem Gespräch hatte Peter Gavin nichts mehr anvertraut, und auch sonst niemandem mehr. In Wahrheit war Peter schon immer sensibler und intelligenter gewesen, als er es gezeigt hatte, und jetzt passte seine exzessive Obsession mit Sabine nicht mehr in die Welt, in der er sich bewegte.

Er verzehrte sich nach ihren Gliedern, ihren Lippen. Überall glaubte er sie zu sehen – sie verschwand um Ecken, rumpelte im Bus an ihm vorbei –, und als er ungläubig loszulaufen begann, merkte er, dass er kurz davor war, durchzudrehen. Sie war der einzige Stern in der, was andere Leute betraf, tiefen Dunkelheit. Er dachte so viel an sie, dass sie ihm vertrauter wurde als er sich selbst.

Die Erinnerung an ihre physische Präsenz schimmerte ihm entgegen wie einem Schwimmer die Oberfläche eines Teichs. Er hätte alles stehen und liegen gelassen, um nur nicht ihren warmen Atem an seiner Wange zu verpassen. Manchmal heulte er laut auf, wenn er an ihren makellosen Körper dachte, weiß wie der Mond, vorgebeugt auf der Bettkante, und wenn er daran dachte, wie sie, mit besorgtem Stirnrunzeln, gefragt hatte: »Gefällt es dir?«

Erst war er nach Frankfurt zurückgekehrt, in das Café, wo er Sabine kennengelernt hatte, und in die Straßen, die er mit ihr zusammen gegangen war. Er wurde immer verwirrter, schwieg, während in seinem Kopf die Gespräche der Liebenden tobten. Die Obsession wurde im Lauf der Zeit immer stärker, und seine Verschwiegenheit schuf eine zunehmend gespenstische Kluft zwischen ihm und dem Rest der Welt. Er hasste sich dafür, dass er Gavin von ihr erzählt hatte, und erstickte jede Spekulation im Keim.

»Diese deutsche Sexmaschine taugt wohl kaum zur Ehefrau«, wagte Gavin eines Tages zu sagen, weil er spürte, dass Peter ihm etwas vorenthielt.

»Ach, das ist längst vorbei«, erwiderte Peter und konzentrierte sich wütend auf seinen Computerbildschirm.

»Du kannst doch ein Mädchen nicht bloß heiraten, weil es dich so scharfmacht«, sagte Gavin.

Als es Peter unter großen Schwierigkeiten gelang, sich drei Monate beurlauben zu lassen, reagierte Gavin skeptisch.

»Hey, du Glückspilz, steigst du ein bisschen aus? Das hat nicht zufällig was mit einem gewissen Fräuleinwunder zu tun?«

Weil er nicht mehr daran glaubte, sie in Deutschland zu finden, hatte Peter beschlossen, alle ihm erinnerlichen Orte zu besuchen, die Sabine erwähnt hatte: die Findhornfoundation, einen Buchladen in Los Angeles namens Bdhoi Tree und das Esalen-Institut, auf dessen sonnenbeschienenem Rasen er gerade stand und aufs Meer hinausblickte.

Er war schon ein paar Tage früher angekommen und hatte sich im Hotel einquartiert, bis Sonntag, wo er dann am Workshop »Weitergehen und loslassen« teilnehmen wollte, den er sich ziemlich willkürlich aus dem Katalog ausgesucht hatte. Nicht ganz willkürlich, natürlich, denn er musste tatsächlich am folgenden Wochenende nach England zurückkehren, wenn er seinen Job bei der Bank behalten wollte. Vielleicht musste er weitergehen und Sabine loslassen, oder vielleicht musste er die Bank loslassen. Darin lag das Problem: Er war sich nicht sicher, was er eigentlich loslassen musste, selbst wenn ihm klar gewesen wäre, wie man das machte.

In gewisser Hinsicht hatte Fiona recht: In der Findhorn Foundation hatte das begonnen, was sie zweifellos »eine gefährliche Gratwanderung« genannt hätte. Er war ja selbst ziemlich nervös gewesen, als der Taxifahrer, der ihn vom Inverness Airport zur Findhorn Foundation gefahren und ihn erst voller Respekt für einen Angler oder Golfer gehalten hatte, angeekelt vor den Toren des verschachtelten ehemaligen Hotels anhielt, in dem die Seminare der Foundation stattfanden. Auf dem Weg ins Haus bekam Peter etwas vom Gespräch zweier Männer mit, die graue Pferdeschwänze trugen.

»Und, was machst du hier?«

»Inneres Kind.«

»Das gebe ich!«

»Oh, mir war nicht klar, dass du das gibst!«

Sie strichen sich gegenseitig anerkennend über den Rücken.

Dann, nachdem er ein paar mit Herzchen verzierte Zettel der Hauswirtschaftsabteilung ignoriert hatte, stand er mit drei Gruppen in der Eingangshalle. Vor ihm war ein Paar in eine lange intensive Umarmung versunken. Drüben auf der Treppe massierte eine Erdmutter einem zottelhaarigen Mädchen mit Nasenring die Schultern. Und in der Ecke tröstete ein ernstes Trio eine weinende Frau.

Bald war ihm klar, worauf sich die Zettel bezogen, die er ignoriert hatte – man sollte seine schmutzigen Schuhe ausziehen, bevor man das Haus betrat. Während der Monate, die er anschließend in diesem labyrinthischen Basar spirituellen Wachstums verbrachte, stellte sich heraus, dass hier nichts so gewiss war wie die Verpflichtung, dutzende Male täglich die Schuhe aus- und wieder anzuziehen. Schnürsenkel waren hier ungefähr so hilfreich wie Handschellen für einen Jongleur.

Andererseits spielten Pullover eine ähnliche Rolle wie die Rüstung im Leben jener mittelalterlichen französischen Ritter, die im Sumpf von Azincourt ertranken, so bleischwer von der heraldischen Sprache der Schwäne und Schilde und Falken, dass sie sich ohne Kran oder Pferd nicht mehr bewegen konnten. Peter kam sich in seinen dunkelblauen Strickwaren armselig vor angesichts der Pullis der Eingeweihten. Die strotzten vor Regenbogen, glitzerten vor Sternen, waren mit Silber- und Goldfäden durchwirkt, mit pulsierenden Herzen bestickt, von gefährdeten Spezies bevölkert, mit purpurroten Grabhügeln beprägt und wirbelten vor namenlosen Mandalas. Selbst gestrickt drückten diese Pullover auch eine Liebe zur Kreativität aus, die sich um das Urteil der Welt nicht scherte. Überall fand er eine Kunst, die an ihrer Ernsthaftigkeit und Lauterkeit gemessen wurde, nicht an ihren Resultaten. Die Kunst selbst schien eine schemenhafte, aber prätentiöse Existenz anzunehmen, an den Grenzen zu Therapie und Handwerk, wo sie rauschhaft, aus einem übergroßen Glücksgefühl heraus, jeder Mühe und jeden Talents entkleidet wurde.

In den ersten Tagen ertrug Peter, in der Hoffnung auf eine Adresse, unter der er Sabine erreichen konnte, die Bestätigung all seiner Vorurteile. Das New Age wirkte wie ein Bunker für Leute, die an der Bürde ihrer ausgefallenen Namen trugen. Selbst Menschen mit gewöhnlichen Namen nahmen kleine Veränderungen vor, indem sie in Eric ein K einfügten, oder aus Anne ein N entfernten. Wo alles andere versagte, verwandelten sie ihre Namen einfach in Shiva oder Krishna und verleugneten ihre Geburtsurkunde zugunsten der höheren Wahrheit ihrer Sehnsucht nach Vergöttlichung.

Auch begegnete er ersten Anzeichen eines neuen Vokabulars, in dem Regeln »Vorschläge« hießen. Dies war eine der Verheißungen des Wassermann-Zeitalters, dass Zwänge nicht mehr von oben ausgeübt wurden, sondern von allen Seiten, durch den erstickenden Druck kollektiver Glaubensinhalte. Das Netz würde die Pyramide als zwischenmenschliches Beziehungsmodell ersetzen, doch der Konsens konnte ebenso tyrannisch sein wie die Autorität, und obgleich der Gemeinschaftskult in eine demokratische Zukunft zu weisen schien, führte er einen doch auch in die Mentalität des Schulhofs zurück, wo Beliebtheit und die Fähigkeit, sich eines bestimmten Slangs zu bedienen, die Währung der Macht darstellten. Die Pyramide warf auf jeden Fall noch ihren Schatten, bröckelnd, gebrochen, hinterfragt, aber immer noch präsent. In der Findhorn Foundation, und später auch anderswo, traf er auf eine Sklavenkaste aus Langzeitteilnehmern, die ermäßigte Gebühren dafür bezahlten, umsonst arbeiten zu dürfen, eine Priesterkaste aus Lehrern, die die offenen Geheimnisse des New Age weitergaben, einen Adel aus Verwaltern und einen Kaufmannsstand aus Konsumenten wie ihm, die für die Lehren der Priester bezahlten.

Anfangs ärgerte sich Peter über die »Focalizer« – ein plumper Begriff, um den hierarchischen Implikationen auszuweichen, die die Bezeichnung »Leiter« oder »Lehrer« vermittelt hätte. Zwar lernte in seiner Gruppe jeder von jedem, doch die Focalizer »behielten den Fokus«, durch den simplen

Trick, dass sie darüber entschieden, was jeder einzelne Teilnehmer in der »Erfahrungswoche« tun würde. Peter hatte irrigerweise angenommen, er dürfe im Hotel am Ort wohnen, aber Krishna und Lolita schlugen vor, er solle in die Foundation umziehen. Doch Peter, der hierhergekommen war, um einer amourösen Obsession nachzujagen, nicht, um zu den primitiven Jugendherbergsbedingungen eines Gemeinschaftsschlafsaals zurückzukehren, schlug vor, eher die Gruppe als das Hotel zu verlassen. Krishna und Lolita lenkten ein, doch erst, nachdem Peter ihnen versichert hatte, die separate Unterkunft werde ihn nicht davon abhalten, sich »voll« in die Erfahrungswoche »einzubringen«.

Kaum hatte er das prickelnde Gefühl genossen, die Focalizer mit seinem Gegenvorschlag ausmanövriert zu haben, da geriet er in eine seltsame Krise, fragte sich, ob er innerlich von Telefon und Hotelzimmern abhängig sei, und empfand Schuldgefühle wegen des Konflikts zwischen seinem Versprechen, sich voll einzubringen, und seinen nicht offenbarten Beweggründen, warum er zur Foundation gekommen war. Offenbar hatte die Atmosphäre der Selbsterforschung schon auf seine heimlichen Pläne übergegriffen.

Am ersten Abend fand eine »Einstimmung« statt, eine Vorbereitung auf all die Aktivitäten, für die der Beistand »unsichtbarer Geister« und des »Engels von Findhorn« erfleht wurde, und die Gruppenteilnehmer, die im Kreis um eine Kerze und verstreutes Laub herumsaßen, »öffneten sich« den anderen.

»Oh, wir sind zu neunt!«, rief Oriane, eine nervöse, melancholische Französin, deren Gesicht wie von zu vielen Tränen poliert wirkte. »Das ist eine heilige Zahl.«

Peter bekam den Eindruck, dass dieser Bezichtigung irgendwann die meisten Zahlen zum Opfer fielen und nur wenige ihr entgingen. Der Nummer zehn haftete eine gewisse stählerne Sachlichkeit an, sie glänzte wie ein Schweizer Armeemesser unter den verräucherten Relikten der Numerologie, obwohl es ganz gewiss ein »System« gab, in dem auch die Zehn sich der Tyrannei der Esoterik beugte. Als Banker war sein Verhältnis zu Zahlen einerseits korrumpiert, denn Zahlen waren immer Beträge, die für eine Geldsumme standen, und andererseits gelassen, da die Zahlen, selbst in der minderwertigen Form eines Saldos oder Gesamtbetrags, von einer besonderen Realität sprachen. Ihre Bedeutung war ungleich klarer als die von Sprache und weniger flüchtig als die von Emotionen. Diese platonischen Gefilde in den heiklen Dienst der Symbolik gezwungen zu sehen, verstörte ihn seltsamerweise. Ähnliche Empörung flackerte beim Gedanken an Astrologie in ihm auf. Warum sollten andere Planeten, deren Leben sich außerhalb der Reichweite hektischer menschlicher Belange vollzog, in diesen unseligen Tumult hineingezogen werden?

Einer nach dem anderen in der Runde öffnete sich, und Peter wurde unruhig, weil er nun gleich die Gründe darlegen sollte, die ihn nach Findhorn geführt hatten. Sein Herzschlag beschleunigte sich, und sein Mund wurde trocken. Er war viel zu sehr mit sich selbst beschäftigt, um zu hören, was die anderen sagten, außer dass sich anscheinend alle »in einer Übergangsphase« befanden und für den Gebrauch dieses Ausdrucks von Krishna, Lolita und den anderen anerkennendes Nicken ernteten.

»Auch ich befinde mich in einer Übergangsphase«, begann Peter defensiv. »Es ist schwierig, darüber zu sprechen, weil ich, nun ja, im Moment mittendrin stecke. Ich arbeite in einer Bank, und da erschien mir plötzlich alles *vollkommen sinnlos*, und ich hatte so etwas wie einen Nervenzusammenbruch ... mehr kann ich jetzt nicht dazu sagen.«

Er wurde ebenso rot bei dem Gedanken, dass man ihm womöglich glaubte, wie bei dem Gedanken, dass man ihm womöglich nicht glaubte. Was ihn noch mehr verstörte, war die Tatsache, dass er anfing selber zu glauben, was er den anderen gerade »eröffnet« hatte. Auf dem Weg, der durch den dunklen Wald zu seinem Hotel im Dorf Forres führte, hatte er den Eindruck tatsächlich so etwas wie einen Nervenzusammenbruch zu haben, das Bankwesen erschien ihm tatsächlich vollkommen sinnlos, und er befand sich wohl tatsächlich in einer Übergangsphase.

Im Hotel angekommen erfuhr er, im Sunderland Room finde zwar eine Feier statt, Hotelgäste könnten aber selbstverständlich die Bar besuchen. Er trank Whisky in der Bar und fragte sich, was für einen Spiegel ihm die Gruppe vorhielt. Warum trieb ihn das, was er vor der Gruppe geäußert hatte, innerlich um? Warum schien die Gruppe wie ein vergrößertes kollektives Gewissen auf ihn zu wirken? Warum konnte er sich, wenn am übernächsten Tag das Büro wieder öffnete, nicht einfach – geschickt verkleidet – erkundigen, ob man sich an eine Deutsche namens Sabine erinnerte, und, wenn er dann ihre Adresse hatte, Findhorn und seinen albernen Ritualen wieder den Rücken kehren? Ja, das würde er tun, genau das würde er tun.

Am nächsten Morgen, auf dem Weg zum Frühstück, sah Peter den Mann mit dem grauen Pferdeschwanz, dessen Gespräch er am ersten Tag mitbekommen hatte. Wieder war er in eine ernste Unterhaltung vertieft.

»Er hat gesagt, wenn man etwas mit Liebe zusammenfügt,

entweder Anteile deiner selbst oder Menschen in einer Gruppe, dann sei die Summe größer als die Teile und in diesem Kontext ergebe eins und eins drei …«

Vielleicht ließ sich mit dieser heiligen Arithmetik die seltsame Macht der Gruppe erklären, ihn mehr zu beeindrucken, als dies ihre einzelnen Mitglieder taten.

Dass das Erste, was er an diesem Morgen hörte, ausgerechnet die Frage zu betreffen schien, die er sich selbst am Abend zuvor in der Bar gestellt hatte, war einer jener witzigen kleinen Zufälle, um die hier so ein Kult veranstaltet wurde.

»Hier in Findhorn«, sagte Krishna, bevor an jenem Morgen die Einstimmung stattfand, »schlagen wir vor, dass ihr ›Ich-Botschaften‹ abgebt. Dort draußen« – er reckte das Kinn in Richtung der ignoranten Welt jenseits des Fensters – »sagt man oft ›man‹, wenn man eigentlich ›ich‹ meint, aber wir wollen hier zu unseren Gefühlen stehen.«

Jill, eine bedrückend schüchterne Neunzehnjährige aus Glastonbury, wollte die Gruppe verlassen. Lolita sei gerade bei ihr, erklärte Krishna, und versuche sie dazu zu bringen, wenigstens noch bis zum sakralen Tanz durchzuhalten, der auf die Einstimmung folgen werde. Krishna bat alle, sich mit überkreuzten Armen an den Händen zu halten, als würden sie sich zu einem Seil verflechten.

»Spürt die Energie, die durch den Kreis fließt«, sagte er. »Empfangt sie, nehmt davon, was ihr braucht, und gebt sie weiter.«

Peter spürte, wie die Energie durch eine Hand in ihn einströmte und durch die andere Hand wieder hinausfloss. Schickte sein Nachbar den Energiestrom in dieselbe Richtung weiter? Spielte das eine Rolle?

»Fokussieren wir uns nun alle auf Jill und hoffen, dass wir

sie durch unsere Liebe überzeugen können, Teil dieses neuen Kreises von Freunden zu bleiben.«

In Peter, der es wider Willen angenehm fand, mit seinen Nachbarn verbunden zu sein, rebellierte etwas gegen diesen inflationären Gebrauch des Worts »Freunde«, um die Schar aufgeregter Fremder zu beschreiben, die sich am vorigen Abend zum ersten Mal getroffen hatte.

Unbeschuht standen sie im ehemaligen Ballsaal des Hotels, früher zweifellos Schauplatz vieler Feste. Jetzt wurde die Hauptwand vom Gemälde eines Einhorns verunstaltet, das an einem Waldbach stand und grinste wie ein Kasperl. Draußen am Himmel türmten sich dunkelgraue Wolkenstapel auf. Peter blickte sehnsüchtig zu den Autos hinaus, die hinter dem Gebäude parkten. Er hasste Tanzen. Offenbar wollte man ihn hier einer Gehirnwäsche unterziehen, damit er sich der kollektiven Trance überließ, in der Community, Kommunismus und Kommunion eine Schlinge um den schönen Hals des kapitalistischen Individualismus formten, dem einzigen Weg zu kultureller Leistung und persönlichem Glück. Ihm war nach Schreien zumute.

Der Kreis sei die Sonne, erklärte Ulrike, und jede Person ein Sonnenstrahl. »Wir tanzen nun die Sonnenmeditation, und vielleicht locken wir die Sonne hervor«, lächelte sie.

Na klar, dachte Peter.

Ulrike bat alle, sich beim Tanzen gegenseitig anzusehen.

Die Musik der *Matthäuspassion* dröhnte aus einem Gettoblaster in der Ecke. Sie fingen an, sich schrittweise zu bewegen, schauten einander der Reihe nach in die Augen und versuchten, harmonisch durch den Raum zu gleiten.

Peter sah Lolita an, die ernst und freundlich wirkte. Auch in Krishnas Blick lag Ernsthaftigkeit. Peter schaute sich im

Saal um und nahm Aufrichtigkeit, Sehnsucht und Verletztheit wahr. Nur Jill starrte konsequent auf ihre Füße. Sie war jung, zerquält, verloren. Sie hatte schlechte Haut und war trotzig-hässlich angezogen, doch statt sie zu übersehen, wie er es in den raubgierigen Straßen Londons getan hätte, hätte Peter sie nur allzu gerne aufgemuntert und ihr die Befangenheit genommen. Alle bewegten sich langsam und feierlich. Würde sie doch nur einmal aufblicken, er würde Güte in ihre Augen verströmen.

Es gab weitere Tänze, einschließlich einer vegetarischen Allegorie, in der ein Jäger, bestürzt ob ihrer Schönheit, seiner Beute das Leben schenkt. Peter spürte zwar immer noch unter welchem ideologischen Druck er stand, aber es störte ihn nicht mehr so sehr. Eher irritierte ihn das seltsame Gefühl des Wohlwollens, das in ihm aufwallte. Warum sollte man den Menschen nicht mit Vertrauen begegnen statt mit Argwohn? Warum nicht hilfsbereit sein statt opportunistisch? Warum nicht herzlich statt berechnend?

Die Wolken hatten sich gelichtet, waren geschmolzen, hatten sich zerteilt, und die Sonne strahlte auf den Rasen und durch die hohen Fenster auf die hellen Dielenbretter des Ballsaals. Was ging hier vor?

»Da seht ihr's, wir haben die Sonne hervorgelockt!«, lachte Ulrike.

Während der nächsten Tage entdeckte er dieses Wohlwollen immer wieder, selbst wenn es schien, als passierten die damit einhergehenden Erfahrungen in mondlosen Nächten der Phrasen und Leichtgläubigkeit. Seine Anteilnahme für die Gruppe steigerte sich bis zu einem Grad, an dem sein Glück vom Glück der anderen nicht mehr zu trennen schien. Dadurch, dass sich alle ihre »Geschichte« erzählten, entwickelte jeder ein Gespür für die Verletzlichkeit der anderen. Statt die Fallgitter eines falschen Ichs herabzulassen, um sich vor Verwundungen zu schützen, kamen sie dem Schmerz zuvor, indem sie zeigten, dass sie schon alle verwundet waren. Das Bewusstsein, dass das Schlimmste bereits passiert war, hatte etwas ungeheuer Befreiendes. So viel gegenseitige Anteilnahme sollte in Familien herrschen, tat es aber natürlich nie, und deshalb war die Sache hier so verführerisch.

Es hatte etwas Vorzeitliches, wenn alle ihre Geschichten erzählten, und wenn sie schon nicht um ein Lagerfeuer versammelt saßen, so doch um die dicke Kerze, die stets in der Mitte des Kreises brannte.

Peter hatte dem, was Gavin »Nabelschau« nannte, bisher nicht viel Zeit gewidmet, obwohl selbst Gavin sich einmal zu einem Anfall von »am liebsten die Kugel geben« bekannt hatte, und zwar auf einer ansonsten gnadenlosen Männer-Ski-und-Sauf-Sause in Klosters. Peter hatte keine besonders klare Haltung zu den großen Themen, nur eine allgemeine Vorstellung davon, dass manche Gottesbilder abgeschmackt, andere langweilig und die übrigen durchgeknallt waren. Dennoch begann er sich nun zu überlegen – auch wenn wir nur sterbliche Tiere waren, befrachtet mit dem Bewusstsein unserer selbst und der Gewissheit des Todes, und uns Geschichten über die Welt erzählten, um uns die Zeit zu vertreiben und unsere bekümmerten Gemüter zu entlasten, sollten es doch wenigstens gute und wahre Geschichten sein. Und so erzählte er der Gruppe, warum er wirklich hier war, und er erzählte, wie glücklich er mit Sabine während der drei gemeinsam verbrachten Tage gewesen war, glücklich wie nie zuvor in seinem Leben.

Alle waren gerührt, und es schien niemanden zu kümmern, dass er dies bisher verschwiegen hatte.

»Oh, wie romantisch!«, sagte Oriane. »Ich würde am liebsten weinen.« Und so geschah es.

»Ich will, dass du Zimmer zehn als dein Zimmer betrachtest, Peter«, sagte Evan, ein linkischer Australier mit vorstehenden Zähnen, der sich danach sehnte, der Welt Gutes zu tun, aber leider nicht genau wusste, wie. Zimmer zehn war Peter zugeteilt gewesen, bevor bekannt wurde, dass er im Hotel übernachtete.

»Es ist ein ganz besonderes Zimmer, weil es Eileen und Peter Caddys Familienzimmer war«, fuhr Evan fort, dem nicht klar war, dass dies für Peter keine zusätzliche Versuchung bedeuten würde, denn die Mythologie von Findhorn und die Lebensgeschichte seiner Gründer – immer wieder so detailliert und bedeutungsvoll wie ein biblisches Gleichnis erzählt – gehörten für Peter zu den mühsamsten Aspekten seiner Erfahrungswoche.

»Als ich deine Geschichte hörte, hab ich gedacht, wie wahnsinnig Gott uns oft nervt!«, lachte Xana, eine Amerikanerin, mit der Peter sich angefreundet hatte, obwohl ihn ihre Angewohnheit, in jeden Satz Gott einzubringen, anfangs irritiert hatte. Xana half ihm dann, jemanden im Büro zu überreden, nach Spuren von Sabine zu suchen, und tatsächlich tauchte – wunderbarerweise, wie alle fanden – der Name von »Peters Sabine« auf, was er an der Frankfurter Adresse erkannte, die sie leider genau damals, als er sie kennenlernte, aufgegeben hatte. Zumindest war er jetzt mit ihrem Nachnamen ausgerüstet: Wald.

Vormittags zu arbeiten gehörte zur Erfahrungswoche, und so landeten Peter und Xana in der Küche.

»Ich bin Gawain und werde heute die Suppen fokussieren«, sagte der freundliche Mann, der sie in der Küche begrüßte. »Und das ist Bettina, die die Salate fokussieren wird.«

»Hi«, sagte Bettina.

Es gab eine Einstimmung, und alle öffneten sich und erzählten, was an diesem Morgen in ihnen »vorging«. Alle Teilnehmer der Runde öffneten sich, wie Peter es nun schon gewohnt war, bis Lisa an die Reihe kam, eine junge Argentinierin, die zum festen Küchenteam gehörte. Angesichts von Lisas überwältigter Stimmung waren ihre Sprachkenntnisse rasch erschöpft.

»Ich habe das Gefühl«, sagte sie und begann zu gestikulieren, wrang die Hände auf unterschiedlichen Höhen, als eilten zwei Kaulquappen aufeinander zu, ohne sich jemals zu treffen. »Ich muss vorsichtig sein, weil ich vielleicht gar nicht wirklich hier bin …«

Weil du *was*, dachte Peter.

»Als ich Heilerin in Brasilien war«, fuhr Lisa fort, »konnte ich nachts nichts arbeiten, weil ich meinen Körper verließ und auf der Astralebene reiste. Manchmal war es sehr schwer, wieder zurückzukommen, und ich glaube, gestern Nacht«, ihre rechte Hand schoss in die Luft, »hab ich vielleicht mit meinem Engel gesprochen, und ich muss euch etwas erzählen: Mein Engel hat mir gesagt, heute Morgen keine Arbeit.«

Gavin hätte das »Blaumachen ohne Genehmigung der Hausdame« genannt. Hier brauchte man keine Hausdame um Genehmigung zu fragen, nur kurz mit seinem Engel zu plaudern.

Gawain, dessen Name so an Gavin erinnerte, dessen Ton aber so anders war, bat den Engel von Findhorn, ihnen bei der Teamarbeit zu helfen, ihre Herzen zu öffnen und ihren

Geist zu läutern. Er lud alle ein, ganz bewusst auf die Küchengeräusche und die Geisthelfer zu achten, als sei diese Überblendung von Mixersurren und Flügelschwirren die natürlichste Sache der Welt.

Das Seltsame war, dass sie *tatsächlich* als Team arbeiteten. Es herrschte eine bezaubernde, wunderbar gemeinschaftliche Atmosphäre, die Menschen glitten durch die Küche, ahnten voraus, was ihre Teamkollegen brauchen würden, schoben sich Kochtöpfe zu und reichten sich still lächelnd Messer mit dem Griff voran, wichen einander aus, ohne die Arbeit zu unterbrechen, bereiteten anscheinend ohne jede Anstrengung für Hunderte von Leuten Essen zu und hatten noch Spaß dabei. Was war geschehen? Wieder schien sich unter dem raschelnden Seidenpapier von Ritual und Rhetorik etwas Kostbares zu verbergen. Gawains Gebete waren erhört worden, und selbst wenn Gebete nur die Formulierung einer leidenschaftlichen Erwartung waren, sie hatten gewirkt.

Beim Lunch, während sie das von ihnen mit zubereitete Essen verzehrten, das ganz köstlich schmeckte, hatten Peter und Xana in Hochstimmung darüber diskutiert, was geschehen war. Vielleicht waren die Einstimmungen ja nicht nur eine liebenswerte Zeitverschwendung. Peter hatte immer gedacht, am besten boxe man sich durch Gefühle hindurch. Wenn er sich auf den Weg zur Bank gemacht hatte, traurig, verkatert, gelangweilt oder verzweifelt oder auf andere Weise arbeitsuntauglich, waren solche Stimmungen meist verdampft, wenn sie auf die heiße Herdplatte des Agierens fielen. Natürlich musste er einen Preis dafür bezahlen, in Form einer vagen allgemeinen Depression, des Verlusts der Gewohnheit nachzudenken, plötzlicher Anfälle von Frustration, die unerklärlich schien, weil die Spur, die zu ihrer Ursache geführt hätte, verwischt worden war – durch tausend Dringlichkeiten und durch den Trick, Traurigkeit »Scheißtag« zu nennen, und durch die allgemeine Übereinkunft, dass nichts über den Nervenkitzel ging, teure Kredite zu verkaufen und sich billige zu sichern, mit dem Ziel, in ein Nirwana von Besitztümern und Hobbys einzugehen.

Als Peter sich bei der Einstimmung an jenem Abend öffnete, teilte er den anderen mit, dass ihm die Gruppe viel besser gefalle als ursprünglich erwartet.

»Sollen wir uns jetzt geschmeichelt fühlen?«, fragte Xana und brach damit die Regel respektvollen Schweigens.

Peter schmerzte dieser sanfte Spott, und er empfand jenes tiefe Gefühl von Verrat, das Kinder dazu bringt, aus dem Zimmer zu laufen. Diese Überempfindlichkeit musste natürlich »bearbeitet« werden und führte zu weiteren Gelegenheiten von Bindung und Vertrauen. Xana und Peter stiegen aufs Dach, und Peter, der bislang immer, wenn jemand auf eine Sternschnuppe zeigte, gesagt hatte: »Oh, ich hab sie verpasst«, sah an jenem Abend gleich vier Stück.

»Die sind nicht größer als ein Swimmingpool«, meinte Xana, »und sie verglühen, wenn sie auf unsere Atmosphäre treffen.«

In jener Nacht hatte Peter, der sich sonst nie an Träume erinnerte, lebhafte Träume. Gawain und Gavin nahmen an einem komplizierten mittelalterlichen Lanzenturnier teil. Von seinem Platz hinter der Palisade, wo er unter den groben Leibeigenen stand, sah Peter Sabine neben dem König sitzen. Erschüttert merkte er, dass es sich bei dem Lanzenturnier um ein Computerspiel handelte, das er in der Arbeit spielte, und dass sich Sabine aus dieser veränderten Perspektive auf ein paar Lichtpunkte auf einem Flüssigkristallbildschirm reduzierte. Als ihn sein Boss dabei erwischte, wie er spielte, statt zu investieren, rügte er Peter wütend, doch bekam Peter den Tadel gar nicht richtig mit, weil er sich ganz auf die schmutzigen Taubenflügel konzentrierte, die aus den Schulterblättern seines Chefs herauswuchsen. In der nächsten Szene schwamm er mit Sabine zwischen den Sternen, in leicht elektrisiertem Wasser, das sie beide in unerträgliche Erregung versetzte. Ihr Swimmingpool kippte plötzlich aus der Umlaufbahn und wirbelte durchs All, bis er am Rand der Erdatmosphäre aufloderte.

»Toll«, sagte Terry, eine schwarze Amerikanerin, die ihren Job an den Nagel gehängt hatte, um Rückführungsarbeit, Traumarbeit und Körperarbeit zu machen. »Du warst definitiv auf der Astralebene.«

»Tatsächlich?«, fragte Peter und sah von seiner Porridgeschüssel auf.

»Definitiv.«

»Vielleicht kann ich mich heute vor der Arbeit drücken«, sagte Peter.

»Was?«, fragte Terry.

»Ach, nichts.«

»Der König ist dein höheres Selbst!«, rief Terry, als Peter sich auf den Weg zur Küche machte.

Er drückte sich nicht vor der Arbeit, obwohl er das rasch bereute. Statt Gawain, der am Vortag so wunderbar die Küche fokussiert hatte, war jetzt ein großer bärtiger Amerikaner namens Warren da. Vielleicht hat Gawain sein Lanzenturnier verloren, dachte Peter, der sich immer fließender zwischen Träumen und Wachen hin und her bewegte.

»Bist du oft Zielscheibe von Witzen über kleine Leute?«, fragte Warren, als Xana die Küche betrat.

»Was?«, fragte Xana verblüfft.

»So bin ich nun mal«, sagte Warren. »Ich locke Leute gern aus der Reserve. Man muss authentisch sein, stimmt's oder hab ich recht?«

Trotz dieser Vorwarnung erwähnte Peter, durch die ergreifenden Gruppeneinstimmungen zu unnötiger Offenheit verführt, seine wahren Gründe, warum er nach Findhorn gekommen war.

Den ganzen Vormittag lang rief Warren jedes Mal, wenn eine Frau am Küchenfenster vorbeiging: »Ist sie das?« Besonders ausgelassen hüpfte er herum, als die alte übergewichtige Briefträgerin die Post brachte.

»Hey Peter, das ist definitiv die Frau deiner Träume! Bei *den* Klamotten bist du einfach willenlos, stimmt's?«

Wenn er in Peters Nähe kam, sang er jedes Mal den alten Song von Crosby, Stills, Nash and Young, ›*If you can't be with the one you love, love the one you're with.*‹«

Unter Warrens Leitung verschlechterte sich die Qualität des Essens zusehends.

»Das ist das Geheimrezept meiner Großmutter«, sagte er und kippte eine Flasche Essig in einen Topf voller Kohlblätter. »Sie hat es im Mantelfutter aus der Ukraine geschmuggelt.«

»Wir wollen ins Sanktuarium gehen, um zu meditieren«, sagte Xana um die Mittagszeit, zu der man theoretisch das Recht dazu hatte.

»Pech gehabt«, sagte Warren.

»Wir gehen trotzdem«, erwiderte Xana und band ihre Schürze ab.

»Na toll«, sagte Warren. »Das nenne ich seine Bedürfnisse durchsetzen.«

»Weißt du, Warren«, meinte Xana betont geduldig, »als du mich wegen der Kleineleutewitze gefragt hast, war ich gerade zufällig bei meinem Gott.«

»Hast du es wieder zu ihm zurückgeschafft?«, fragte Warren und beugte sich plötzlich vor.

»Nein, es ist mir nicht gelungen«, erwiderte Xana. »Ich denke, wir sind alle nach Findhorn gekommen, um unsere persönliche Vorstellung vom Göttlichen zu entwickeln. Zufällig war ich *tatsächlich* oft Zielscheibe von Kleineleutewitzen, und ich komm damit zurecht, aber das konntest du nicht wissen. Du hast eine Bombe gelegt und bist weggelaufen.«

»Mir war klar, dass du damit zurechtkommst«, sagte Warren, als sei er die ganze Zeit Herr der Lage gewesen. »Ich konfrontiere die Leute mit ihren Problemen, das ist so eine verquere Gabe, die ich habe«, sagte er. »Denk mal drüber nach: Was ist dein Gott wert, wenn er einen Kleineleutewitz nicht überlebt?«

»Um das herauszufinden, gehe ich ja ins Sanktuarium«, sagte Xana und hängte ihre Schürze auf.

Peter wollte Xana folgen.

»Was für ein Problem hast du mit mir?«, fragte Warren und fixierte Peter.

»Eigentlich keins«, sagte Peter, der das Wort »Problem« bis vor Kurzem immer nur mit dem Wort »Aktien« kombiniert hatte. »Na ja, gestern hat die Arbeit viel mehr Spaß gemacht«, fügte er kraftlos hinzu.

»Ist mir scheißegal«, sagte Warren und ging mit langen Schritten zu dem Kessel mit saurer Suppe zurück, die er für die Community zubereitete. »Ich sag das nur so«, rief er über die Schulter zurück, »aber eigentlich ist es mir total wichtig.«

Draußen brachen Xana und Peter in Gelächter aus.

»Ich war gar nicht bei meinem Gott, als er wegen der Kleineleutewitze gefragt hat«, gestand Xana.

»Nicht?«, sagte Peter leicht schockiert.

»Ich wollte zur Abwechslung mal *ihn* aus der Fassung bringen.«

»Allerhand«, meinte Peter bewundernd.

Statt ins Sanktuarium, gingen sie spazieren und unterhielten sich über den grässlichen Warren.

Unter anderem hatte Warren es geschafft, die alternative Arbeitsweise zu kippen, von der Peter am Vortag eine Ahnung bekommen hatte. Jetzt herrschte ein bekannteres Muster; alle zogen sich in ihre private Gedankenwelt zurück und schauten auf die Uhr, Arbeiter, die sich durch eine lästige Autorität eingeschüchtert fühlten. Als Peter einen Moment lang beim Rote-Beete-Hacken innehielt, um seinen Rücken zu dehnen, wurde er von Warren, der die meiste Zeit durch die Küche sprang und schnippische Bemerkungen machte, sofort ertappt.

»Kreuzschmerzen, wie? Versuch dich durch den Schmerz hindurchzuarbeiten«, schlug er vor. »Tja, ich seh nicht nur gut aus, ich kann auch hellsehen.«

Zu seiner Verwunderung bemerkte Peter, dass er die fragilen Offenbarungen der vergangenen Tage schützen wollte und dass die große Sorge, ob er bleiben sollte – die scheinbar sämtliche Findhorn-Bewohner beherrschte –, womöglich nicht nur dem Widerstreben entsprang, das warme Bad sanktionierter Selbstbesessenheit zu verlassen, abseits des ökonomischen Drucks der »größeren Allgemeinheit«, sondern auch der Loyalität, die sich leise in ihm regte, und sei es nur als Gegenreaktion auf Warrens schädlichen Einfluss.

Vielleicht hatte Warren ihm ja doch einen wertvollen Dienst erwiesen. Nein, nein, so durfte er nicht denken; so dachten *sie*.

An dem freien Nachmittag kurz vor Ende seiner Erfahrungswoche besuchte Peter einen in der Nähe wohnenden Gutsherrn, David Campbell, der ein Freund seines Vaters gewesen war. Er hatte diese Flucht bereits geplant, als er noch in London war – ein Hafen geistiger Gesundheit, den er nach einer Woche des Wahnsinns ansteuern konnte. Als Peter frierend die silbernen Dünen durchquerte, während die Nordsee eisig am Ufer leckte und ein paar rötliche Wolken zum Horizont hin immer kleiner wurden, wünschte er sich, er wäre in der Findhorn Foundation geblieben und würde mit jemandem aus der Gruppe über seine Gefühle sprechen.

Campbell lebte in einem jener Hochhaus-Cottages, die man in Schottland Schloss nennt. Bis auf das unvermeidliche Gerücht, dass hier einmal, als Bäckersfrau verkleidet, Bonny Prince Charlie durchgefahren sei, war auf diesem kargen kalten Küstenstreifen nichts passiert, bis er Schauplatz der Gründung einer New-Age-Siedlung wurde.

Campbell saß in der Ecke, hustend und rauchend, mit gelbweißem Haar, in einem Paisley-Hausmantel voller Asche- und Kaffeeflecken.

»Ich nenne sie die Gestapo«, sagte er. »Die Frauen haben meistens lange Kleider und wallende Gewänder an und tragen ihre Babys auf dem Rücken, statt sie in Kinderwagen vor sich herzuschieben wie normale Menschen.«

Wie anders wäre die Geschichte verlaufen, dachte Peter, hätten die Gestapomänner sich in lange wallende Gewänder gehüllt und Babys auf dem Rücken getragen.

»Erstens«, sagte Campbell, »sind sie egoistisch. Sie interessieren sich nicht für die Menschen in ihrer Umgebung. Sie tun zwar so, aber in Wirklichkeit halten sie sich für etwas Besseres. Mrs Brown, die nach mir schaut, wollte mal für die hiesigen Alten sammeln, und ich hab ihr geraten, doch einfach mal in der Foundation vorbeizuschauen und mit ihrer Spendenbüchse zu klappern. Sie wollte da nicht hin, diese Welt ist ihr ganz fremd.« Campbell machte eine Pause und nutzte die Gelegenheit, seine arthritischen Hände um ein Glas warmen Wodka zu schließen. »Nicht einen Penny«, sagte er und schlürfte einen Schluck aus dem verschmierten Glas. »Die haben behauptet, sie hätten kein Geld, obwohl sie alle genüsslich schmausend vor Riesentellern mit köstlichem Essen saßen.«

»Es ist leicht, kein Geld zu haben, weil man dort für nichts bezahlen muss«, meinte Peter.

»Zweitens«, fuhr Campbell fort, »verlassen viele von ihnen die Foundation und kaufen sich Häuser in der Gegend, aber sie sind nicht sehr beliebt, weil sie unter sich bleiben wollen. Hier hört die Welt auf, zwischen uns und Grönland kommt nichts mehr.« Er schwenkte seine Zigarette zum zugigen Fenster hin, dessen Rahmen abblätterte.

Da er merkte, dass Peter sich nicht an seiner Gestapo-Persiflage beteiligen würde, lautete Punkt drei, dass sie »aber wenigstens kein Unheil anrichten«. Als Peter aufbrach, ging sein Gastgeber sogar noch weiter und sagte: »Manches von dem, was sie über Bäume sagen, klingt verdammt vernünftig, aber mein Ding ist das nicht.«

Am letzten Abend befand sich Peter in einem fieberhaften Zustand wechselseitiger, komplexer Sorge um die anderen Gruppenmitglieder. Nicht nur wusste er, was Evan von Xana hielt und Xana von Evan, sondern auch, was Evan Xanas Meinung nach über sie dachte. Das Netz der Verbindungen war so intensiv, dass es Dauer verhieß, als habe die gemeinsame Auflösung all dieser Individuen im Lauf der Woche eine Substanz erzeugt, die nun eine eigene kristalline Struktur bildete.

Als sie sich einander zum letzten Mal öffneten, erzählte eine junge Deutsche namens Lara vom Tod ihres drei Wochen alten Kindes. Kaum fähig zu sprechen, erst recht nicht in einer fremden Sprache, gestikulierte sie wütend, als ob sie riesige Papierbögen zerrisse, und presste dann, ihren Oberkörper wiegend, fest die Fingerknöchel aneinander.

»An dem Morgen war ich so glücklich, ja? Als ich mein Kind ansah … sein Gesicht war so … Frieden, ja? Hm. Ich bin sehr glücklich. Dann sehe ich, sie atmet nicht, und ich denke, nein, das kann nicht sein. Wie kann das passieren, wo ich sie doch so liebe? Wie kann sie zu atmen aufhören?«

Oriane platzte in die Totenstille hinein, die darauf folgte.

»Das mich macht so wütend! Wie ich soll an Gott glauben, wenn so was passiert?«

Später war Oriane bestürzt über ihren Gefühlsausbruch, und Peter war bestürzt darüber, dass sie so bestürzt war, und beide waren bestürzt, dass Lara so unglücklich war, und Xana war auch ganz bestürzt. Nachdem er Lara lange wortlos umarmt hatte, brachte Peter Oriane eine Tasse Tee aufs Zimmer, und dann brachte er Lara in Orianes Zimmer, und Lara sagte, es sei okay, weil jeder Versuch, etwas zu sagen, sowieso hoffnungslos sei, aber sie wisse, dass Oriane die Traurigkeit in ihrem Herzen fühle, und da brach Oriane in Tränen aus, und Lara auch, und dann konnten Peter und Xana nicht mehr anders und brachen auch in Tränen aus.

Am letzten Tag sprachen alle über ihre Woche. Lara sagte, sie habe das Gefühl, sich in einem Ozean der Liebe aufzulösen. Krishna sagte, die Liebe sei so greifbar, dass man sie wie ein Stück Kuchen schneiden könnte. Peter sagte, er wisse, dass etwas Wichtiges passiert sei, aber er wisse noch nicht, was.

»Ich zögere mit Öffnen«, seufzte Oriane. »Ich zögere im Leben immer, und jetzt zögere ich mit Öffnen, weil ich nicht negativ klingen will. Diesen Morgen, als ich Teppich staubsauge, weine ich, weil ich so glücklich bin, Sklavin zu sein, nein, keine Sklavin, Dienerin, aber ich bin so glücklich, nicht entscheiden zu müssen. Es ist unglaublich, was diese Gruppe mir gezeigt hat. Ich seit vielen Jahren habe Therapeuten, aber er mir nie gezeigt, wie sehr ich mich hasse. Diese Woche ich gesehen, wie sehr ich mich hasse, und bin sehr schockiert.«

Xana sagte, sie wünschte, sie hätte eine Mutter gehabt, die so herzlich und begeisterungsfähig gewesen sei wie Oriane, und Oriane brach in Tränen aus.

Krishna erklärte, dass sie zum Schluss gemeinsam tanzen würden, so wie zu Beginn. Er brachte ihnen die Schritte eines weiteren schlichten Tanzes bei, und nachdem Lolita Pachelbels *Kanon* aufgelegt hatte, kam sie hinter den Reglern hervor- und zu den anderen hingerannt.

Die Gruppe begann, langsam im Kreis zu schreiten, sich an den Händen haltend, jeder an seinem Platz und dann reihum im Wechsel. Durch die Erkerfenster des Raums, in dem sie die ganze Woche lang zusammengekommen waren, sah man den Sonnenuntergang. Als bringe das Gewicht der barocken Melancholie, die aus den Lautsprechern strömte, die Sonne zum Sinken. Peter war jetzt nicht mehr gehemmt und bewegte sich mühelos im Kreis. Oriane rannen Tränen aus den Augen, und allen anderen auch. Warum sollten sie die auch zurückhalten?

Peter wusste alles über ihre gescheiterten Ehen, ihre kranken Kinder, ihre herzlosen Mütter und hochgesteckten Ziele, und sie wiederum wussten, dass sich unter seinem Bankergewand eine romantische, verrückte Figur verbarg. Wahrscheinlich würde er keinen von ihnen je wiedersehen, aber der emotionale Druck dieser Woche hatte sie für immer miteinander verwoben, und ihre Verbindung würde in einer anderen Dimension bewahrt, wie in den Adern eines versteinerten Blatts.

Nicht, dass sie Freundschaft geschlossen hätten wie Urlauber, die sich am Pool kennenlernen, doch diese Fremden hatten einen Weg direkt zur intimsten Vertrautheit gefunden, ohne die Umwege des gesellschaftlichen Lebens oder die prekäre Exklusivität des Sex. Mit der Musik und den Tränen durchströmte die Überzeugung den Raum, dass alle Menschen so miteinander leben sollten, ohne dass es etwas zu verbergen gab. Die Vorstellung, dass jeder Mensch liebenswert war, hatte Peter bisher entweder als abstoßende Reise in das Kellergeschoss der Artenzugehörigkeit oder Sonntagsschulgerücht empfunden. Jetzt aber kam es ihm wie die Grundlage aller zwischenmenschlichen Beziehungen vor. Alles war kompliziert und falsch gewesen; jetzt war es einfach und richtig.

Peter versuchte, dieses übertrieben überschwängliche Wohlwollen im Zaum zu halten, aber es hatte keinen Zweck. Er strahlte vor Überzeugung, und außerdem war das Selbst, das vielleicht skeptische Einwände vorgebracht und Bedingungen gestellt hätte, in so rascher Veränderung begriffen, dass es keine feste Position mehr gab, von der aus dies hätte geschehen können. Gleichzeitig hatten die Menschen, denen er hier ständig begegnete, Kombinationen von Eigenschaften, die man gemeinhin unvereinbar nennen würde, eine Lesart, die er übernommen hatte – sie waren unfähig, sich auszudrücken, und interessant, verletzlich und stark, erfolglos und zufrieden.

Als der Aufbruch nahte, warf Peter sein Flugticket weg und beschloss, im Nachtzug nach London zurückzukehren, damit er im Pub mit der Gruppe ein Abschiedsbier trinken konnte. Obwohl diesem Zusammensein nach der Schlusszeremonie etwas seltsam Peinliches, Enttäuschendes anhaftete, gelobte sich Peter, dass ebendies anpassungsfähige Verhalten sein Leben fortan bestimmen sollte.

Jedenfalls fiel ihm jetzt die Aufregung wieder ein, die er als Kind beide Male empfunden hatte, als er mit seinen Eltern im Nachtzug gereist war. Plötzlich stand ihm vor Augen, wie fröhlich ihn alles gestimmt hatte, die Leisten mit den vielen Lichtschaltern und Lüftungsschlitzen, das verschalte Waschbecken und die klirrenden Ketten, die für die Kanalüberquerung um die Räder gewickelt wurden, die Jalousie, die sich über die im Dunkel versunkene Gegend senkte und wieder hochfuhr, um den Blick auf verblüffend neue Landschaften freizugeben, mit Gebirgsbächen dünn wie Rauchfäden, oder Schirmpinien, die sich über ein gekräuseltes Meer wölbten, in dem sich eine orangerote Klippe spiegelte wie in lodernder blauer Seide.

Als er sein Ticket buchte, sagte man ihm, der Speisewagen werde erst in Edinburgh angekoppelt, im vorderen Zugteil würden aber Snacks serviert. Statt enttäuscht zu sein, hatte er immer noch die feierliche Pachelbelmusik im Kopf und war in einem intensiven Zustand freudiger Erregung. Er hatte Sabine Wald nicht gefunden, begegnete der Welt, in die sie eingetreten war, aber nicht mehr mit Argwohn und beschloss, die Suche fortzusetzen und in London nur kurz Station zu machen. Fiona würde zwar nicht erfreut reagieren, hätte aber Gelegenheit, jene märtyrerhafte Miene aufzusetzen, die sie für Enttäuschungen geradezu prädestiniert erscheinen ließ.

Da er sich immer noch spontan vorkam, beschloss Peter, bevor er das Hotel verließ, Gavin anzurufen, der sich während dieser Woche so seltsam hartnäckig in seinen Gedanken gehalten hatte.

An Gavins Durchwahl nahm jemand anders ab.

»Gavin ist leider nicht da«, sagte Tony Henderson.

»Wann kommt er zurück?«, fragte Peter.

»Sie wissen es offenbar noch nicht, deshalb sage ich es Ihnen lieber ganz direkt«, meinte Tony. »Gavin hat sich umgebracht.«

»O mein Gott!«

»Anscheinend war sein Hirnstoffwechsel aus dem Gleichgewicht geraten. Zu viel Lithium oder zu wenig Lithium oder so.«

»Ausgerechnet Gavin.«

»Ich weiß.«

»Wie hat er es getan?«

»Ziemlich unschön. Er hat sich ins Herz gestochen«, sagte Tony. »Das würde ich anders machen«, fügte er streng hinzu.

»Jesus Maria.«

»Das Problem war, dass er nicht richtig getroffen hat«, fuhr Tony fort. »In der Blutlache neben ihm fand man ein paar ausgedrückte Zigarettenstummel. Zum Zeitvertreib, während er langsam verblutete. Der Ärmste hat ja immer gesagt, er würde lieber sterben, als das Rauchen aufzugeben«, fügte Tony hinzu, für den das bereits zum Bürowitz geworden war.

Auf diese frivole Bemerkung fiel Peter nichts Passendes ein.

»Wir haben uns seinen Computer angeschaut«, fuhr Tony fort. »Es gab da die Befürchtung, er könnte Dummheiten mit fremdem Kapital angestellt haben, aber wir entdeckten nur, dass er seitenweise Blätter voller Nullen ausgedruckt hatte. Eigentlich sehr symbolträchtig.«

»Ja.«

Peter saß ein paar Minuten lang auf dem Rand seines Hotelbetts und starrte auf den Teppich. Hatte er deshalb im Lauf der Woche so oft an Gavin gedacht? Hatte Gavin ihn als Geist verfolgt? Die Vorstellung war weit hergeholt, aber unwiderstehlich. Würde Oriane, dachte er mit einem plötzlichen Anfall von Bitterkeit, nun behaupten, hundert Seiten voller Nullen ergäben eine heilige Zahl? Nein, er kannte Oriane jetzt doch, was waren das für Gedanken? War er Gavin böse, weil er ihn an verschüttete Momente seiner eignen Jugend erinnerte, wo er sich selbst danach gesehnt hatte, sich umzubringen? Warum hatte er es nicht getan? Weil es noch schwerer war, als es nicht zu tun? Irgendetwas war geschehen, und er hatte sich, wie fast alle anderen auch, an das Leben gewöhnt. Vielleicht war das Leben nichts weiter als das: eine Gewohnheit, die dem Abenteuer des Todes widerstand. Vielleicht hatte Gavin diese lebenswichtige Gewohnheit hinter der Camouflage seines lächerlichen Jargons, nie erworben, vielleicht war er immer ein Gemarterter gewesen.

Peter musste Fiona Bescheid sagen, dass er nur auf der

Durchreise in London wäre, deshalb rief er sie aus dem Zug an. Er stand schwankend in der mit Teppich ausgelegten Zelle und sah zu, wie sein Guthaben auf der Telefonkarte herunterrasselte.

»Schrecklich, dass Gavin Sui begangen hat«, sagte Fiona.

»Dass er *was*?«, fragte Peter.

»Suizid begangen hat.«

»Hast du gerade gesagt: ›Sui begangen‹?«

»Kann schon sein«, meinte Fiona unbehaglich.

Peter schwieg. Aus irgendeinem Grund offenbarte sich das ganze Grauen von Gavins abgeschnittenem Lebensfaden in Fionas verniedlichender Abkürzung.

»Er war nicht der Typ dafür«, fuhr Fiona unbeirrbar fort.

»Der Typ?«, sagte Peter. »Wieso der Typ? Jeder von uns könnte das jederzeit tun.«

»Kann schon sein«, sagte Fiona mit übertriebenem und zugleich flapsigem Widerwillen, als habe man sie aufgefordert, auf besonders nassem Rasen Krocket zu spielen. »Tun das nicht eher Intellektuelle oder richtig Verrückte?«

»Die Intellektuellen kaufen sich stattdessen vermutlich noch einen schwarzen Rollkragenpullover«, sagte Peter, dem klar wurde, dass er etwas so Albernes zu niemandem außer zu Fiona gesagt hätte.

»Soll ich meinen Kopf in den Gasherd stecken oder mir lieber noch einen Rollkragenpulli kaufen?«, rief sie und lachte schallend.

»Hör zu, ich bin nicht lange in London. Genauer gesagt, ich fliege schon vor dem Wochenende.«

»Aber wir wollten doch zu Daddy.«

»Ich weiß. Das werde ich absagen müssen.«

»Bisschen spät, um zu kneifen.«

»Tut mir leid.«

»Du gibst mir doch nicht etwa gerade den Laufpass?«, fragte Fiona und klang plötzlich verletzt, knirschend wie ein falsch eingelegter Gang.

»Gott, nein«, sagte Peter, »ich will nur …«, er suchte nach dem richtigen Ausdruck, dann fiel ihm Gavins Formulierung ein, »einfach ein bisschen aussteigen.«

»Männer!«, sagte Fiona, und er hörte förmlich, wie sie die Augen verdrehte.

In jener Nacht fand Peter in seinem stickigen Bett keinen Schlaf. Er verzichtete darauf, das Rollo runterzulassen, während der Zug kreischend in den überbevölkerten Süden rollte. Er passte nicht mehr in die Koje, die für einen Achtjährigen so perfekt gewesen war, und konnte sich nicht mehr ablenken, indem er mit den Lichtschaltern spielte.

Der Rhythmus des Zuges lockte ihn in einen geheimnisvollen Zustand gedankenvoller Schlaflosigkeit. War Gavins Selbstmord eine Folge vorübergehenden Wahnsinns oder die lang aufgeschobene Ablehnung unerträglichen Leidens gewesen? War er das Mutigste und Authentischste, was er je getan hatte? Warum hatte Peter gerade in dem Moment von Gavins Suizid erfahren, als er in solcher Hochstimmung war und offen für das Leben?

Peter konnte keine dieser Fragen beantworten, doch im Laufe der Nacht spürte seine Phantasie Gavins Schicksal nach und glitt hinüber ins Reich gelangweilter, trauriger Geister, um nachzusehen, ob Gavin immer noch ruhig rauchend am Pool lag, während sein eigenes Blut neben ihm eine Lache bildete. Allmählich verschmolz Gavins Leiden in Peters müdem Hirn mit Laras entsetzlichem Verlust, und einen erstaunlichen Moment lang, als der Zug durch einen leeren Bahnhof raste, dessen verlassene Bahnsteige sinnloserweise beleuchtet waren, verlor sich Peter in diesem See aus anderer Menschen Tränen und kam, als die Scheiben sich wieder verdunkelten, wieder an die Oberfläche, aufgewühlt, aber irgendwie geläutert.

Ja, Fiona hatte recht, Findhorn war verantwortlich für eine in ihm beginnende Veränderung, die allerdings noch zu flüchtig war, als dass er sie hätte benennen können. Nachdem er aus London abgereist war, hatte er sie bis zu seiner Ankunft in Kalifornien nicht mehr kontaktiert, und auch von dort hatte er ihr nur einen ausweichenden Brief geschrieben, voll unbestimmter, neutraler Phrasen, dass er »mehr Freiraum brauche«.

Und jetzt war er im Esalen-Institut und suchte immer noch nach Sabine, war aber nicht mehr sicher, ob er Erfolg haben würde. Esalen war der letzte Ort von dem Sabine noch gesprochen hatte. Sie hatte nostalgisch von den heißen Schwefelbädern dort geschwärmt, in denen die Traumata, die die Workshops zutage brachten, in eine wollüstige Katharsis verwandelt wurden.

Peter wandte sich von dem hölzernen Geländer ab, wo er neben dem trägen Diamantgekräusel des Pazifiks gestanden hatte, und ging in sein Zimmer zurück, um die Schmutzwäsche zu holen, die in Los Angeles zusammengekommen war.

4

Peter beobachtete seine Wäsche im Trockner und träumte vor sich hin, während seine Hemdknöpfe leise gegen die Metalltrommel klickten. Was hätte er gemacht, wenn Sabine jetzt hereingekommen wäre? Er dachte immer noch unablässig an sie, aber sie beschäftigte ihn nicht mehr so sehr als Person, sondern eher grundsätzlich. Er konnte nicht mehr in der zerlesenen Anthologie ihrer drei gemeinsamen Tage blättern und erwarten, irgendein Detail zu finden, das er nicht ohnehin auswendig kannte. Was ihn jetzt faszinierte, war die Beharrlichkeit und Verwegenheit seiner Faszination. Die jüngste und exotischste Frustration hatte er nur wenige Tage vor seiner Ankunft in Esalen erlebt, als er in Los Angeles nach Sabine gesucht hatte.

Er kam zu dem Schluss, dass eines Tages die ganze Welt wie Los Angeles aussehen würde, weder eine Stadt noch die Abwesenheit einer Stadt, nur zerstörte Landschaft und Häuser, zwischen Highways gequetscht, die unermüdlich flüsternd logen, es sei interessanter, irgendwo hinzufahren, als hierzubleiben. Der gesamte nach Westen orientierte Drang der amerikanischen Geschichte schien sich hier am Strand aufgetürmt zu haben, und die Nachkommen der planwagenverrückten Pioniere die sich weigerten, die Beschränkung, die ihnen der Welt größter Ozean auferlegte, ganz zu akzeptieren, patrouillierten wie besessen an der Grenze des Westens entlang, wie Lemminge in Therapie.

Der atemlosen Fettleibigkeit der Stadt entsprach die Art und Weise, wie Arbeit und Spiel ineinander übergingen und einen ständigen Randbezirk hedonistischen Handels bildeten. Jeder Deal musste bei einer Golfpartie abgeschlossen werden, jede Party bot Gelegenheit, die Muskeln einer schwächlichen Karriere spielen zu lassen, statt sich der Mühe zu unterziehen, sich mit jemandem zu unterhalten. Diese Verwirrungen breiteten sich auf alle Bereiche des Lebens aus. Speisekarten konnten sich nicht entscheiden, ob sie fürs Abnehmen oder fürs Essen werben sollten. Oft trieben sich die Inhaltsstoffe der Salate und Sandwiches schüchtern zwischen den wahren Stars herum: den Ingredienzien, die man weggelassen hatte, und der sinnlosen Vielfalt der Methoden, mittels deren der natriumfreie, ungebleichte, zuckerfreie, koffeinfreie, kaffeefreie Kaffee eingedampft, sonnengetrocknet, entrahmt, getrocknet und in sechzehn verschiedenen Bechergrößen serviert wurde.

Da ihm bereits das Geld ausging, hatte Peter auf dem Sofa einer Exfreundin genächtigt, die in der glücklichen Lage war, in der immer wieder gern gesehenen TV-Serie *Cop Story* die englische Gattin des Außenseiters Lootenant McMurphy zu spielen. Eigentlich hätte sie gern ernsthaftere Rollen gehabt, wie Caroline unermüdlich beteuerte, aber von *Cop Story* lebte sie nun mal.

Am Abend, bevor Caroline ihn wieder vor die Tür setzte, weil sie fand, seine leidenschaftliche Suche nach Sabine untergrabe ihr sexuelles Selbstwertgefühl, hatte sie ihn zu einer Party mitgenommen, die in den Büroräumen eines auf die

Unterhaltungsbranche spezialisierten Anwalts stattfand. Sie ließ Peter an der Tür stehen, um mit einem Produzenten zu »networken«, und Peter fiel Jerome zum Opfer, einem Mann mit stahlblauen Augen und wirrem, graubraunem Haar, der sofort auf ihn einredete.

»Ich hab das Gefühl, heute Abend kommt alles zusammen«, sagte er heiser. »Ich kriege eine Menge Schwingungsenergie vom Mond.«

»Ist das angenehm?«

»Das ist toll!«

»Ah, gut.«

»Ich habe eine Fortsetzung zu *Easy Rider* geschrieben und gerade einen Mann getroffen, der einen direkten Draht«, Jerome vollführte mit den Händen energische Karatebewegungen, »zu Jack Nicholson hat.«

»Aber kommen im Originalfilm nicht alle Hauptfiguren ums Leben?«, fragte Peter.

»Das haben wir umgangen.«

»Aha.«

»Ich mache das Filmprojekt nur, um Geld zu verdienen. Meine eigentliche Leidenschaft gilt der spirituellen Autobiografie, die ich gerade schreibe. Sie heißt ›*Wir haben das Ego erfunden, weil wir vergessen haben, dass wir Gott sind.*‹«

»Griffiger Titel.«

»Ja, aber ich nenne es vermutlich ›*Zu tief zum Schürfen*‹.«

»Schwere Entscheidung«, sagte Peter.

»Die zentrale Idee ist Liebe, Liebe, Liebe. Vergesst euer Leiden und eure kleinen Zänkereien, nur Liebe, Liebe, Liebe. Vergesst das Saufen und das Rauchen, denn wenn ihr die Liebe begreift, werdet ihr aus Liebe zu euch selbst auf solche Dinge verzichten. Das ist ein fast wörtliches Zitat aus dem

Buch«, entschuldigte sich Jerome für seine weitschweifigen Ausführungen. »Warum lindert Gott unser Leiden nicht?«

»Das hab ich mich auch schon oft gefragt«, sagte Peter.

»Weil er es nicht als Leiden betrachtet.«

»Dann ist er eindeutig weniger schlau, als man denken sollte.«

»Wenn einem auffällt, dass einem bisher nicht aufgefallen ist, dass einem etwas fehlt, dann ist das genau das, worum es eigentlich geht«, sagte Jerome und strahlte Peter voller Schwingungsenergie an. »Denk mal drüber nach.«

Sie standen neben einem Wagenrad mit Glühbirnen in Kerzenflammenform, das tief über einem Konferenztisch hing. Der Tisch war überladen mit grellorange leuchtenden Chips und einer Schale Kräuterdip ohne Öl. Peter hätte Jerome liebend gern stehen gelassen, doch nachdem Jerome Peter in seine beruflichen Projekte eingeweiht hatte, war er nun bereit, Interesse an Peters Karriere zu heucheln.

»Und was führt dich nach Kalifornien?«, fragte er.

»Na ja, ich weiß, es klingt lächerlich, aber ich suche nach einer Frau, die ich liebe. Ich glaube kaum, dass du sie kennst«, sagte Peter müde. »Ein deutsches Mädchen namens Sabine?«

»Klar kenn ich die«, meinte Jerome. »Groß, braunes Haar, sehr süß ...«

»Mein Gott«, sagte Peter und stützte sich auf den Tisch. »Ja, das ist sie. Aus Frankfurt?«

»Aber ursprünglich aus Hannover«, sagte Jerome und ahmte Sabines Sprechweise perfekt nach.

»Ich fasse es nicht«, keuchte Peter. »Wo ist sie?«

»Hier in L.A.«

Ich hab es gewusst, dachte Peter, ich hab gewusst, es hat einen Grund, dass ich an diesem grässlichen Ort gelandet bin. Hartnäckigkeit wird belohnt! Es gibt glückliche Zufälle! Das Leben ist schön!

»Wir könnten sie heute später am Abend noch treffen, wenn du willst«, schlug Jerome vor.

»Und ob ich will … ich habe meinen Job an den Nagel gehängt, ich suche seit drei Monaten nach ihr, ich bin fast pleite …« In einem Film hätte er jetzt wohl weinend zusammenbrechen müssen.

»Deine Suche ist vorbei«, sagte Jerome und strich Peter beschwichtigend über den Rücken. »Los, fahren wir zu ihr.«

Caroline wollte mitkommen.

»Ich möchte dieses Wiedersehen um nichts in der Welt verpassen«, seufzte sie.

Auch Jerome hatte einen Freund dabei, einen untersetzten, pockennarbigen Anwalt namens Julio, der soeben in die Kanzlei des Entertainmentanwalts eingestiegen war.

Draußen regnete es in Strömen, Jeromes Wagen fuhr langsam durchs dunstige Dunkel und die in Sturzbäche verwandelten, immer schmaler werdenden Straßen.

»Wo fahren wir eigentlich hin?«

»Adresse im Valley«, sagte Jerome.

»Bist du hier hier in den Staaten eigentlich schon anwaltlich vertreten?«, fragte Julio und wandte sich ächzend nach hinten.

»Nein«, sagte Peter, »aber ich bin auch nicht geschäftlich hier.«

»Nein, nein«, meinte Julio, »du zäumst das Pferd von hinten her auf. Du brauchst eine anwaltliche Vertretung, dann kriegst du, was du haben willst.«

»Bist du auf Entertainment spezialisiert?«, fragte Peter höflich.

»Nein, ich bin zuständig für Körperverletzung«, sagte Julio.

»Ist das legal?«, fragte Peter.

»Klar, das ist ein juristisches Fachgebiet.«

»War doch nur ein Scherz ...«, murmelte Peter.

»Julio arbeitet am Patent meiner Erfindung zur Wasserreinigung«, erklärte Jerome. »Sie verändert die molekulare Struktur des Wassers und macht es leichter, damit das Gemüse nicht mehr so dichte Wurzeln hat.«

Im Schatten des Rücksitzes streckte Caroline schielend die Zunge heraus, um kundzutun, was sie von diesem Plan hielt.

»Es sind keine Chemikalien dafür nötig«, sagte Jerome. »Ich habe einen Heiler in Tijuana kennengelernt, der sagte, Krebs werde von den Chemikalien verursacht, die uns überall umgeben. Sie verändern die Moleküle, Parasiten dringen ein und explodieren zu Krebszellen.«

»Mein Gott, wie schrecklich«, meinte Caroline gelangweilt. »Ich will ja kein Partymuffel sein, aber wie weit ist es noch zu dieser Adresse? Ich habe morgen früh einen Akupunkturtermin.«

»Akupunktur«, sagte Julio. »Da hat neulich einer prozessiert, weil er sagt, es nutzt nichts. Die American Medical Association musste dann entscheiden. Die sagten, es hat sich nichts getan, keine Besserung.«

»Du darfst nicht glauben, was in der Zeitung steht«, sagte Jerome. »Was man in Amerikas Zeitungen liest, ist nicht die Wahrheit, das sind nur Storys, die lanciert werden. Natürlich funktioniert Akupunktur. Der Körper ist ein elektrisches System.«

»Hör mal«, sagte Caroline, »könntest du einfach die Frage beantworten? Wie weit sind wir schon?«

»Nicht weit«, sagte Julio und kratzte sich am Nacken. »Wegen des Regens müssen wir langsamer fahren, schaut euch diesen Regen an …«

»Bereuen«, sagte Jerome, »ein schönes Wort. Das lateinische *repentare*: noch einmal überdenken. Es ist so schön. Später wurde es mit Schuld verknüpft. Die haben die Schuld erfunden.«

»Dir ist hoffentlich klar, dass wir ermordet werden sollen?«, flüsterte Caroline Peter vorwurfsvoll zu.

Peter runzelte die Stirn, weil er das übertrieben fand.

»Und was ist mit dem Sündenfall?«, sagte er zu Jerome.

»Der Sündenfall«, lachte Jerome, als sei das ein schlechter Witz. »Die Erkenntnis von Gut und Böse. Vor dem Sündenfall, als wir noch in Atlantis und Lemuria lebten, hatten wir diese unglaublichen Kräfte, und wir werden sie zurückgewinnen!« Er schlug aufs Lenkrad. »Wir werden sie zurückgewinnen, auch wenn ungefähr zehntausend Jahre Schuld, Gut und Böse und Unterscheidung und Ego hinter uns liegen – trotzdem werden wir jene Kräfte zurückgewinnen, die wir damals in Lemuria besaßen.«

»Aus welcher Quelle stammt das?«, fragte Julio.

»Ich habe dir das Buch gegeben«, sagte Jerome.

»Ach so, ja, stimmt. Es liegt daran, dass es in der DNA verankert ist, nicht?«

»Nein«, erwiderte Jerome wütend. »Man muss Ursache und Wirkung auseinanderhalten. Weil sich das so verhält, ist es in der DNA, aber die DNA ist nicht die Ursache.«

»Ja, stimmt, stimmt«, sagte Julio. Das leuchte ihm ein. In diesen unergründlichen philosophischen Gewässern verlor sich das Gespräch. Caroline verschränkte die Arme und starrte mit tragischer Miene aus dem Fenster, als wollte sie

Peter nicht nur ihren eigenen Tod aufbürden, sondern auch den aller Ophelias, die sie nun nie mehr spielen würde.

»Wir sind da«, sagte Jerome.

Sie stiegen aus, vor einer schwarzen Mauer, in die eine schwarze Tür eingelassen war und ein pinkfarbenes Neonschild mit der Aufschrift »222«.

»Wo sind wir hier?«, fragte Caroline.

»Hier hängt Sabine gerne ab«, sagte Jerome.

»Was deine Freundinnen betrifft, hattest du schon immer einen komischen Geschmack«, witzelte Caroline.

Die dämmrige Beleuchtung konnte nicht über die ausgedehnten kahlen Stellen im roten Teppich hinwegtäuschen. Einige ungewöhnlich große Frauen in paillettenglitzernden Abendkleidern hingen an der Bar herum. Eine von ihnen saß auf einer aufgeschlitzten Polsterbank neben einem hohlwangigen Mann im Ledermantel.

Jerome ging zur Bar und unterhielt sich flüsternd mit einem der Mädchen.

»Dir ist klar, was das hier ist, oder?«, fragte Caroline.

»Eine Kaschemme«, sagte Peter.

»Das sind Transen.«

»Was?«

»Transsexuelle. Ich ruf jetzt mal ein Taxi – vielleicht haben wir noch eine Chance, hier lebend wieder rauszukommen.«

»Ich möchte dich einer Freundin von Sabine vorstellen«, sagte Jerome.

»Hör mal …«, meinte Peter.

»Sabine kommt später und trifft sich hier mit ihr.«

»Ich weiß nicht, ob ich dir das abnehme«, erwiderte Peter.

»Willst du behaupten, dass mein Freund lügt?«, fragte Julio.

»Nein, ich –«

»Wenn du das nämlich behaupten würdest«, sagte Julio, »wäre das eine gravierende Anschuldigung.«

»Ich verzeih dir, Peter«, meinte Jerome und legte Peter beschwichtigend die Hand auf den Rücken. »Hier, begrüß mal Shalene.«

»Shalene, das ist Peter, ein sehr guter Freund von mir.«

»Hallo, Peter«, krächzte Shalene, fast so heiser wie Jerome.

»Hallo«, erwiderte Peter. »Sie sind also eine Freundin von Sabine?«

»Stimmt, Schätzchen«, sagte Shalene, zog eine Zigarette aus ihrer samtenen Abendtasche und beugte sich vor, damit Peter ihr Feuer geben konnte. Ihr Kiefer war breit, aber glatt rasiert, das weiße Make-up dick aufgetragen.

»Äh, wann glauben Sie, dass …«, begann Peter, doch Shalene lehnte sich kokett vor und unterbrach ihn.

»Soll ich deinen Schwanz lutschen?«, fragte sie.

»Nein danke«, sagte Peter und spielte nervös mit einem Streichholzbriefchen, das auf der Theke lag. »Das ist furchtbar nett von Ihnen, aber …«

»Willst du *meinen* lutschen?«, erwiderte Shalene sofort, als wolle sie ihm aus der Verlegenheit helfen.

»Ihren?« sagte Peter. »Ich glaube, lieber nicht.«

Damit war klar, dass Shalene immer noch auf die volle Geschlechtsumwandlung sparte.

»Was machst du dann hier?«, fragte Shalene, und an die Stelle ihrer übertriebenen Weiblichkeit trat jetzt männliche Aggressivität, die genauso übertrieben wirkte, und sei es nur vor dem Hintergrund der falschen Wimpern und Strassarmreifen.

»Ich hab Ihnen doch gesagt …«

»Wer zum Teufel ist diese Sabine? Ich werde ganz eifersüchtig«, sagte Shalene und zog einen Schmollmund. »Du musst mir deine Phantasien beschreiben. Dieser Mann hat nur gesagt, ich soll behaupten, ich würde Sabine kennen, aber damit allein kann ich nicht arbeiten …«

»Wo ist Jerome?«, fragte Peter nervös.

»Er ist gegangen. War Sabine ein Mädchen wie ich und eine gute Freundin von dir?«, beharrte Shalene.

»Nein«, stieß Peter hervor, dem klar wurde, welche Folgen Jeromes Verschwinden haben konnte.

Caroline kam auf die Bar zugeschlendert. »Taxi kommt gleich«, sagte sie, ohne die Lippen zu bewegen.

Shalene begegnete Peter jetzt mit offener Feindseligkeit. »Wenn du keinen Sex willst, was machst du dann hier, verdammt noch mal?«

»Hören Sie«, sagte Peter, der spürte, wie sich Shalenes lässige, gut gebaute Freundinnen in feindseliger Einigkeit um sie scharten. »Normalerweise würde ich natürlich, ich meine, Sie sind unglaublich attraktiv und so weiter, aber ich bin heute Abend mit Caroline hier, und es könnte sie vielleicht schockieren.«

»Vielleicht würde sie ja gern zuschauen«, sagte Shalene, kniff die Augen zusammen und leckte sich lasziv die Lippen.

Mein Gott, dachte Peter, die hat auf alles eine Antwort.

»Glaube ich nicht«, sagte er entschieden.

»Frag sie«, verlangte Shalene in schneidendem Ton.

»Caroline«, würgte Peter hervor, während er sich langsam umdrehte, »Shalene möchte wissen, ob du zuschauen willst, wenn sie meinen Schwanz lutscht.«

»Hmmm«, machte Caroline, und Peter merkte entsetzt, dass sie mit dem Gedanken spielte, sich an ihm zu rächen.

»Ich … ich glaube nicht«, sagte sie lächelnd zu Shalene. »Trotzdem vielen Dank.«

»Spielst du nicht in *Cop Story* mit?«, fragte Shalene.

»Ja«, gab Caroline widerstrebend zu.

»O mein Gott, du bist Lootenant McMurphys englische Ehefrau!«

»Ja«, sagte Caroline.

»Ich finde dich toll!«, gurrte Shalene, legte die Hände auf die Brust und verdrehte die Augen. »Wir haben hier einen Star an der Bar!« rief sie.

Die anderen Mädchen stürzten gierig herbei.

»Mrs McMurphy aus *Cop Story*!«, sagte Shalene und präsentierte Caroline mit einer schwungvollen Geste.

Alle waren wie elektrisiert.

Eine schwarze Blondine, 1,90 Meter groß, in einem durchsichtigen Bodysuit, der das prächtige Resultat einer kompletten Geschlechtsumwandlung zur Geltung brachte, kam aus der Ecke, eine silberne Haarbürste in die Hand.

»Darf ich dein Haar bürsten?«, fragte sie.

»Warum nicht?«, sagte Caroline, die es ziemlich genoss, im Mittelpunkt zu stehen.

Peter witschte zur Tür, um nach dem Taxi zu schauen.

»Tut mir leid, dass ich unterbrechen muss«, sagte er triumphierend, »aber unser Taxi ist da.«

»Ohhh«, stöhnten die Mädchen. »Könnt ihr nicht noch ein bisschen bleiben? Mögt ihr uns nicht?«

»Es war *so* ein netter Abend!«, sagte Caroline und kritzelte ein Autogramm auf Shalenes Zigarettenschachtel. »Aber ich muss morgen schon in der Morgendämmerung am Set sein.«

»Klar«, sagten die Mädchen.

Caroline und Peter brachen gemeinsam auf, begleitet von anerkennenden Kommentaren.

»Was für eine Lady!«, sagte das Mädchen mit der Haarbürste, und der Sprung in ihrer Stimme war tief wie der San-Andreas-Graben.

»Ich hab sie entdeckt«, bemerkte Shalene stolz.

Auf dem Rücksitz des Taxis konnte Caroline ihre Erleichterung erst nicht verbergen, steigerte sich dann aber in eine Wut hinein, weil sie am Anfang des Abends solche Angst ausgestanden hatte.

»Verdammt noch mal, du musst total bescheuert sein, dieser Deutschen hinterherzujagen, die du kaum kennst …«

Das Taxi kam kreischend zum Stehen.

»Was ist los?«, fragte Peter.

»Ich muss Sie bitten auszusteigen«, sagte der picklige junge Fahrer.

»Wie bitte?«

»Ich dulde kein Fluchen in meinem Taxi.«

»Wird nicht mehr vorkommen, versprochen«, sagte Peter.

»Fluchen ist das Rülpsen Satans«, sagte der Fahrer. »Ich muss Sie bitten auszusteigen.«

»Oh, um … um unseretwillen, bitte machen Sie eine Ausnahme! Es regnet, und wir sind beide sehr müde. Bitte zeigen Sie doch etwas Nachsicht. Hier sind noch mal fünfzig Dollar.«

»Bitte verlassen Sie das Taxi«, sagte der Fahrer, und als er sich umdrehte, hielt er ein Tränengasspray in der Hand.

»Tragen Sie Christus im Herzen?«, fragte Caroline.

»Ganz sicher, Ma'am«, sagte der Fahrer, »aber ich glaube, Sie tragen Satan im Herzen.«

»Wissen Sie«, erwiderte Caroline schwer atmend, »in Ihrer

Nähe spüre ich diesen ungeheuren Druck in meiner Brust, und ich glaube, das ist Christus, der in mein Herz einziehen möchte. Wollen Sie meine Seele Satan überlassen oder eine Seele für Christus gewinnen?«

»Na ja«, meinte der Fahrer verwirrt, »sind Sie bereit, sich taufen zu lassen?«

»O ja«, schluchzte Caroline.

»Schwören Sie«, sagte der Fahrer, indem er das Tränengasspray verstaute und dem Handschuhfach eine Bibel entnahm, »dass Sie Christus in Ihr Herz aufnehmen werden?«

»Komm, lass uns laufen«, sagte Peter.

»Du läufst«, sagte Caroline, »ich schwöre.«

»Na gut, dann schwör ich auch«, meinte Peter.

Es war vier Uhr morgens, als sie zu Hause ankamen.

»Scheißwichser!«, sagte Peter, als er die Wagentür zuschlug.

»Arschloch«, bekräftigte Caroline und trat gegen die Tür.

»Diese Stadt gefällt mir«, sagte Peter. »Ich überlege ernsthaft hierherzuziehen.«

»Ab morgen früh kannst du dir eine neue Unterkunft suchen. ›Komm, wir laufen‹, du Idiot!«

Der Trockner kam ächzend zum Stehen, und Peter zog seine warmen Hemden aus der Trommel.

5

Barny näherte sich dem überquellenden Abfalleimer im Park mit einer Miene halb bezwungener Neugier. Auf dem festgestampften Matsch des Clapham Common lagen überall Fastfoodschachteln aus Polystyren und raschelten im kühlen Wind. »Barny!«

Jason versuchte wütend zu klingen, gab aber auf, als der Hund matt mit dem Schwanz wedelte, weil er den nostalgischen Duft irgendwelcher fleischähnlicher Essensreste erschnüffelte.

Der arme Barny, träumte er nachts von Metzgerläden? Konnte er nicht einschlafen, weil er all die ungefressenen Schafe zählte? Baumelte er die ganze Nacht an den Fleischerhaken der Erinnerung? Manche Erinnerungen musst du suchen, dachte Jason, andere finden dich, wo immer du bist.

Haley hatte gesagt, dass sie für Barnys »Seelenheil« verantwortlich seien. Nach einer langen Diskussion darüber, worin das Seelenheil eines Hundes bestehen mochte, hatte Haley sich wie immer durchgesetzt, und nun bekam Barny nur noch veganes Hundefutter. Barny war ein fröhlicher Hund gewesen, hatte immer aufgeregt im Flur gebellt, mit seinen Krallen die viktorianischen Fliesen zerkratzt und mit seinem schwarzen Labradorschwanz laut gegen den Türrahmen gepeitscht, aber jetzt ließ er den Kopf hängen, und seine Stirn durchzogen fleischige Furchen verwirrten Selbstmitleids.

»Er wirkt verdammt unglücklich«, sagte Jason. Er merkte, dass er sich daran gewöhnt hatte, von Barnys närrischer Ungeduld getröstet zu werden, wenn er mal wieder mit leeren Händen von irgendeiner Plattenfirma nach Hause kam.

»Das kommt daher, dass jetzt die Giftstoffe aus seinem Organismus ausgeschwemmt werden«, erklärte Haley. »Du kannst dir nicht vorstellen, was in einer Dose Hundefutter so alles drinsteckt.«

»Giftstoffe?«

»Ja, schrecklich giftig für so ein liebes Hundchen. Der arme Barny ist süchtig nach diesem Zeug, stimmt's, du dummes Hundchen?« Haley packte Barny bei den Ohren und schüttelte seinen Kopf. »Jetzt, wo wir ihn auf Veggi-Futter setzen, kommt er im nächsten Leben wahrscheinlich als Mensch auf die Welt.«

»Jetzt krieg ich wirklich Schuldgefühle.«

»Sei nicht so zynisch, vielleicht wird er der nächste Gandhi. Ja! Wo ist mein schlaues Gandhi-Hundchen?«

»Aber Gandhi ist doch längst tot«, protestierte Jason.

»Armes Gandhi-Hundchen, hat ein Herrchen, das ein total langweiliger alter Besserwisser ist«, sagte Haley gereizt.

Barny trottete vom Abfalleimer weg, und Jasons Gedanken kehrten zwanghaft zu seinen beruflichen Enttäuschungen zurück. Als er noch in den Zwanzigern gewesen war und fest davon überzeugt, dass schlechte Nachrichten ansteckend seien und Optimismus unweigerlich zum Erfolg führe, hatte er sich gewisse Floskeln angewöhnt, wie »die Zeichen stehen gut … die Plattenfirma ist wirklich interessiert … der Deal wird wohl noch vor Weihnachten zustande kommen«. Als er herausfand, dass man ihn den »Die-Zeichen-stehen-gut-Jason« nannte, legte er diese vorgetäuschte Heiterkeit ab. Auf eine Zeit schmallippigen Schweigens folgte bald seine derzeitige Politik, ganz allgemein in düsterem Ton über die »ökonomischen Bedingungen« zu klagen.

Jetzt, mit zweiunddreißig, wurde er langsam zu alt, um noch den großen Durchbruch in der Rockmusik zu schaffen; vielleicht war er dafür schon lange zu alt. Bald hatte er Geburtstag. Als Widder hätte er eigentlich ein jähzorniger, ehrgeiziger, getriebener und oberflächlicher Mensch sein sollen. Haley sagte, selbst C.G. Jung habe geglaubt, dass an der Astrologie was dran sei. Aber Jung hatte ja geglaubt, dass an allem was dran sei. Um auf Nummer sicher zu gehen, hatte er sogar aufmunternd mit seinen Küchengeräten gesprochen. Haley sagte außerdem, dreiunddreißig sei ein ganz entscheidendes Alter, in dem sei Christus gekreuzigt und Buddha erleuchtet worden, aber Jason wollte ja keine Weltreligion gründen, er wollte nur eine Platte rausbringen – und dann eine Weltreligion gründen.

Er runzelte gefühlvoll die Stirn und sang in ein imaginäres Mikrofon. Wie Meeresleuchten in der aufgewühlten See blinkten aus der bewundernden Menschenmenge jenseits des Bühnenrands Lämpchen auf. Das Gesicht von Make-up verkrustet, die Augen geblendet vom brennenden Schweiß und den gleißenden Scheinwerfern, bewegte er sich nicht mehr rastlos in seiner zaghaften, gequälten Hülle, sondern loderte in der Gewissheit, zu einer Turbine geworden zu sein, die imstande war, die Enttäuschungen und Wünsche von Millionen wunder Seelen augenblicklich zu verwandeln. Er schloss die Augen und inhalierte die belebende, befreiende

Wirkung des Ruhms – und seine neue Identität, ein Trugbild aus Lüge und wohlkalkuliertem Leichtsinn, richtete sich auf und entfernte sich so, wie ein Geist sich zuversichtlich vom Leichnam seines alten, bangen Selbst.

O ja, genau das war es, was er wollte. Er hielt die Augen geschlossen, um die Vision noch etwas länger auszukosten. Total künstlich zu werden und sich dafür anbeten zu lassen, und dann für »echt« gehalten zu werden, weil er seinen wildesten Lastern nachgab. Er warf die Schultern zurück und spürte, wie er größer wurde. Glückseligkeit, es wäre die Glückseligkeit.

Barny, der nicht wissen konnte, dass sich sein Herrchen in eine globale Ikone verwandelt hatte und damit zu den wirklich prominenten Leuten zählte, die überall erkannt werden, in Vanuatu und Kathmandu genauso wie auf der King's Road oder der Fifth Avenue, stand neben ihm und bellte matt.

Jason wurde wieder bewusst, dass er auf Clapham Common stand, nicht auf der Bühne der Hollywood Bowl – er dachte zärtlich an Johnny Rottens Worte »Kennt ihr das Gefühl, verarscht worden zu sein?«, als die Sex Pistols nach nur zwei Songs verschwunden waren –, klatschte in die Hände, rief seinem erschöpften Hund zu »Los, Barny!« und trat den Heimweg an.

Morgen würden er und Haley über die Hollywood Bowl fliegen, aber nicht, um den Nektar seiner überwältigenden Berühmtheit einzusaugen, sondern auf dem Weg zu einem Seminar, das ihre kränkelnde Beziehung kitten sollte. Kaum war von Haley der Vorschlag mit dem Seminar gekommen, hatte Jason das Gefühl gehabt, dass sich musikalisch gerade jetzt wirklich etwas für ihn tat, aber er war nicht in der Position, den Vorschlag abzulehnen. Sonst warf sie ihn vielleicht noch raus.

Haley hatte kürzlich erklärt, ihre Beziehung sei »total krank«, und zwar nach dem dritten Mittwoch in Folge, an dem sie eine Co-Abhängigkeitsgruppe besucht hatte und mit einer grässlichen neuen Freundin zurückgekehrt war. Diese Freundin, Panita, glaubte, dass »Selbstzufriedenheit« wie sie es nannte, das höchste Lebensziel sei und nur dadurch erreicht werden könne, dass man sämtliche alten Beziehungen brutal abbrach, einschließlich der Beziehung zum »alten Ich«.

»Wenn sie schon dabei ist«, hatte er säuerlich bemerkt, »sollte sie auch gleich mit ihrem neuen Ich brechen.«

»Ich finde, das ist eine überaus kränkende Bemerkung«, sagte Haley.

»Ach, lass stecken«, sagte Jason.

»Nein, Jason, das ist ganz typisch: Ich lerne eine neue Freundin kennen, und schon musst du mich dafür kleinmachen. Warum? Weil du das bedrohlich findest? Jason, der die Kontrolle über Haley verliert, hast du davor Angst?«

»Du kannst mich mal!«, hatte er gebrüllt und die Tür zugeknallt.

»Thronsohn!«, hatte sie nachgekreischt. »Du bist der archetypische Thronsohn!«

Die schreckliche Wahrheit war, dass er es tatsächlich bedrohlich fand, denn er wusste, der Preis für die Aufnahme in den inneren Zirkel von Selbstbestimmung und schlechter Laune war der noch tropfende Kopf eines »verletzenden« Geliebten, Elternteils oder Arbeitgebers.

Wenn er in letzter Zeit im Auto nach seinem Nirvana-Tape, *Unplugged,* griff, um mitzusingen und in süßer Qual Kurt Cobain nachzuahmen, musste er erst mal einen klappernden Haufen Pia-Mellody-Tapes beiseiteschieben, die alle davon handelten, wie man seinen Freund auf die Straße setzte – so seine paranoide Vorstellung; er hatte sich zwar keins davon je angehört, aber er *wusste*, dass diese Tapes Haley in ihrer Absicht bestärken sollten, ihn rauszuschmeißen.

Bereitwillig hätte er sein Stempelgeld für ein Taxi geopfert, um nicht von Panita zum Flughafen gefahren zu werden. Sie würde sie in zwei Stunden abholen, und heute Morgen hatte er der Versuchung, sich bei Haley zu beschweren, nicht widerstehen können.

»Ist es nicht ›total krank‹, dass sie uns zum Flughafen fahren will, wo du sie noch nicht mal einen Monat kennst?«

»Nein, Jason, ich denke, dass diese Freundlichkeit ganz typisch ist, wenn jemand ernsthaft versucht, sein Leben auf die Reihe zu kriegen, was dir ja eher fremd sein dürfte …«

Und so hatte es mal wieder Streit gegeben, und er war wieder mal mit Barny Gassi gegangen.

»Ihr Partner scheint nicht zu verstehen, was Sie gerade durchmachen …« Haley las diese Worte zufrieden, aber auch mit gemischten Gefühlen. Zwar begegnete sie hier ihren eigenen Gedanken im Tanz der Planeten wieder, so wie ihn *Der Aromatherapeut*, das Magazin für Profis wie sie, errechnet hatte, doch das Problem war, dass Jason das gleiche Sternzeichen hatte wie sie. Es stimmte absolut, dass er sie nicht verstand, doch falls das Horoskop zutraf, verstand sie ihn auch nicht. Andererseits waren Sternzeichen gar keine richtige Astrologie. Mars und Venus, der morbide Pluto und der zügellose Neptun, Uranus, Saturn, Jupiter und der Mond – sie alle erzählten ihre unermesslichen symbolischen Geschichten. Der

Mond thronte neben der Sonne, Merkur war ihr Kammerherr und Mars ihr Stabschef. Jede Menge Einflüsse – bedingt durch die Hauptzeichen des Tierkreises, festgelegt und veränderlich, sich entwickelnd durch ihre Bewegung, blockiert und verstärkt durch ihre Aspekte, durch verschiedene Zeichen in verschiedenen Häusern agierend – konnten das Potenzial und den Verlust, Schwächen und Stärken, Obsessionen und Beschränktheit jeder einzelnen Nuance einer Persönlichkeit beschreiben. Wenn es ein Feuerzeichen in einem Haus des Wassers geben konnte oder ein Haus der Erde voller Planeten in einem Luftzeichen, dann war alles möglich. Ihre eigene Aufstellung bot Impulse zu ernster Reflexion. Ihr Saturn stand in Konjunktion zu ihrer Sonne. Entweder würde sie total zerbrechen oder eine starke Identität entwickeln, indem sie durch den Saturn bedingte Probleme und Enttäuschungen bewältigte. Ihr Saturn stand auch in Konjunktion zu ihrem Merkur, was heißen konnte, dass sie entweder sehr dumm war oder sich – wie Einstein, dessen Saturn gleichfalls in Konjunktion zu seinem Merkur gestanden hatte – als tiefgründige Denkerin erweisen würde. Haley tendierte zur zweiten Interpretation.

Sie waren beide Luftzeichen. Aber bei Jason war es die aufsteigende Waage, jene Maske oberflächlichen Charmes, die die leichtsinnigen, unreifen Energien des Frühlings verbarg. Wenn sie ihn doch nur überzeugen könnte, dass es eines radikalen Wandels bedurfte, um beruflich Erfolg zu haben, eines inneren Wandels, eines – ja, genau dieses Wort würde sie verwenden – spirituellen Wandels.

Sie wusste, dass Jason darunter litt, in dem Haus zu wohnen, das ihr Vater ihr gekauft hatte, und von dem Einkommen zu leben, das sie als Aromatherapeutin verdiente, aber auch für sie war es ärgerlich. Heutzutage war das Leben einer Frau definitiv verwirrend. Natürlich ging es ihr darum, stereotype Rollenbilder zu hinterfragen, aber es wäre nett gewesen, zur Abwechslung auch mal zum Essen ausgeführt zu werden. Jedenfalls schien das Hinterfragen von Rollenbildern selbst zum Stereotyp geworden zu sein.

Sie stritten sich über alles, ohne zu wissen, was dadurch eigentlich gewonnen wäre; sie konnten einfach nicht mehr aufhören zu streiten. Deshalb nahm sie ihn nun mit nach Esalen, zum Seminar »Weitergehen und loslassen«. Sie verpulverte dafür den größten Teil der fünftausend Pfund, die ihr Vater ihr zum dreißigsten Geburtstag geschenkt hatte. Das Verpackungsgeschäft hatte es gut mit ihm gemeint, wie er immer wieder betonte. Was Jason nicht wusste, war, dass *sein* Geburtstagsgeschenk dann noch ein Wochenende bei einem tantrischen Sex-Workshop war. Haley hatte insgeheim beschlossen, dass es in dieser Woche um alles oder nichts ginge. Entweder sie machten eine wirklich tiefe Transformationserfahrung, oder sie würde ihm mit tausend Gründen kommen, warum ihre Beziehung total krank war. Derlei Gründe würden wahrlich nicht schwer zu finden sein, und Haley dürfte sich der Unterstützung ihrer Freundinnen von CoCo sicher sein: die CoAbhängigen-CoOperative.

Besorgt latschte Jason nach Hause. Er hatte keine Lust, während des ganzen Flugs nach Kalifornien zu streiten; aber er hatte auch keine Lust, sich von Haleys neuer Angewohnheit terrorisieren zu lassen, irgendwelche Vorfälle aus dem Friedhof ihrer gemeinsamen Vergangenheit zu exhumieren und sie in bitterem Triumph ins Pathologielabor ihrer Gruppentreffen zu tragen. Früher hatte sie der gleichen munteren Amnesie gefrönt, die auch seiner Lebensauffassung entsprach, doch jetzt hatte er das Gefühl, dass es Tausende von beschrifteten Glasbehältern gab, in denen jene längst verblichenen Momente in trüber Flüssigkeit konserviert worden waren.

»Wir stehen kurz vor dem Rauswurf«, sagte er zu Barny, und Barny winselte, als begreife er ihre erbarmungswürdige Lage.

Panita traf eine halbe Stunde zu früh ein. »Falls ihr unter Reisefieber leidet«, erklärte sie.

»Wenn wir an Reisefieber leiden würden, hätten wir dich gebeten, eine halbe Stunde eher zu kommen«, sagte Jason sarkastisch.

Als verwaiste Singlefrau ohne Freunde und ohne Job war Panita eine fast schon körperlose Co-Abhängige, nicht durch eine aktuelle Beziehung belastet, doch eingeschlossen in ihre selbst diagnostizierte Angststörung. Sie war die Essenz all dessen, was Jason hasste, lebte frei von all den Kompromissen, die normale Co-Abhängige mit anderen Bewusstseinszuständen schlossen, und existierte in einem unverfälschten Zustand leidenschaftlicher psychischer Behinderung.

»Merkwürdige Route«, bemerkte er auf dem Weg zum Flughafen.

»Ich fahre eben die Strecke, die ich kenne«, sagte Panita.

»Besserwisser«, meinte Haley, die Ärger witterte.

Aber Jason war nicht mehr zu stoppen, beugte sich nach einer winzigen Pause vor und fragte mit spöttischer Besorgnis: »Gibt es im Moment jemanden, von dem du co-abhängig bist, Panita?

»Ich hoffe nicht«, erwiderte Panita.

»Haley, zum Beispiel?«, fragte Jason.

»Ich denke, dass ich die Anzeichen inzwischen erkennen würde«, sagte Panita im strengen Ton der Expertin.

»Was sind die Anzeichen?«

»Wie ich esse, zum Beispiel.«

»Oh, du hast eine Essstörung?«, fragte Jason mit unverhohlenem Entzücken.

»Im Moment nicht, meine Fortschritte sind sehr stabil.«

»Du hattest bestimmt ein anständiges Frühstück, was?« sagte Jason.

»Ach, hör schon auf!«, sagte Haley.

»Ich mache mir Sorgen um unsere neue Freundin«, meinte Jason. »Ich könnte es nicht ertragen, wenn sich herausstellen sollte, dass ihr Mädels eine total kranke Beziehung habt.«

»Uns ›Mädels‹ zu nennen ist echt herablassend«, sagte Haley.

»Ja, echt herablassend«, pflichtete Panita bei.

»Wie soll ich euch sonst nennen? Alte Hexen?«

Panita fuhr an den Straßenrand.

»Aussteigen!«, befahl sie.

»Was?«, sagte Jason.

»Du hast mich schon verstanden«, sagte Panita plötzlich autoritär. »Ich dulde in meinem Wagen kein unangemessenes Verhalten.«

»Verschon mich.«

»Raus!«, schrie Panita. »Tut mir leid, Haley, aber ich brauche in meinem eigenen Wagen kein unangemessenes Verhalten zu dulden.«

»Klar«, meinte Haley beunruhigt, »aber wir müssen zum Flughafen.«

»Er kann die U-Bahn nehmen, dich und das Gepäck bring ich hin.«

»Kannst du dich nicht einfach entschuldigen?«, fragte Haley.

»Damit ist es nicht mehr getan«, sagte Panita. »Ich wurde verbal misshandelt.«

»Aber ist das nicht genau das, was du dir insgeheim wünschst?«, fragte Jason. »Damit du bei diesen Treffen etwas hast, worüber du reden kannst?«

»Jason!«, schrie Haley.

»Raus aus meinem Wagen, oder ich rufe die Polizei!«

»*Officer*«, kreischte Jason hysterisch. »Dieser Mann hat gesagt, ich sei co-abhängig, und hat sich unangemessen verhalten!« Er stieg aus dem Wagen und lachte über seinen eigenen Witz. »Okay, Junge!«, äffte er den Polizisten nach und beugte sich noch einmal durch die offene Tür. »Du bist festgenommen. Du kommst mit auf die Wache, und da wirst du dir dann ein paar unangemessene Tapes anhören.«

»Dich fahre ich zum Flughafen, wenn du magst«, sagte Panita zu Haley.

»Ach, ich begleite ihn lieber, sonst kreuzt er wahrscheinlich gar nicht dort auf«, sagte Haley.

»Du findest meine Handlungsweise doch richtig?«, sagte Panita. »Ich brauch jetzt wirklich deine Unterstützung.«

»Irgendwie schon«, sagte Haley, »aber es nervt.«

»Ich will ja kein Urteil fällen«, sagte Panita. »Aber ich glaube, ihr zwei habt eine echt kranke Beziehung.«

»Na ja, wir haben wenigstens eine Beziehung«, fauchte Haley und schlug die Tür zu. »Du blöder Wichser«, sagte sie zu Jason, »trag gefälligst meinen Scheißkoffer!«

»Man hat mich verbal misshandelt!«, witzelte Jason.

»Du hältst dich wohl für wahnsinnig schlau, wie?«, sagte Haley. »Wegen dir stehen wir jetzt hier auf dem Hammersmith Broadway, und du machst dumme Witze.«

Gemeinsam schleppten sie sich zur U-Bahn-Station, und Haleys empörte Stimme kämpfte wie ein wütender Schwimmer gegen das Brausen des Verkehrs an.

6

Stan und Karen Klotwitz waren nach Santa Fe gezogen, weil sie das trockene Klima des Südwestens ohne die geriatrische Aggressivität einer Seniorensiedlung in Arizona wollten. Keiner von ihnen hatte Interesse, den Grauen Panthern beizutreten, und beide mochten die Gesellschaft junger Menschen. Stan hatte in New York in der Versicherungsbranche gearbeitet, und Karen war »eine ganz normale amerikanische Hausfrau« gewesen, wie sie gerne mit echter Bescheidenheit betonte, obwohl sie dabei hoffte, dass man dies kaum für möglich halten würde, wenn man sie heute erlebte: ein zu einem höheren Bewusstsein erwachtes Wesen. Sie waren vor sieben Jahren in ihr neues Zuhause gezogen und dankten Gott jeden Tag dafür, dass er ihre Wahl auf Santa Fe gelenkt hatte, weil sie hier so ein unglaublich interessantes Leben führten und viele unglaublich einmalige Freunde kennengelernt hatten.

Stan sagte, das Leben beginne mit siebzig und man sei nur so alt, wie man sich fühle; Karen, die mystischere Neigungen verspürte, sagte, sie sei nicht mit ihrem »Erdenkleid« verbunden. Auch Stan war nicht besonders stark damit verbunden, und deshalb besuchten er und Karen einen Workshop für tantrische Sexualität in einem einmaligen Resource-Center in Kalifornien.

»Das alte Feuer wieder ein bisschen anfachen«, sagte Stan mit einem Augenzwinkern, während er im Innenhof ein paar Steaks grillte. Irgendwann war Stan offenbar auf die Idee gekommen, es sei ein Zeichen seelischer Gesundheit, mit wildfremden Leuten über sein Sexualleben zu sprechen.

»Der Frühling wird auf den Berg zurückkehren«, sagte Walking Eagle, den Stan und Karen erst am Abend zuvor im Omega Center kennengelernt hatten. Er hatte eine total einmalige alte Geheimzeremonie durchgeführt, von der er behauptete, die Stammesältesten hätten ihm erlaubt, dieses Wissen mit anderen Nationen zu teilen, weil das Dunkle Zeitalter nahte.

Seit er unter Arthritis litt, trug Stan konsequent nur noch Sportkleidung. Auch viele seiner Freunde zogen sich an, als wollten sie gleich an den Olympischen Spielen teilnehmen, obwohl sie es kaum noch aus einem weichen Polstersessel schafften. Walking Eagle war mit silbernem und türkisblauem Schmuck behangen, und es gefiel Karen richtig gut, wie dieser Schmuck sein dichtes silbergraues Haar und sein verwaschenes Jeanshemd zur Geltung brachte. Karen ihrerseits war ein pastellblasser Wirbel, als habe man Zuckerwatte aquarelliert und die Skizze dann im Regen stehen lassen.

Stan und Karens Zuhause war total einmalig. Auch all ihre Freunde hatten einmalige Häuser, doch ihr Zuhause war vielleicht besonders einmalig. Die Wohnzimmerdecke war über zehn Meter hoch, wegen der »Kathedralenwirkung«, und wenn man den Innenhofbereich mit einbezog, hatte man von der Eingangstür bis zur Gartenmauer eine offene Fläche von fast zwanzig Metern. Irgendwann war Stan auf die Idee gekommen, dass es ein Zeichen von Gastfreundschaft sei, mit Gästen umzugehen, als habe man es mit potenziellen Käufern des Hauses zu tun. Nachdem er seine Gäste mit ein paar Zahlen weichgeklopft hatte, war es an der Zeit, über seine seelische Gesundheit zu sprechen.

»Ich will ganz offen mit Ihnen sein, Walking Eagle, ich bin seit acht Jahren impotent«, sagte Stan und wendete fachmännisch ein Steak mit einer Riesengabel.

»Mein Stamm kennt eine Zeremonie, die da Abhilfe schafft«, sagte Walking Eagle ernst, während im Hintergrund das Grillfleisch brutzelte.

»Tatsächlich?«

»Es ist eine geheime Zeremonie, aber für einen Freund ...«

»Mein Gott, das wäre ja ein ganz einmaliges Privileg! Wir versuchen es jetzt erst mal mit diesem Tantra-Ding, aber nach unserer Rückkehr kommen wir gleich auf Sie zu.«

»Sie sind so fürsorglich!«, sagte Karen, die unwillkürlich fand, Walking Eagle wirke absolut nicht so, als habe er Potenzprobleme.

»Wie lange seid ihr weg?«, fragte Walking Eagle und zückte sein Notizbuch.

»Na ja, erst machen wir irgend so eine Gestalttherapie, um uns mental vorzubereiten«, meinte Stan.

»Seele, Körper und Geist«, sagte Karen, »die kann man nicht trennen.«

»Es gibt da durchaus Möglichkeiten«, deutete Walking Eagle an.

Ding-dong ging die Türglocke. Walking Eagle erbot sich zu öffnen, weil Karen sich den Knöchel gebrochen hatte und Stan mit den Steaks beschäftigt war.

Gebrochen hatte Karen sich den Knöchel bei einem der einmaligsten Autounfälle – sie nannte es lieber Fügung –, die man sich überhaupt vorstellen kann.

Sie hatte Ecke Hacienda und Aztec gestanden, völlig versunken in die Magie von Deepak Chopras Tape *Die heilende Kraft – Quantum Healing*. Jeder Titel, in dem das Wort »Heilen« vorkam, fesselte Karens Aufmerksamkeit, und wer konnte »*Quantum*« widerstehen, einem der mystischsten und mysteriösesten Worte der englischen Sprache? War es nicht Einstein gewesen, der gesagt hatte, Gott würfle nicht? Und selbst wenn Gott gerne gewürfelt hätte, dachte Karen plötzlich, mit wem hätte er dann gespielt? Sie konnte den Gedanken nicht ertragen, dass irgendjemand einsam war, aber es war der total traurige Gedanke an Gottes totale Einsamkeit gewesen, der Karens Reflexe gelähmt hatte, als sie seitlich in einen Jeep Cherokee krachte.

Und dann war etwas noch Unglaublicheres passiert. Der junge Mann im Jeep war ausgestiegen und hatte sich entschuldigt! Wie sich herausstellte, hatte er gerade einem Tape von Scott Pecks unglaublichem *Further Along the Road Less Travelled* gelauscht (zufällig eins von Karens einmaligsten Tapes) und fühlte sich für den Unfall verantwortlich.

Und so hatte sie Robert kennengelernt, der jetzt mit einem Arm in der Schlinge durch ihren in erlesenen Pastelltönen gehaltenen Wohnraum schritt.

»Karen!«, begrüßte er sie.

»Robert! Mein vorherbestimmter Unfall«, sagte Karen und schüttelte den Kopf über die Wunder des Universums. »Walking Eagle kennst du bestimmt schon.«

»*Hey waka jo hada*«, sagte Robert.

»Hey was?«, fragte Stan.

»*Hey waka jo hada*«, sagte Robert. »Das heißt ›Mögest du in Schönheit wandeln‹, in der Sprache des Volks der Cherokee.«

»*Hey waka jo hada*«, sagte Walking Eagle.

»Ist das nicht ...« Karen fehlten die Worte. »Wunderbar, wie ihr zwei da gerade – entschuldigt meine Ausdrucksweise – durch den ganzen Scheiß direkt zum Herzen der Dinge vorgedrungen seid. ›Mögest du in Schönheit wandeln‹, oh, das ist, oh ...« Sie legte die Hand aufs Herz und hielt den Atem an. »Ich kann euch gar nicht sagen, was das mit mir macht! Mir kribbeln richtig die Finger ... Könnt ihr mir das aufschreiben? Ihr seid einfach der Wahnsinn, ihr beiden ... Ist das zu fassen, Stan?«

Stan stemmte die Hände in die Hüften und schüttelte den Kopf, als sei er gerade gerannt und kriege noch nicht wieder richtig Luft.

Allmählich füllte sich Stans und Karens Innenhof zum Bersten mit lauter einmaligen Leuten.

»Er ist nicht irgend so ein New-Age-Indianer«, flüsterte Stan laut und wies mit seiner Riesengabel auf Walking Eagle, »er ist absolut authentisch.«

Walking Eagle wirkte etwas nervös, weil Robert, der beängstigend viel über Sprache und Mythologie der Indianer zu wissen schien, in einer Ecke auf ihn einredete.

»Viele Stämme sind ja besorgt, dass ihre Kultur von den Weißen kooptiert werden könnte«, sagte Robert. »Wie denken Sie darüber?«

»Ich denke, dass die Weißen unsere Weisheit brauchen«, meinte Walking Eagle. »In Schönheit zu wandeln heißt, von Herzen zu geben.«

»Das stimmt«, meinte Robert. »Aber die Macht darf nicht in die falschen Hände fallen.«

»Ich versuche mich aus der Politik rauszuhalten«, sagte Walking Eagle. »In welchem Bereich sind Sie tätig, Robert?«

»Ach, im *Business* mit der Wildnis.«

»Der Mensch ist ein Allesfresser, stimmt's?«, sagte Stan und fuchtelte Walking Eagle mit einem Steak vor der Nase herum. »Ich zieh ja gern die Vegetarier auf. Viele unserer Freunde sind Vegetarier, aber ich bin zu alt, um mich noch zu ändern.«

»Wir müssen das Opfer des Tieres annehmen«, sagte Walking Eagle und hielt Stan seinen Teller hin.

»Das ist die richtige Einstellung«, meinte Stan.

»Es ist das Tier, das seine Opferung annehmen muss«, sagte Robert.

Stan ging in einen anderen Teil des Innenhofs, wo Karen mit Gary, einem der spirituellsten Friseure Santa Fes, über Princess Dux, eine Lokalberühmtheit, diskutierte.

»Ob sie nun Botschafterin des Hofs von Lemuria ist oder nicht«, sagte Gary gerade, »jedenfalls hat sie eine Menge Power.«

»Ich halte sie für eine Schwindlerin«, meinte Stan. »Ich glaube nicht, dass sie schon dreihundert Jahre alt ist.«

»Stan ist noch ein Lernender«, entschuldigte Karen sich für ihren rückständigen Gatten. »Ich glaube, Princess Dux ist hier, um uns die Zukunft des menschlichen Körpers zu zeigen.«

»Fettleibigkeit?«, fragte Stan.

»Wie sagt Chris Griscom?«, fuhr Karen fort und gab Stan für seine vorlaute Bemerkung einen Klaps auf den Unterarm. »Bevor du nicht die Fähigkeit zu Bilokation, Levitation und Astralreisen besitzt, erzähl mir nichts von den Beschränkungen des menschlichen Körpers.«

»Ich wäre schon mit einer zuverlässigen Erektion zufrieden«, sagte Stan aufrichtig.

Gary sah ihn erstaunt an, doch Karen fuhr fort: »Ich denke, dass Princess Dux hier ist, um uns auf die Große Veränderung vorzubereiten. Zweifellos werden wir bald zu Zehntausenden simultanen telepathischen Verbindungen fähig sein. Ich habe in einem Buch gelesen, dass Leute, die nicht darauf vorbereitet sind, glauben werden, sie verlieren den Verstand.«

»Ich bin wahrscheinlich schon dabei, den Verstand zu verlieren«, meinte Stan. »Manchmal kommt noch der Versicherungsmakler in mir zum Vorschein, und ich frage mich, für wie kreditwürdig ich eine dreihundert Pfund schwere, dreihundert Jahre alte Prinzessin halten soll, die einer unterirdischen Zivilisation entstammt, welche nach Ansicht der meisten Leute bereits seit Tausenden von Jahren erloschen ist.«

Stan hatte immer noch ein bis zwei Knoten in seiner ansonsten makellosen Lernkurve.

»Ich bin mit einem Konservativen verheiratet«, klagte Karen zärtlich. »Hat nicht William Shakespeare mal gesagt, dass es mehr Dinge zwischen Himmel und Erde gibt, als unsere Schulweisheit sich träumen lässt? *Er* hat an Lemuria geglaubt.«

»Ach, tatsächlich?«, meinte Stan, gern bereit, sich einer höheren Autorität zu beugen. »Meine Frau liest sehr viel«, fügte er stolz hinzu.

»Bei meinem Terminplan fehlt mir dazu die Zeit«, klagte Gary.

»Es sind größtenteils Hörbücher«, gab Karen zu.

Karens literarische Neigungen lagen für jeden offen zutage, der die Toilette betrat.

An der Wand hing eine Liste mit der Überschrift »Hundert Dinge, an die ich täglich denken möchte«. Sie reichte von praktischen Tipps, »Pfefferminztee trinken, um meine Aura zu reinigen«, über die Ethik, »Für alles, was ich aussende, innere Ruhe erlangen und immer daran denken, dass jeder Mensch, als was auch immer er oder sie erscheinen mag, seine oder ihre einmalige Rolle in dem großen Mysterium spielt, das wir Leben nennen«, bis hinauf zum Metaphysischen, »Abgesehen von seltenen Ausnahmen, kamen die Menschen vom Mond auf unseren Planeten«.

Neben der Toilettenschüssel hing etwas, das schlicht mit »Gedicht« betitelt war.

Ich laufe mit dem Großen Geist durch das frische Heu
Und fühle mich so leuchtend und neu.
Ich bin glücklich wie ein Kind
In seiner Umarmung, stark und doch lind.

Alle waren sich einig, dass Stans und Karens Grillparty, wie immer, einmalig gewesen sei. Karen fragte Walking Eagle, ob er bereit wäre, den Abend mit einem Segen zu beschließen. Walking Eagle, der sich durch Roberts Gegenwart befangen fühlte, vollzog die Schlusszeremonie fast unziemlich abrupt.

»Mutter Erde, Vater Himmel!«, rief er aus und hob die Hände zu dem beharrlichen Stück blauen Himmels über dem Innenhof empor. »Wir erbitten euren Segen für Stan und Karen, die nun zu ihrem Tantra-Workshop fahren. Möge der Frühling auf den Berg zurückkehren!«

»Ich weiß das zu schätzen«, sagte Stan, hob sein Glas und drückte Karen an sich.

Beifälliges Gemurmel erhob sich und zerstreute sich im blendenden Licht des Nachmittags.

7

Brooke hatte Crystal samstags beim Lunch erneut gedrängt, nach ihrer Ankunft in Esalen Adam Frazer zu kontaktieren. Als die Rede auf Adam kam, erlaubte sich Kenneth in all seiner unerträglichen Gelassenheit einen Anflug von Sarkasmus.

»Wie alle besonders genialen Menschen kann er manchmal schwierig sein«, gestand Brooke Crystal.

»Wie alle besonders schwierigen Menschen ist er ununterbrochen schwierig,« korrigierte Kenneth.

»Ich habe auch schon erlebt, dass Dummköpfe schwierig sind«, bemerkte Crystal, in der Hoffnung, alle würden einen gemeinsamen Nenner finden.

Jetzt, während sie auf der Route One fuhr und in wenigen Stunden in Esalen sein konnte, dachte Crystal über Brookes Vorschlag nach.

Adam war zweifellos klug und charismatisch, und auf seiner Brust glänzten reihenweise mystische Orden, aber er hatte sich öffentlich von Mutter Meera abgewandt. Sie gehörte zu den Gurus, die er früher mit grenzenlosem Eifer propagiert hatte. Nachdem er sich in der höchsten Wahrheit seiner neuesten Schwärmerei verfangen hatte, sah er sich gezwungen, entweder das gestrige Manifest mit einem Schrei des Verzichts zu zerreißen oder der unerfreulichen Perspektive entgegenzusehen, den Mund zu halten. Abgesehen davon, dass sie das an ihre Mutter und deren ständiges Pendeln zwischen Verehrung und Enttäuschung erinnerte, fühlte Crystal sich beim Gedanken an ihre eigene zurückhaltendere, aber respektvolle Beziehung zum Avatar von Thalheim damit nicht wohl.

Was sich wie ein roter Faden durch Adams Werk zog, war die Überzeugung, dass alles, was ihm widerfuhr, von globaler Bedeutung sei. Hätte er in den 1930er-Jahren gewirkt, hätte er vielleicht ein Buch mit dem Titel *Warum ich Kommunist bin* geschrieben, unmittelbar gefolgt von *Warum ich kein Kommunist bin*. Jetzt, im schicksalhaften Schatten des Millenniums, tanzte er ebendiesen Tango auf der mystischen Ebene. Er erfuhr das Göttliche als eine Reihe von Komplimenten, die seiner Sensitivität gezollt wurden, und wenn er je in Demut verfiel, war es die außergewöhnlichste Demut, die die Welt je gesehen hatte, und wurde sofort in ein Buch oder einen Film verwandelt. Crystal hatte einen Film über seine Konversion zu Mutter Meera gesehen, in dem er oft den Tränen nahe schien beim Gedanken daran, was er alles durchgemacht hatte, um zu etwas so Besonderem zu werden. Selbst sein Lachen klang weinerlich, wie das Kichern eines Kinds, das man zu lange gekitzelt hat.

Wen auch immer er unterstützte oder fallen ließ, Ödipus und Narziss waren zwei Figuren, die seine bedingungslose Loyalität einforderten. Durch den Verrat seiner vergötterten Mutter aus seiner magischen indischen Kindheit verbannt, hatte es ihn ins frostige England verschlagen, wo er jenen sich aufbäumenden, bockenden Intellekt entwickelt hatte, mit dem es ihm hoffentlich eines Tages gelingen würde, die Stalltür einzutreten.

Doch eigentlich vermochte nichts, noch nicht einmal sein eigenes Genie, ihn zu trösten, und als er einer Inderin begegnete, die sich Mutter Meera nannte, war er dem Gerücht von ihrer Allmacht hilflos ausgeliefert und nahm seine magische Verbindung mit dem Subkontinent wieder auf. Sie wiederum musste ihn aufgrund derselben somnambulen Logik zwangsläufig so verraten, wie schon die eigene Mutter ihn verraten hatte. Dies tat sie, so hatte Crystal jedenfalls gehört, indem sie Adams Begeisterung über seine bevorstehende Hochzeit mit Yves nicht teilte.

Wieder flüchtete er aus der Hingabe in die Gelehrsamkeit, doch Rumi konnte ihm, auch wenn er rauschhaft vom Wein und vom Feuer göttlicher Liebe schwärmte, auf Dauer nicht genügen. Ein Freund von ihm hatte Crystal erzählt, dass Adam sich nun auf die Jungfrau Maria konzentriere, die Mutter aller Mütter, die den Vorteil besaß, schon umfassend mythologisiert zu sein; zudem dürfte, dank des Umstands, dass sie bereits tot war, die Wahrscheinlichkeit geringer sein, dass sie ihn im Stich lassen oder ihm in seine Lebensführung hineinreden würde.

Oder doch nicht?

Die Wette galt. Würde Adam in der Muttergottes endlich eine Mutter finden, die seinen besonderen Bedürfnissen gerecht wurde, oder würde er am Ende mit noch aufrichtigerer Bewunderung in den bezaubernd schönen Teich seiner eigenen Persönlichkeit starren?

Crystal mochte faszinierende Menschen, aber sie mochte es nicht, wenn jemand charismatisch war – charismatisch hieß, dass jemand erwartete, von anderen faszinierend gefunden zu werden. Adam, der einst den Angriff auf Mutter Meera angeführt hatte, war im Rückzug noch genauso charismatisch. Einigen seiner unverdrossenen Anhänger würden ihre verrenkten Knöchel und brummenden Schädel vielleicht vergeben werden.

Wie immer barg seine persönliche Erfahrung eine Botschaft, und die Welt hätte schon verrückt sein müssen, um sie zu ignorieren. Er hatte sich mit Mutter Meera gestritten, also war die Ära dieser spirituellen Lehrerin vorbei. Mit Yves' Zustimmung und Unterstützung war er bereit, eine Haltung der totalen Unabhängigkeit von jeder vermittelten Erfahrung des Göttlichen einzunehmen. Gurus waren fehlbare Menschen wie wir alle, und es war gefährlich, ihnen magische Kräfte beizumessen. Klar, dachte Crystal, aber vielleicht wussten sie eben doch etwas, das herauszufinden sich lohnte.

Adam war der Anti-Guru-Guru geworden, der seine Zuhörer lehrte, all ihren Lehrern den Rücken zu kehren (außer ihm selbst) und in geschwätziger Autarkie umherzustolzieren. Sein von der tiefen Überzeugung, dass man im Dodge City mütterlichen Verrats als Erster schießen musste, getriebener Wunsch, die Menschen, die ihm geholfen hatten, über Bord zu werfen, stieß nicht bei jedermann auf Sympathie. Wenn man schon auf dem Dach angelangt war, mochte es ja ganz in Ordnung sein, die Leiter wegzustoßen, aber was, wenn man die Star-Rinpoches und Avatare, die momentan den Planeten bevölkerten, noch nicht alle durchprobiert hatte?

Zweifellos war der Übergang von äußerer Autorität zu innerer Überzeugung ein wichtiger Schritt im spirituellen Leben, doch von allen Revolutionen musste sie die unblutigste sein; nichts konnte sie entscheidender vereiteln, als wenn hier erdolcht wurde. Jedes wahre Erwachen schloss eine Vergangenheit mit ein, die offenbar mit sich erst dann erschließender Präzision zu dieser höheren Perspektive geführt hatte. Das normale Wohlbehagen gab es nur mit seinen trübsinnigen Gefährten im Schlepptau: »Wie lang mag dies anhalten?« und »Hätte ich das doch früher gewusst«. Das Erwachen jedoch enthüllte das Geheimnis der Reife, tilgte die Zeit ebenso wie das Begreifen und verhieß, dass jeder Tropfen Leiden sinnvoll gewesen war und dass die Dinge nie wieder so sein würden wie zuvor.

Wenn es sich doch nur öfters ereignen würde!

In der Vergangenheit steckten die unerbittlichen Feinde der Befreiung von den allgemeinsten, nicht verhandelbaren Bedingungen, wie der Struktur des menschlichen Gehirns oder der karmischen Kette von Ursache und Wirkung, die jedes Ereignis zu einem tiefen und sich der Erkenntnis letztlich entziehenden Ursachenkomplex versklavt, hinab durch die von jedem Individuum ererbten genetischen Codes, und schließlich im verwirrenden Drama menschlicher Geschichte. Nur dadurch, dass sie die beklemmend abhängige Natur allen Denkens und Handelns so klar erkannte, hatte Crystal jene Leidenschaft für die Freiheit entwickelt, die sie vielleicht dazu befähigte, sich ihren Weg durch die Eiskruste der Konditionierung zu brechen. Sie war sich durchaus bewusst, dass diese Leidenschaft und die Weltmomente, die ihr so manchmal zuteilwurden, vielleicht auch vorherbestimmt waren. Bis die Wissenschaft und die Philosophie diese heiklen Fragen genauer beantwortet hatten, blieb vielleicht jede Entscheidung im unsichtbaren Gefängnis einer anderen Kategorie des Determinismus eingeschlossen.

Wie irrational dies auch scheinen mochte, sie spürte, dass hier ein Gemeinschaftsimpuls am Werk war, als veranlasse ihre leidenschaftliche Weigerung, diese eisige Gegend zu bewohnen, ein mitleidiges Wesen, sich herabzuneigen und sie, mit der gleichen unpersönlichen Zärtlichkeit, mit der sie selbst manchmal ein zappelndes Insekt aus einem Schwimmbecken rettete, vom Eis zu heben. Und dann senkte sich die ungemein überzeugende Vorstellung von etwas wie Reife auf sie herab – und so wie das Insekt in der Sonne wieder die Flügel öffnet, war plötzlich alles vollkommen, so wie es war.

Crystals Verhältnis zu Gurus und spirituellen Autoritäten war nicht gerade einfach, und so erkannte sie in ihrer Deutung von Adams misslicher Lage den Schatten eigener Zweifel und Schwierigkeiten wieder. Adam war ja eine Art Autorität, und das nicht nur in seinen eigenen Augen, sondern auch für jenen Teil von ihr, der immer noch von Adams Klugheit und Bekanntheit beeindruckt war. Warum sonst hätte sie überlegt, ob sie sich einem Mann nähern sollte, dessen Verhalten sie albern und korrupt fand? Erwartete sie, durch die Verbindung zu ihm zu mystischem Heldentum zu gelangen? Und wenn ja, war das so anders als sein geplatzter Glauben, dass er, eingetaucht in Mutter Meeras Allmacht, selbst Allmacht erlangen könne?

Auch Crystal hatte danach verlangt, dass sich, wenn sie vorbeiging, Gelähmte von ihrem Lager erhoben, es hatte sie danach verlangt, dass sich im klaren Licht ihrer Gegenwart emotionale Knoten entwirrten, und es hatte sie, zur Krönung all dessen, danach verlangt, die anrührende Bescheidenheit zu besitzen, diese Fähigkeiten zu leugnen. Vielleicht bestand der einzige Unterschied zwischen Adam und ihr in der Erkenntnis, dass sie mit dieser Sehnsucht unter den gegenwärtigen Bedingungen nur ihre Zeit vergeudete.

Um Mutter Meera zu sehen, war Crystal gezwungen gewesen, ihre Vorbehalte, auch nur einen Fuß nach Deutschland zu setzen, zu überwinden. Fast die ganze Familie ihres Vaters war im Holocaust ums Leben gekommen, und der Umstand seiner Abwesenheit in ihrer Kindheit wurde durch diese Ahnenlücke noch verschlimmert. Deutschland war das Vaterland ihrer Vaterlosigkeit, eine persönliche Wunde in der absurden Gestalt eines Nationalstaats; dieser Staat hatte ihr nicht nur eine Familie hinterlassen, die sie nicht kannte, sondern eine, die sie nicht kennen konnte. Ihr Abscheu gegen seine Nazivergangenheit durchkreuzte all ihre Ideale von Vergebung und Mitgefühl. Sie ging dorthin, um ihren Hass und ihre Empörung herauszufordern, und merkte stattdessen, dass ihr Wunsch, beides aufzugeben, herausgefordert wurde.

Thalheim lag in einer Gegend, die man das Herz Deutschlands hätte nennen können, wenn es einem nicht bei der Ankunft klüger erschienen wäre, sie einfach »Mitte« zu nennen. Die Hässlichkeit der umgebenden Dörfer wäre auch schon ohne die Feindseligkeit der Bevölkerung überwältigend gewesen, doch die versteinerten Gesichter der Familie, die Crystals Pension in Dornburg führte, verliehen der Atmosphäre pflichtbewusster Depression noch darüber hinaus einen grimmigen Anstrich. Frau Varden behandelte ihre Gäste wie eine unerträgliche Bürde, als handle es sich um die Einquartierung feindlicher Truppen, während die beiden ungeschlachten Söhne ihre Geschwisterrivalität komplett in einen Wettkampf um die Rolle des Dorfdeppen überführt hatten, wohl wissend, dass dem Verlierer ein bescheidener Posten im örtlichen Schlachthaus winkte.

Während sie durch Dornburg schlenderte, durchzuckten Crystal immer wildere Gedanken. Sie sehnte sich danach, die

Mauern vollzubluten, um dem Schauplatz etwas Farbe zu verleihen. Alle Häuser waren weiß, die Gärten untadelig, die Grundrisse zweckmäßig. Das Nachkriegsdeutschland schien sich für die Extravaganzen seiner Vergangenheit bestrafen zu wollen. Falls die mit Innenrollläden versehenen Häuser und die zugeknöpften Bewohner dabei versuchten, dem Anspruch auf Weltherrschaft zu entsagen, ging mit dieser Anstrengung eine brutale Sauberkeit einher, die an ebendie Triebkräfte erinnerte, die sie eigentlich auslöschen wollte. Kein Wunder, dass die Deutschen ihre ganze Geschichte über in andere Länder eingefallen waren. Wer konnte es ihnen verübeln, wenn sie mal Ferien von ihrer eigenen *Kultur* machen wollten? Als Crystal auf ihrem ersten Spaziergang durch den Dezemberschnee zitternd den Dorfrand erreichte, entdeckte sie ein niedliches Schild, auf dem neben einer Kuh und ein paar Butterblumen »Auf Wiedersehen, Dornburg!« stand. Es erinnerte sie daran, dass jeder Grobian auch ein Gefühlsmensch war, was auch die Bilder auf dem Metzgereischaufenster bewiesen, das lächelnde Schweine mit keckem Hütchen und williger Miene zeigte.

Die begeisterten Anhänger Mutter Meeras, die in ihrer Pension wohnten, trugen noch zu Crystals Isolation bei, weil sie all jene feinen Differenzierungen verwischten, die ihr durch den Kopf gegangen waren, seit sie die ersten Gerüchte von Mutter Meeras Göttlichkeit vernommen hatte. Für diese Leute ging es bei der Kontroverse nicht um Mutter Meeras Status, sondern um ihren eigenen Status, der sich danach bemaß, wo sie während des *Darshan* saßen, der schweigenden Begegnung mit Mutter Meera, dem Höhepunkt ihrer Pilgerfahrt.

Crystal entdeckte diesen alles beherrschenden Gedanken

bei ihrem ersten Frühstück und erfuhr die Spitznamen einiger Leute aus dem Meera-Gefolge, scherzhaft die »*Darshan*-Polizei« genannt.

»So habe ich mir das nicht vorgestellt. Was soll ich denn in dieser verdammten Küche«, beklagte sich eine Amerikanerin.

»Ich war in der Buchhandlung«, stöhnte ihre Freundin, »und permanent hat mir jemand, der vorbeiwollte, auf die Schulter getippt. So ein Schnurrbartträger hat mich sogar geschubst. Das war richtig verletzend. Ich kann mir das nur so erklären, dass ich offenbar etwas über meinen Körper lernen sollte.«

Boris, ein massiger Russe aus North Carolina, beherrschte die kleine Gruppe durch die Macht seiner Gedanken.

»Bitte!«, sagte er, als fordere er jemanden auf, gefälligst seinen Wagen aus der Einfahrt zu entfernen, und könne sich nicht mehr sehr lange zusammenreißen. »Lest C.G. Jung!«

Wie sich herausstellte, hatte jeder schon mal was von Jung gelesen, also versuchte es Boris auf eine andere Tour.

»Jung hat nur ein einziges Buch für die Allgemeinheit geschrieben, und zwar *Der Mensch und seine Symbole,* die anderen Bücher sind zu esoterisch für die Allgemeinheit.«

»Ach, mir hat *Erinnerungen, Träume, Gedanken* irgendwie gefallen«, meinte Robin, die Frau, die vom Schnurrbartträger verletzt worden war.

Boris warf ihr einen zutiefst schwermütigen, gönnerhaften Blick zu, mit dem er ihr zu verstehen gab, dass sie den inneren Sinn dieses Werks nicht begriffen hatte. Als er hörte, dass Crystal in Kalifornien lebte, wurde er schneidend.

»Ha! Kalifornien«, meinte er, »das Zentrum des spirituellen Materialismus.«

Es war an diesem Abend zu kalt, um sich nicht im Auto mitnehmen zu lassen, aber der Preis war hoch: Sie musste sich Boris' Traumdeutung anhören.

An jenem Nachmittag hatte Robin geträumt, sie fahre einen sechsrädrigen Truck. Bevor sie irgendetwas sagen konnte, erklärte Boris: »Sechs ist die Zahl der höheren Intelligenz.«

»Warum?«, fragte Robin.

»Weil es das sechste Chakra ist, das Stirnchakra, und das ist das Chakra der höheren Intelligenz.«

»Na ja, es gibt so viele Systeme …«, begann Robin, wurde aber schleunigst von Boris, der ein starkes, rasputinartiges Selbstbewusstsein besaß, zum Schweigen gebracht.

»Ist doch ganz klar: Du wirst von einer höheren Intelligenz gesteuert«, sagte Boris und bog auf den öffentlichen Parkplatz ein.

Crystal, die zum ersten Mal zum *Darshan* ging, konnte sich loseisen und nach vorne gehen, ein Privileg, das Neulingen vorbehalten war.

Ein Vortrag über Benimmregeln im *Darshan* – gehalten am Rand des dunklen, nebligen Parkplatzes, von einem skelettartigen Mann mit leuchtenden Augen, der eine Art Mönchstonsur trug und aussah, als habe man ihn gerade bei der Illustration eines Manuskripts aus dem 12. Jahrhundert gestört – empfahl Crystal, nicht auf die anderen Teilnehmer zu achten, sondern ihre Aufmerksamkeit nach innen zu wenden und während der drei Stunden, die sie sitzend in Mutter Meeras Gegenwart verbringen würde, zu meditieren.

Während sie dastand und darauf wartete, dass es losging, schnappte Crystal ein paar Brocken einer Unterhaltung zwischen zwei Amerikanern auf.

»Wie hieß der Typ gleich noch mal?«

»Poonjaji. Der kann dir wirklich zu einer ganz neuen Perspektive verhelfen«, sagte ein Mann mit blauer Mütze.

Crystal wurde von Zuneigung zu Poonjaji überflutet. Sie dachte an ihre persönlichen Gespräche mit ihm und an seine Art, immer direkt zum Kern der Sache zu kommen.

»Du und ich, sind wir dasselbe?«, hatte er mit dem trillernden indischen Akzent gefragt, den sie so gerne nachahmte. »Gibt es irgendeinen Unterschied zwischen dir und meinem Guru?«

Der Gehalt dieser Fragen bot an sich keine Erklärung dafür, warum sie das Gefühl gehabt hatte, dass auf einmal alle Mauern einstürzten und der Rhythmus des Universums in Wellen ungehindert durch sie hindurchströmte, nicht mit dem grellen Glücksgefühl psychedelischer Drogen, sondern auf vollkommen natürliche Weise. Das Problem mit Poonjajis Lehren war, dass sie nicht durch praktische Übungen unterstützt wurden, und so bedurfte es nur eines langen Flugs, einer Grippeattacke und eines unzuverlässigen Mannes, um diese Offenheit in ein Gefühl agoraphobischer Naivität zu verwandeln, auf das rasch Abkapselung folgte. Sie, die geglaubt hatte, über das Meditieren hinaus zu sein, nahm es mit verbissener Disziplin wieder auf. Sie konnte nicht jeden Morgen für eine halbe Stunde nach Lucknow fliegen, aber sie konnte auf einem Kissen sitzen.

Wie würde der Muttermeera-Effekt aussehen? Was würde er ihr zeigen, wenn er ihr überhaupt etwas zeigte?

Als die Gruppe der Neulinge sich schließlich in Bewegung setzte, ging der Mann, der über Poonjaji gesprochen hatte, voran.

Jemand holte ihn ein. »Die erste Nacht, wie?«, fragte er sarkastisch.

»Ach, na ja, ich dachte, ich hätte einen Platz im großen Saal verdient«, sagte der Mann mit der blauen Mütze.

Er lügt, dachte Crystal. Er ist auf dem Weg zu einer Person, die er entweder für Gott oder für einen zu umfassendem Bewusstsein erwachten Menschen hält, und lügt, um einen besseren Platz zu ergattern. Worum ging es hier? Ist ihm nicht klar, dass er damit vielleicht alles verdirbt?

Und sie war auf dem Weg zu der gleichen Person und ärgerte sich über das Verhalten eines Fremden.

Die Gruppe zog rasch und ruhig durch die Straßen und näherte sich einem Haus mit einem großen Raum im Erdgeschoss und einem schwach erhellten Fenster im oberen Stockwerk. Ah, dachte Crystal, und ihre Gedanken hellten sich auf, hier wohnt sie, wir versammeln uns hier im unteren Raum, und Mutter Meera vollbringt von ihrem Schlafzimmer aus ihr einsames Werk und sendet das Paramatman-Licht in die Welt.

Es war das falsche Haus. Sie gingen weiter bis zu einem eigensinnig durchschnittlichen Dorfhaus und standen Schlange, während ein Mann mit Klemmbrett und senfgelber Krawatte ihre Namen überprüfte.

Drinnen nahm Crystal in einem Raum Platz, in dem Reihen weißer Plastikstühle standen; die Tapete war seidig und weiß, und die Bodenfliesen weißer Marmor, und an der Wand stand ein großer, in blasse, geblümte Seide gehüllter Lehnsessel. Die Glühbirnen an der Decke waren von milchigen Glaslotos eingefasst, die nicht tausend Blütenblätter hatten, sondern sechs, wobei jede Blüte mit gewundenen Ranken aus durchsichtigem Glas gemustert war.

Crystal setzte sich und schloss die Augen.

Sie war erstaunt, wie pfeilschnell und direkt sie in die

Konzentration katapultiert wurde. Es war ein intensiver geistiger Zustand, der sie mit einem Bewusstsein von Dringlichkeit erfüllte. Warum scheute sie vor der endgültigen Fülle, der endgültigen Umarmung des Lebens zurück? Wie konnte sie es ertragen, die glänzenden Schienen einer festgelegten und doch flüchtigen Erfahrung entlangzulaufen?

All die ergreifenden Totenbettszenen, die sie sich jemals vorgestellt hatte, stürmten plötzlich auf sie ein. Heiter würde sie ihre untröstlichen Freunde anlächeln, würde weise und gütig sein, sich mit dem einen versöhnen, dem anderen ein Vermächtnis hinterlassen, tapfer im Angesicht des Schmerzes, witzig und geistreich im Angesicht des Endes.

Warum warten? Warum warten, bis man ein Hospiz als Wohnadresse hatte? Warum warten, bis man am Dosierrädchen einer Morphininfusion drehte?

Warum nicht jetzt? Wenn nicht jetzt, wann dann?

Sie öffnete die Augen und sah sich um, vorgeblich, um zu überprüfen, ob sie von einer Massenpsychose erfasst worden war, aber auch, um sich durch den beruhigenden metallischen Geschmack des Ärgers zu stabiliseren, für den Boris und Deutschland während der letzten vierundzwanzig Stunden so gewissenhaft gesorgt hatten. Wer waren diese Anhänger Mutter Meeras, bei denen sie hier gelandet war? Wie hingen sie mit ihrem kribbelnden Gefühl von Dringlichkeit zusammen?

Wenn man eine Frau besuchte, die »Die Mutter« genannt wurde, konnte es nicht überraschen, dass auch jede Menge Experten und Expertinnen für Mütterlichkeit anwesend waren: Erdmütter, verlorene Jungs mit Schmollmund, magere Töchter, die nie gestillt worden waren. Erleichtert über die triumphale Rückkehr ihres kritischen Geists sah Crystal sich um.

Die honigblonden Teammitglieder, die sich in ihren schönen Häusern beim Kaffee über das Enneagramm unterhielten. Goldschmuck. Sehr lange Fingernägel. Sie halten die Untertasse unters Kinn, während sie aus der Tasse nippen. Sie tupfen sich mit Papierservietten aus dem Spender die Krümel aus den Mundwinkeln. Kein nennenswerter Verstand, doch eine Art klebriger, allumfassender Liebe. Schokoosterhasen, die neben einem künstlichen Kaminfeuer dahinschmelzen.

Und die Hippies, die schon alles hinter sich hatten, Indien, LSD, Leben in Kommunen. Haare immer noch lang, aber grau geworden. Experten für veränderte Bewusstseinszustände, die dachten, Mutter Meera würde sie vielleicht mit einem Stoß zurückkatapultieren, über die Entschlackungskuren hinweg, über die Aschrams hinweg, zurück zu den frühen Trips.

Und alte Leute, die kaum imstande gewesen wären, auf die Knie zu sinken und den Kopf in Mutter Meeras tröstende Hände zu legen. Sie wollten weniger Angst vor dem Tod empfinden, weniger Angst vor all den Dingen, die sie getan oder gelassen hatten. Wer konnte es ihnen verübeln? Wer konnte es auch nur einem von ihnen verübeln?

»Die Mutter« betrat den Raum, und alle erhoben sich, eifrig, cool, arthritisch. Eine kleine Inderin mit Damenbart und buntem Sari, dachte Crystal, doch während der Avatar durchs Zimmer huschte, fühlte sie sich instinktiv erkannt und spürte die vollendete Konzentration in diesem zerbrechlichen Körper.

Crystal schloss die Augen wieder und versank sofort in intensive Träume. Sie sah blassgelbe Rosen, mit Regentropfen benetzt, und spürte, dass dieses lebhafte Bild auf irgendeine Weise mit einer komplizierten anekdotischen Atmosphäre einherging.

Sie sah diese Rosen am frühen Morgen, nachdem sie die ganze Nacht in einem Raum mit zugezogenen Vorhängen mit jemandem gesprochen hatte, der noch nicht ihr Geliebter war, es aber bald sein würde. Und dann war sie nach draußen gegangen. Nasses Gras, fast so anstrengend zu durchwaten wie Sand, und die melancholische Erregung eines neuen Tages nach schlafloser Nacht, der Duft der regengetränkten Erde und, hinter der Hausecke, die Rosen, die sich an einer Steinmauer emporrankten und die Köpfe hängen ließen, regenschwer, aber auch weil sie an ihrer Bedeutung trugen wie ein neugeborenes Kind, das einen berühmten Namen erbt. Nicht nur nasse Blumen, sondern auch alte Rosen.

Hinter geschlossenen Lidern schloss Crystal die Augen nochmals, und der Duft traf sie mitten in die Stirn, wie ein Nagel. Die innere Empfindung von Schönheit entwaffnete ihren Raubtierverstand, der wie die Katze vor dem Mauseloch noch vor Kurzem darauf gelauert hatte, etwas Verdammenswertes zu entdecken. Nun war sie mit einer imaginären Rose verschmolzen und schlummerte unbekümmert am Rande eines symbolischen Reichs, erfüllt von der Atmosphäre von Liebesabenteuern.

Weit draußen.

Könnte ich dieses Bewusstsein doch für immer bewahren, dachte Crystal und verlor es sofort, erkannte, dass dieser Verlust unvermeidlich gewesen war, und fand ein neues Zentrum. Das alles war in einer Sekunde geschehen. Manche Dinge verlor man, andere blieben. Wichtig war, dass man sah, was *ist*, statt trübsinnig Verlorenem nachzuhängen und auf seine Wiederkehr zu hoffen. Das Rätsel, wie Dinge dem

Bewusstsein verfügbar wurden, bedeutete sowohl einen gewissen Trost für ihren augenscheinlichen Verlust als auch die Verheißung künftigen Verlusts. Wie viel Lebenszeit hatte sie damit verbracht, halb verborgenen Gedanken hinterherzujagen, wie eine Taucherin, die im Seetang etwas glitzern sieht und eilig darauf zuschwimmt, nur um einen Konservendeckel zu entdecken, der träge in der Strömung schaukelt.

Die Rosen waren verschwunden, ihren Verlust ersetzte ein stärkendes Gefühl gegenwärtiger Realität.

Diese Mutter Meera war schon etwas Besonderes; oder vielleicht war die kollektive Erwartung, dass sie etwas Besonderes sei, etwas Besonderes. Welche Rolle spielte das schon? In Mutter Meeras Gegenwart war Crystal fähig, ohne auch nur einen Flügelschlag auf der Thermik der Vergänglichkeit zu schweben. Und wenn diese warmen Luftströmungen – die dadurch entstanden, dass sie die Unwirklichkeit ihrer eigenen Gedanken erkannte – sich auflösten und sie schließlich in reiner Leere schwebte, ja nicht einmal mehr die Leere wahrnahm, würde sie dann wieder mit den Flügeln schlagen müssen?

Sie experimentierte, indem sie sich im Wissen um ihren eigenen Tod vollkommen entspannte, das Fehlen des Bodens als ihren Boden und den freien Fall als ihre Spielwiese betrachtete. Statt abwärtszutrudeln, entdeckte sie ein sogar noch wesentlicheres Gleichgewicht. Ihre Augenlider öffneten sich langsam, ihre Lippen öffneten sich langsam, und ihr langsam entströmender Atem schien vom Anbeginn der Zeit bis zum gegenwärtigen Moment zu reichen, so stabil war ihr Gefühl einer Verbindung zwischen diesen beiden Nichtereignissen, das wie ein Stab mitten durch ihren Körper lief.

Etwas Besonderes, die kleine Inderin war etwas ganz Besonderes.

Weil sie den Prozess des *Darshan* genauer beobachten wollte, konzentrierte sie sich auf den Mann, der vor Mutter Meera kniete, den Kopf in ihren Händen. Nach ein paar Sekunden sah er auf und in Mutter Meeras Augen. Crystal versuchte zu erkennen, was da übertragen wurde, als sie durch ein ersticktes Weinen abgelenkt wurde.

Nur wenige Plätze vom Lehnstuhl des Avatars entfernt saß die Frau, von der dieses Geräusch ausging. Ihr Gesicht war zerknautscht, irgendwo zwischen der Tränenpumpe einer sich verzehrenden Picasso-Hysterikerin und den Glycerintränen einer kitschigen Andachtskarte. Die Tränen rannen ihr mit einer solchen hydraulischen Konstanz über die Wangen, als sei sie an die Wasserleitung angeschlossen. Während sich ein Taschentuch nach dem anderen vollsog, stellte Crystal sich das im Frühlingstau glitzernde Schieferdach einer Berghütte vor; venezianische Fluten, die die schachbrettgemusterten Piazzas überschwemmten, und schließlich, in tiefer Ehrfurcht, die Arche Noah, die unter einem leer geregneten Himmel auf und ab schaukelte.

Der Grund, warum sie kein Mitgefühl aufbringen konnte, war diese abstoßende Zurschaustellung. Mit unmittelbarem Leiden schien die Tränenflut nichts zu tun zu haben, vielmehr entsprang sie offenbar einerseits schlicht der Wut darüber, dass Mutter Meera so viel Aufmerksamkeit erhielt, andererseits einem Schleier der Frömmigkeit, der andeutete, dass nur sie, Heulsuse, wirklich begriff, welches Opfer die Göttliche Mutter gebracht hatte, als sie in das Beinhaus einer menschlichen Inkarnation einging.

Crystal versuchte sich einzureden, das Leiden der Egozentrik sei der Kern all unseres Leidens, und auch dieses Leiden verdiene echtes Mitgefühl, aber sie wurde nur immer aufgebrachter. Heulsuses Strategie, die Aufmerksamkeit auf sich zu ziehen, war schon schlimm genug, doch die Dissonanz zwischen ihrer trübseligen Miene und *Darshan* wirkte so, als besuche man ein Konzert mit jemandem, der währenddessen hartnäckig eine andere Melodie pfeift. Crystal versuchte es mit der üblichen Selbstanklage, um herauszufinden, warum sie sich so über diese Frau ärgerte, musste aber schließlich aufgeben und sich über jemand anderen ärgern.

Direkt hinter Heulsuse und in komischem Kontrast zu ihr, saß Mrs Ekstase mit über dem Herzen gefalteten Händen und schief geneigtem Kopf und grinste über beide Ohren. Sie sah aus wie der Clown auf einem Zirkusplakat.

Crystal versuchte innezuhalten, musste aber schließlich akzeptieren, dass sie offenbar dazu verurteilt war, ständig zwischen Phasen tiefer Erkenntnis und Attacken respektlosen Ärgers hin und her zu pendeln.

Oh, da saß der Lügner, ohne seine blaue Mütze, und sah richtig verschlagen aus. Der Macbeth des *Darshan* – dessen Erfolg, sich einen Platz in Mutter Meeras Nähe erobert zu haben, durch die Mittel, deren er sich bedient hatte, völlig entwertet wurde – schwitzte auf seinem Thron. Welch selbstgerechte Freude Crystal auch angesichts seiner Strafe empfinden mochte, bei dem Gedanken, dass auch sie sich schon bald Mutter Meera präsentieren musste, fiel sie in sich zusammen. Wie kam sie dazu, Blaukäppchen zu verurteilen oder irgendjemanden sonst? Was war an ihrem eigenen Seelenzustand denn so besonders lauter?

Ihr wurde klar, dass sie sich diese Fragen stellte, um ohne Groll und Bosheit in die Augen jener Frau blicken zu können, die vielleicht Gott war, wer immer sie sein mochte, oder eine Übermittlerin des Paramatman-Lichts, was immer das sein mochte. Da Crystal sich nur aus Berechnung zur Ordnung rief, kam sie sich noch verlogener vor. Ihr wurde klar, dass jeder Vorwand nachgeben würde wie durchweichtes Papier und dass auch dies eine Wirkung des Kontextes war, in dem sie sich befand. Sie atmete aus, ließ es geschehen und fand endlich Ruhe in dem Wissen, dass sie nach Thalheim gekommen war, weil sie, wie töricht es auch war, irgendwie eine Kraft des Guten in der Welt sein wollte. Das war die Wahrheit. Hier konnte sie verweilen.

Allmählich wünschte sie sich, man hätte ihnen Wartenummern gegeben, denn so wäre ihr der Zeitpunkt ihres eigenen *Darshan* aus den Händen genommen worden. Stattdessen wartete sie nun besorgt, halb erleichtert und halb frustriert wegen der endlosen Reihe von Anhängern Mutter Meeras, die auf Knien im Gang zwischen den Stühlen ausharrten. Schließlich beschloss sie, das Warten in der Schlange als einen Moment zu betrachten, in der sie ihre Entscheidung noch zurücknehmen konnte, und kniete sich nun auch im Gang nieder.

Was konnte sie Mutter Meera darbringen? Den Schrei eines verlassenen Kindes? Die demütige Hingabe einer Pilgerin? Die höchsten Töne ihres eigenen Bewusstseins? Welche waren das überhaupt? Vor panischer Unschlüssigkeit sah sie alles verschwommen, erhob sich schwankend, setzte sich auf den Wartestuhl und beobachtete das letzte *Darshan* vor ihrem eigenen.

Halb ohnmächtig vor Nervosität kniete sie sich vor Mutter Meera hin und neigte den Kopf, bis er sich parallel zu den Knien des Avatars befand. Mutter Meera drückte ihr sanft die Daumen auf Stellen rechts und links vom Scheitel, und Crystal spürte, oder bildete es sich zumindest ein, wie sich zwei Lichtstäbe in ihren Kopf schoben. Die würden sich im Lauf der Zeit auflösen, dachte sie, und sie in einen Zustand der Erleuchtung tauchen.

Diese Gedanken wichen der Empfindung, im endlosen Raum zu schweben, ohne Bilder und ohne Grübeleien über ihren Zustand an sich. Mutter Meera nahm ihre Daumen weg, und Crystal sah zu ihr empor, ohne noch länger zu überlegen, welchen Blick sie aufsetzen sollte. Ihr Bewusstsein hatte sich für einen Moment verwandelt, sie war von einem Punkt im All zum All selbst geworden, die reine Kategorie, ohne die Begrenzung, der ein Betrachter unterworfen ist. Diese Verwandlung bot sie nun, nicht ohne gelehrige Begeisterung, Mutter Meera dar, die ihr unverzüglich auf dieser Ebene begegnete, aber mit einem Blick, der Crystal ohne jeden Vorwurf zu verstehen gab, dass sie darüber hinausgehen konnte.

Crystal verließ den *Darshan* mit einem beispiellosen Gefühl andächtiger Einfachheit. Es sollte nicht von Dauer sein.

Boris hatte einen rotwangigen Engländer im Auto mitgenommen, den er auch wieder nach Dornburg zurückfuhr.

»Mein Gott«, sagte Robin, »habt ihr den Mann gesehen, der zweimal zu ihr raufging? Der hat sich einfach noch mal hinten angestellt und ist zweimal drangekommen. Ist das zu fassen?«

»Der Sari, den sie heute Abend trug, war besonders schön«, sagte Robins Freundin.

»Also«, fragte Boris verächtlich, »ist irgendjemand zu voller Erkenntnis gelangt?«

»Meiner Ansicht nach«, meinte der Engländer mit gewinnendem Lächeln, »sind wir schon alle zur Erkenntnis gelangt – wir erkennen nur nicht, dass wir zur Erkenntnis gelangt sind.«

»Aber zu erkennen, dass man zur Erkenntnis gelangt ist, bedeutet das nicht Erkenntnis?«, fragte Crystal.

»Genau das tut Mutter Meera.«

»Aber sie kann uns nur zu der Erkenntnis verhelfen, wie viel wir in jenem speziellen Moment erkennen.«

»Ich denke, sie alles auf einmal geschehen lassen.«

»Vielleicht«, meinte Crystal, »aber trotzdem kann man es nicht auf das übertragen, was schon hinter uns liegt …« Warum widersprach sie? Sie merkte, dass die Blätter und Zweige der Logik nicht ausreichten, um die Sturzflut seiner Überzeugung einzudämmen.

»Anscheinend hat Adam Frazer beim *Darshan* immer spezielle Pantoffeln getragen«, sagte Robin. »Und wenn jemand ihn aufforderte, sie auszuziehen, sagte er: ›Das sind keine Schuhe, sondern Pantoffeln, und außerdem, ich darf das‹.«

Die Erinnerung an dieses merkwürdige Detail rief Crystal in die Gegenwart zurück und zu ihren Zweifeln, ob sie wirklich zu Adam Verbindung aufnehmen sollte. Als sie Thalheim verließ, hatte sie Betrug zwar ausgeschlossen, fragte sich aber, ob es klug von Mutter Meera war, sich »eine göttliche Persönlichkeit« zu nennen, eine Formulierung, der irgendwie immer die Atmosphäre einer Long-Island-Cocktailparty anhaftete. Vielleicht war Mutter Meera einfach jemand, der nie die Einheit jener Sphäre vergessen hatte, aus der sie herabgestiegen war, um inkarniert zu werden, oder sie war eine Yogameisterin oder einfach ein guter Mensch mit außergewöhnlichen Übertragungskräften, der zufällig auf die Mythologie seiner Kultur und die Sehnsüchte seiner Anhängerschaft getroffen war. »Avatar« war so ein Begriff, der dem Wortschatz übersteigerter spiritueller Ansprüche entstammte. Crystal beschloss, sich nicht auf die Frage zu versteifen, ob man es glauben konnte oder nicht, sondern sich darauf zu konzentrieren, wie Mutter Meera ihren, Crystals, höchsten meditativen Zustand verstärkt hatte. Es schien Crystal, als hafte diesem Prozess keine Versklavung an, es war einfach das, was Mutter Meera tat. Wenn man es haben wollte, kriegte man es dort, wie Benzin an der Tankstelle.

8

Sonntagnachmittag war Peters letzte Chance, ein heißes Bad zu nehmen, bevor sein Workshop begann. Nach mehreren Besuchen empfand er den Schwefelgestank der Bäder mittlerweile als köstlich. Während sich seine Muskeln entknoteten, die Lider schwer wurden, er sich ohne Schuldgefühle der erlaubten Schläfrigkeit hingab, bestürmte ihn die nach fauligen Eiern riechende Luft mit einer Einladung zur Lust. Auch die Nacktheit brachte ihn nicht mehr aus der Fassung; er beobachtete sogar genüsslich, wie das Thermometer seiner Befangenheit sank.

Während er im Becken einweichte, brach reinigender Schweiß aus seiner Stirn und rann ihm die Wangen hinab. Er sank tiefer ins Wasser, bis es seine Schultern bedeckte, und lehnte sich seufzend vor Wohlbehagen mit dem Rücken an die grobkörnige Wand des Beckens. Er glitt mit dem Kopf unters Wasser, mit heftig pumpendem Herzen und aufgeblasenen Wangen, und spürte, wie sein Haar sich wie Tang in der von seinen paddelnden Händen erzeugten Strömung bewegte.

Als er die Wasseroberfläche durchbrach und keuchend nach Luft schnappte, sah er sie ins Becken steigen. Da er aus Höflichkeit weder auf ihre schlanken Beine starren noch versuchen wollte, im trüben Licht die Farbe ihres Schamhaars auszumachen, glitt er in die Ecke.

Sie lächelte ihn an. Er wusste, dass dies kein verführerisches Lächeln war, sondern reine Unbefangenheit, doch ebendiese Unbefangenheit war besonders verführerisch. Sie hielt sich die Nase zu, schnellte sich rücklings ins Wasser, und ihr Bauch glänzte einen Moment lang wie der Buckel eines abtauchenden Wals. Er bemerkte den Ring in ihrem Nabel und hätte ihn gern berührt, mit der Spitze seiner gebogenen Zunge.

Wo war seine Treue zu Sabine? Vielleicht ist Sabine nur der Vorwand, um mich in ein ganz anderes Abenteuer zu katapultieren, überlegte Peter. Vielleicht wäre ich mit diesem sexy Mädchen im Becken gegenüber besser dran.

Verrückte Gedanken, ermattende Hitze, schweflige Dämpfe. Peter kletterte aus dem Becken und musste sich erst mal festhalten. Er wollte zu einem der Massagetische hinübergehen, um sich abzukühlen.

Dann saß er nackt im Angesicht des Pazifiks, mit gekreuzten Beinen auf einem der weißen gepolsterten Tische, und blickte auf die wild schäumende Gischt hinab. Sie brach über die schwarzen und orangenen Felsen und erzeugte purpurrote Blitze wie flüssige Funken. Er blickte weiter hinaus und sah Wellen, die sich südwärts an der Krümmung der Bucht entlang ausbreiteten. Unter einem tiefschwarzen Himmel, mit Silberstreifen am Horizont, beschwor eine Öffnung in den Wolken weit draußen auf dem Meer ein flutlichterhelltes Stadion herauf. Es war, als würden gleich Prospero oder die Grateful Dead platschend diese Wasserbühne erklimmen. In der Luft lag schon die Spannung eines nahenden Sturms.

Die Bühne verblasste, und er schloss die Augen, weil ihm

schwindlig wurde, während sein Körper in der Brise abkühlte. Er stieß einen tiefen, lang gezogenen Seufzer aus, als sei er lange begraben gewesen und nun wieder frei, und plötzlich schien sein Brustkorb aufzubrechen wie ein torpediertes Schiff und überflutete ihn mit unbeschreiblichen Empfindungen. Hinter dem doppelten Dunkel von Lidern und Wolken zuckten suchend seine Augen, wie die rastlos nach oben gekehrten Augen der Blinden, und ihm schwand das Bewusstsein, weil es zu grell aufflammte, wie ein Schwert, das die Sonne reflektiert. Zwischen seinem hämmernden Herzen und den stampfenden Wellen, zwischen seinem zischenden Blut und der elektrisch aufgeladenen Luft, zwischen den wirbelnden Galaxien seiner Molekularstruktur und der wirbelnden Galaxie die seine Molekularstruktur bewohnte, wurde die Membran seiner Haut durchscheinend, und alle Unterscheidungen lösten sich im Licht ihrer Ähnlichkeit auf.

Was geschah mit ihm?

Er empfand einen Moment reiner Glückseligkeit, und dann, als er danach griff und versuchte, den mentalen Prozess zu wiederholen, der ihn hierher geführt hatte, sah er ihn entschwinden. Er war fast dankbar für die Enttäuschung, weil er spürte, dass der Glühfaden seines Selbstgefühls nicht für diese Stromstärke vorgesehen war.

Was war mit ihm geschehen? Wörter und Erklärungen eilten wie Sanitäter mit heulenden Sirenen auf den Unfall einer unbegreiflichen Erfahrung zu. Es war der Temperaturwechsel; er war »erleuchtet« worden; er sollte nicht so viel Salat essen; seine Mutter hatte recht, er drehte durch; plötzlich war er von einem falschen Bild seiner selbst befreit worden, das er seit Jahren mit sich herumgeschleppt hatte … aber keiner dieser Sanitäter konnte die lebensrettende Maßnahme ergreifen, zu erklären, was passiert war. Bei Temperaturwechseln erkältete er sich meist, und die »Erleuchtung« warf mehr Fragen auf, als sie beantwortete. Die Erfahrung barg ein erregendes Mysterium, es war ein Blitz von etwas anderem, den er vor dem wütenden Starren der Analyse schützen musste. Inzwischen vor Kälte zitternd, eilte er ins heiße Becken zurück.

»Alles okay?«, fragte das Mädchen mit dem Nabelpiercing. »Du wirkst irgendwie benommen.«

O Gott, keine Unterhaltung jetzt, nicht nach dem, was gerade passiert war. Wie jemand, der mit einem unterm Mantel verborgenen hungrigen Säugling aus einer Stadt flieht, in der Ausgangssperre herrscht, war auch er nicht dazu aufgelegt, mit Fremden zu plaudern. Aber da er sich, trotz zahlloser Versuche, noch nie gut aufs Lügen verstanden hatte, hatte er es sich angewöhnt, Fragen ehrlich zu beantworten.

»Na ja, ich saß auf dem Tisch und fühlte mich wie, hm … geöffnet.«

Geöffnet?? Geöffnet? Eine Tür konnte geöffnet sein, ein Laden konnte geöffnet sein, eine öffentliche Toilette konnte geöffnet sein. Wie konnte er das, was gerade passiert war, mit demselben Etikett wie jene quälend banalen Situationen versehen?

Sie lächelte ihn aufmunternd an, als wisse sie genau, was geschehen war, trotz der dürftigen Vokabel. Hübsch war sie auch, und vielleicht konnte sie ihm sagen, wo er Sabine finden konnte. Vielleicht konnte sie Sabine endlich ersetzen. Hastig schob er den Gedanken weg, der jedoch unschuldig in sein Bewusstsein zurücktrieb.

»Nimmst du hier an einem Workshop teil?«, fragte sie.

»Ja, ich bin heute Abend beim Martha-Goldenstein-Workshop.«

»Ach, wie schade, dass wir nicht in derselben Gruppe sind. Ich mache Dzogchen-Meditation, ›Eine Woche edles Schweigen‹.«

»Klingt perfekt«, sagte er. »Ich wünschte, ich hätte auch eine Woche edlen Schweigens vor mir statt einer Woche zweifellos unedlen Geplappers. Seit ich denken kann, habe ich versucht, mich nicht vor Leuten, die ich nicht kenne, zum Narren zu machen; aber jetzt ist das zu einer Lebensform geworden.«

Sie lachte. Er fand sie entzückend.

»Und wie kommt es, dass man eine Woche unedlen Geplappers bucht?«, fragte sie.

»Na ja, um ehrlich zu sein, ich hab das Verzeichnis nicht besonders sorgfältig durchgelesen. Ich wollte hier einfach noch eine Woche bleiben. Eine lange Geschichte ...« Er hielt inne.

Er war aufgeregt und in der Stimmung zu beichten, doch der strategische Teil seines Bewusstseins errichtete hastig ein paar fadenscheinige Barrieren. Für was für einen Gimpel würde sie ihn halten, wenn er ihr erzählte, dass er seinen Job aufgegeben hatte, um drei Monate lang nach einer Frau zu suchen, mit der er nur drei Tage zusammen gewesen war?

»Ich suche eine Freundin von mir, die ich aus den Augen verloren habe«, sagte er. »Sie hat Esalen immer mal erwähnt, und ich dachte, dass ich hier vielleicht noch ihre Spur finde.«

»Bist du total in sie verliebt?«

»Wahrscheinlich«, erwiderte er vorsichtig und beschloss, die Rolle des sarkastischen Engländers zu spielen, mit der er auf seinen Reisen schon verschiedentlich Erfolg gehabt hatte. »Ich war in einer ziemlich trübseligen Verfassung, was Liebesdinge betrifft. Ich dachte: ›Mit Romantik und Heirat halte ich mich nicht mehr auf – ich such mir einfach eine Frau, die mich hasst, und kaufe ihr ein Haus.‹«

»Klar«, lachte sie, »aber trotzdem musst du die Richtige finden.«

»Wie heißt du?«, fragte er.

»Crystal.«

»Mit C oder K?«

»Mit C.«

»Und ich bin Peter mit P«, sagte er. »Mit Sabine ist es so«, fügte er hinzu, »dass ich sie nur ganz kurz gesehen habe und sie jetzt so lange nicht gesehen habe, dass ich vielleicht gar nicht mehr *sie* suche, sondern die Hoffnung, die sie mir gegeben hat.«

Das hatte er noch nie gesagt, aber er wollte dieser bezaubernden Frau gegenüber den Eindruck vermeiden, dass er überhaupt nicht verfügbar sei.

Ein paar neue Leute begannen in das Becken zu steigen.

»Hi«, sagte ein weißhaariger Mann mit stahlblauen Augen, die entschlossen schienen, jedweder Unaufrichtigkeit auch in der aufziehenden Dunkelheit zu trotzen.

»Hi«, sagte Crystal.

Hinter *Blue-Eyes* stieg gerade eine Frau ins Becken, deren blondes Haar brutal zu winzigen Löckchen entstellt war und vielleicht eine Hommage an Afrika darstellen sollte, eine schrullige Geste des Bedauerns, nicht selbst schwarz zu sein. Peter bemerkte erschrocken, dass es ihn ärgerte, wie freundlich Crystal die Neuankömmlinge begrüßte. Natürlich stand diesen Leuten das gleiche Recht wie ihm zu, das öffentliche

Becken zu benutzen, aber sie störten seine Unterhaltung mit ihr.

»Ich hab so einen Rückführungskurs gemacht«, sagte die *African Queen.* »Ich konnte mir das nicht so recht erklären, aber es machte total Sinn. Einmal war ich eine Sklavin und habe *furchtbar* gelitten.«

Peter hasste sie jetzt schon. Sie gab ein Heidengeld beim Friseur aus, um eine kosmetische Verbindung zu einem früheren Leben in tiefstem Elend herzustellen, in der Hoffnung, damit ihr überquellendes Selbstmitleid zu rechtfertigen.

Was auch immer auf dem Massagetisch geschehen war, es hatte ihn jedenfalls nicht toleranter gemacht.

»Eins versteh ich an der chinesischen und afrikanischen Kultur einfach nicht«, sagte *Blue-Eyes.* »Falls die Reinkarnation zutrifft, sind wir ja unsere eigenen Vorfahren und beten im Grunde zu uns selber.«

»Vielleicht muss man ja erst mal sich selber anbeten können, bevor man etwas anderes anbeten kann«, schlug sie vor.

»Klingt gut«, räumte er ein und wandte der *African Queen* den vollen Glanz seiner unschuldigen, verschwommenen Züge zu. »Mit das Coolste, was ich je gehört habe«, ergänzte er dann, »ist der Spruch, Religion sei für diejenigen, die der Hölle entgehen wollen, und Spiritualität sei für diejenigen, die schon dort gewesen sind.«

Oh, dachte Peter, Worte der Weisheit.

»Cool«, bekräftigte die *African Queen.*

»Ich finde, Deepak Chopra geht zu weit, wenn er sagt, dass das Wasser, das man trinkt, auch das Wasser ist, in dem Christus gebadet hat, und dass deshalb alles Wasser heilig ist.«

»Aber doch eine hübsche Vorstellung«, sagte sie, als blättere sie in einem Prospekt für Urlaub in der Karibik.

Ich muss gleich kotzen, dachte Peter und versank leise im dampfenden Wasser. Als er wieder auftauchte, sonderte *Blue-Eyes* immer noch unverdrossen Weisheiten ab.

»Norden oder Süden, beide führen dich an denselben Ort. Das ist nicht von mir, sondern von Suzuki.«

Der ist nicht zu stoppen, dachte Peter, ich muss weg hier. Er sah zu Crystal hinüber. Sie erwiderte seinen Blick, und obwohl ihr Lächeln etwas Komplizenhaftes hatte, lag darin keine Herablassung gegenüber den anderen. Peter beunruhigte der Kontrast zwischen seiner heiklen Lage und seinem gärenden Ärger.

»Martha Goldenstein sagt, dass jeder Moment im Leben ein Geschenk ist und wir immer präsent sein müssen«, sagte die *African Queen*, »und deshalb könnte man auch sagen, das Leben ist ein Präsent.«

Peter stieg platschend aus dem Wasser und schnappte sich das rosa Standardhandtuch, das so klein war, dass es einfach nicht um eine menschliche Hüfte reichte.

»Bis später«, sagte er zu Crystal.

»Hoffentlich«, sagte sie.

* * *

Peter musste nicht lange warten, um Crystal wiederzusehen. Ein paar Stunden nachdem sie sich in den Bädern getroffen hatten, begegnete er ihr in der Essensschlange in der Lodge wieder. Crystals kurzes T-Shirt ließ den Bauch frei, sodass er wieder ihr Nabelpiercing sah. Dort, wo der Ring den unteren Rand ihres Nabels durchbohrte, war die Haut ein wenig entzündet.

»Hi Crystal«, sagte Peter, nahm sich einen Teller und ging hinter ihr an der Salattheke vorbei.

»Du hast meinen Ring angestarrt«, sagte sie.

»Ich fürchte, das stimmt«, erwiderte er und ließ seinen Blick stattdessen auf den Gurkenscheiben ruhen.

»Fürchte dich nicht, wenigstens nicht deswegen«, lachte sie. »Als ich diesen Ring reinkriegte, hatte ich einen Orgasmus direkt dort im Laden, das war irre. Der Typ sagte: ›Das ist definitiv dein Energiezentrum‹.«

Peter verschlug es bei dieser Mitteilung erst einmal die Sprache, aber er erholte sich rechtzeitig, um sagen zu können: »Und? Hat der Nabelring immer noch diese Wirkung auf dich?«

»Klar, deshalb ist er ja da.«

O Mann, dachte Peter, diese kalifornischen Mädchen sind unglaublich. Ihm wurde seine britische Steifheit bewusst und sein Unvermögen, Crystals Offenheit zu deuten. Wenn eine Britin dir beim zweiten Geplauder was von einem Orgasmus erzählt, weiß man, dass sie entweder sofort Sex will oder in einer Klosterschule erzogen wurde. Aber hier in Amerika tappte man völlig im Dunkeln.

Peter hätte Crystal gern gebeten, sich zu ihm zu setzen, aber im Speisesaal überkam ihn der klassische Eindruck eines persönlichen und sozialen Zusammenbruchs, den man hier »Lodge-Psychose« nannte. Statt, wie eigentlich gedacht, das Gemeinschaftsgefühl zu fördern, ließ die Lodge die Teilnehmer scheitern, indem sie ihnen immer neue tückische Whirlpools und heikle Dilemmata präsentierte. Bekannte glaubten, sie seien Freunde, Freunde wurden zu Fremden, Seminarteilnehmer wurden von Bewohnern hochnäsig behandelt, und Bewohner wurden vom Personal ausgenutzt. Lehrer schienen den Schülern zur Verfügung zu stehen, sahen sich aber plötzlich von eifersüchtigen Liebhabern und Konkurrenten umringt. Jeder konnte jederzeit zu einem kommen, um »ein Problem zu bearbeiten«, egal wie trivial oder theatralisch der Anlass war, egal, ob man sich an den Betreffenden erinnerte oder nicht. Die Person, der du am Abend zuvor das Geheimnis von der Geisteskrankheit deiner Mutter anvertraut hast, erinnerte sich am nächsten Mittag vielleicht nicht mal mehr an deinen Namen. Die Freizügigkeit, die Sex hier erfreulicherweise unvermeidlich scheinen ließ, brachte einem umso deutlicher zu Bewusstsein, dass man zu befangen war, sich dem Objekt der Begierde zu nähern; die gleiche Freizügigkeit erlaubte es aber auch dem Langweiler, vor dem dir am meisten graute, dir mit taktloser Gier auf die Pelle zu rücken, wenn du gerade intensiv mit jemand anderem zusammen warst. Wie Esalen als Ganzes, transzendierte teils auch die Lodge die heuchlerischen äußeren Formen normalen gesellschaftlichen Lebens, erweckte aber gleichzeitig eine Sehnsucht nach den guten Manieren und nach der Privatsphäre, die besagte äußere Formen schützen sollten, bis sie dann eben verdorben wurden.

Seelisch blutend und halb ertrunken, aber immer noch in der Hoffnung, nach außen zielstrebig und selbstbeherrscht zu wirken, war Peter während der letzten drei Tage oft hin und her gewandert, den Teller in der Hand, war Blicken begegnet oder ausgewichen, die exakt zu deuten er nicht mehr die Ruhe besaß, oder hatte sich mit erstarrtem Lächeln an einen Tisch mit Leuten zerren lassen, mit denen er gar keinen Grund hatte Zeit zu verbringen.

»Sollen wir zusammensitzen?«, murmelte er fast unhörbar.

»Klar.«

O Wunder! Sie hatte also nicht irgendeinem Monster mit falschen Hoffnungen versprochen, während des Essens irgendetwas »aufzuarbeiten«. Da er wusste, dass sie an einem Meditationsseminar teilnahm, wollte er sie danach fragen, was ihm auf dem Massagetisch widerfahren war. Gab es so etwas wie Spontanmeditation, wie Spontanverbrennung, nur mit weniger Dreck verbunden?

»Du machst doch dieses Meditationsseminar, dann weißt du das vielleicht: Glaubst du, man kann aus Versehen zu meditieren anfangen?«

»Wie meinst du das?«

»Na ja, glaubst du, dass jemand, der keine Übung darin hat, spontan damit beginnen kann?«

»O ja, ich denke, dass manche Leute ganz spontan, auch ohne zu meditieren, in einen Zustand der Glückseligkeit geraten können. Meditation, das sind ja nur ein paar Techniken, die dich in diese Realität versetzen.«

»Ist das *die* Realität?«, fragte Peter. »Meinst du also, dass es sich bei der Erlangung dieses glückseligen Zustands um die Einsicht in eine fundamentale Wahrheit handelt oder einfach nur um einen weiteren Geisteszustand, der das übliche Menü aus Schuld, Langeweile, Angst, Verzweiflung, Hass, Sehnsucht, Nostalgie und so weiter ergänzt?«

»Ist ja ein tolles Menü«, lachte Crystal. »Du solltest in unseren Workshop kommen. Über solche Dinge diskutieren wir, wenn wir mal nicht das ›edle Schweigen‹ wahren.«

»Wie viele Arten des Schweigens gibt es denn?«

»*Du* bist doch der Experte für Listen. Vermutlich gibt es schuldiges Schweigen, nostalgisches Schweigen, verzweifeltes Schweigen … aber das einzige Schweigen, um das es in dieser Woche geht, ist das edle.«

»Kann ich den Workshop denn noch wechseln?«

»Ich glaube, du hast bis morgen Abend Zeit, um zu wechseln.«

»Der Ort hier hat irgendwie was«, sagte Peter. »Du bist in einem Workshop, der das Ego auflöst, und ich bin in einem, der das Ego aufbaut, und hier in der Lodge fließen die kühlen und warmen Strömungen zusammen.«

»Wahrscheinlich muss man erst mal ein Ego haben, um es auflösen zu können.«

»Du glaubst also, dass manche Leute versuchen, ein Selbstgefühl zu zerstören, das sie überhaupt nicht haben?«

»Das kann passieren, aber häufiger geht es darum, das Gefühl eines Selbst zu erwecken, das man noch gar nicht kennt. Es ist schon da … man muss das Bewusstsein nur dieser Quelle wieder zuwenden.«

»Hi!«

Peter blickte auf und sah eine Frau mit kantigem Kiefer, mit der er, wie er sich vage erinnerte, an seinem Ankunftstag ein paar Minuten lang gesprochen hatte.

»Oh, hallo. Crystal, das ist … äh …«

»Du hast meinen Namen vergessen. Flavia«, blaffte sie.

»Flavia, natürlich, tut mir furchtbar leid.«

»Sind diese Engländer nicht grässlich?«, wandte sich Flavia an Crystal und setzte sich mit einem Teller vegetarischem Chili zu ihnen. »Die entschuldigen sich am laufenden Band, und wenn ihnen wirklich mal was leidtun sollte, hört sich das an, als hätten sie einen versehentlich auf der Straße angerempelt. ›Oh, tut mir schrecklich leid, dass ich dein Leben zerstört habe‹«, höhnte sie mit grauenhaftem Pseudoakzent.

»Tja, tut mir leid, dass du uns Engländer nicht magst«,

sagte Peter und hoffte, sich damit aus der Gefahrenzone zu begeben.

»Ach, tut mir furchtbar leid, dass es dir so furchtbar leidtut«, sagte Flavia.

»Ich hol mir was zu trinken«, meinte Peter. »Entschuldigt mich einen Moment.«

»Bestimmt holt er sich eine Tasse Tee«, tönte Flavia mit ihrem grellen Akzent.

Peter zog sich an die Teetheke zurück. Hinter sich hörte er Flavia sagen: »Schwarzer Tee ist grässlich. Besteht nur aus Gerbsäure und Koffein. Deshalb sind die Engländer auch so daneben: Sie trinken zu viel Tee.«

Nachdem Peter sich trotzig einen Beutel Earl Grey geholt hatte, kehrte er an den Tisch zurück. Zerstreut hörte er zu, wie Flavia von der Schizophrenie ihrer Mutter erzählte. Er langweilte sich und ärgerte sich über diese zweite Störung, fühlte sich aber gleichzeitig allein schon durch Crystals Nähe beschwingt.

9

»Jetzt hört mal alle her!«, sagte Martha Goldenstein, auf ihre Krücken gestützt.

»Es kommt wirklich darauf an, wie man etwas benennt, darum gehört es zu unserem Prozess des Loslassens und Weitergehens, dass wir uns von einigen der Etiketten verabschieden, die wir den Dingen so gern verpassen. Der Weg des Kriegers ist ein Pfad des Herzens, und in dieser Woche werden wir hoffentlich versuchen, dieses Chakra zu öffnen«, sie lehnte sich schwer auf ihre linke Krücke und spreizte die rechte Hand vor ihrer Brust, »und aus diesem Teil von uns zu leben.«

Ein manisches Lächeln sprang auf ihr wächsernes Gesicht, als hätte jemand die schweren Vorhänge ihrer Wangen an einer Schnur aufgerissen.

Sie freute sich wirklich, dass nun fünf gemeinsame Tage vor ihnen lagen und hoffentlich eine starke Dynamik entstehen würde. Sie leitete auch Wochenendworkshops, die eine starke Transformation bewirken konnten, aber eine ganze Woche bot ihnen naürlich viel mehr Zeit, um in den Gruppenprozess einzutauchen.

Im Dämmerlicht des großen weißen Raums bildeten dreißig Seminarteilnehmer annähernd einen Kreis. Schläfrig nach dem Essen und entspannt, weil das Meeting nur Einführungscharakter hatte, lehnten oder kauerten sie auf riesigen Kissen; manche saßen im halben Lotossitz; andere stützten ihr Kinn auf die angezogenen Knie. Auf diesem menschlichen Zifferblatt befanden Martha und ihr Assistent sich auf zwölf Uhr und benannten jetzt die Ziele ihres Workshops. Draußen wogte die See, in einer so fließenden Bewegung des Loslassens und Weitergehens, dass sie selbst Martha wohl wie ein unerreichbares Ideal vorkommen musste.

»Ich heiße Carlos«, sagte Marthas Assistent mit brasilianischem Akzent. »Dieser Name ist euch eventuell nicht vertraut. Vielleicht hilft es, wenn ihr an C.G. Jung denkt. Das C steht für Carl, und das ist der gleiche Name.«

»Und Carlos Castaneda«, sagte Karen hilfsbereit.

»Ja«, meinte Carlos strahlend, weil er sich freute, dass *noch* eine berühmte Person den gleichen Vornamen hatte wie er.

»Der hält sich wohl für Carl Jung«, flüsterte Jason Haley zu.

Sie kniff die Augen zusammen, um ihre Missbilligung für seinen frechen Ton zu signalisieren.

»Ich heiße Jason«, flüsterte Jason. »Vielleicht hilft es, wenn ihr an Jason und die Argonauten denkt, die in der Antike nach dem Goldenen Vlies suchten!«

Haley starrte ihn besonders feindselig an, und Jason setzte eine Unschuldsmiene auf, die aber von seinem breiten Grinsen konterkariert wurde.

Karen konnte sich einfach nicht darüber beruhigen, dass sich Martha, genau wie sie selbst, den Knöchel gebrochen hatte. Wieder eins dieser einmaligen kleinen Zeichen, die bestätigten, dass sie hier am richtigen Ort gelandet war und an diesem Workshop teilnehmen sollte. Dass Stan auf dem

Kissen neben ihr eingeschlafen war, nahm Karen ganz gelassen, denn sie hatte irgendwo gehört, dass wir Informationen unterschwellig sogar besser aufnehmen als bewusst. Welch faszinierender Gedanke, dass Stan von dieser Einführung womöglich mehr profitierte als alle anderen!

Peter fand den Vergleich mit Jung zwar etwas prätentiös, war aber zu glücklich, als dass es ihn gestört hätte. Auf dem Weg hinüber ins Big House, wo dieser Workshop stattfand, hatte er Carlos' Anstrengungen mitbekommen, Marthas neuen Wagen flottzukriegen, den er versehentlich auf einen Stein gesetzt hatte. Martha stand auf ihren Krücken neben dem blockierten Wagen, und Peter fragte sich, ob es nicht besser qualifizierte Lehrer in der Kunst des Loslassens und Weitergehens gab als ausgerechnet diese beiden.

Gerade als er seiner Nachbarin diese etwas respektlose Bemerkung zuflüstern wollte, sah er, dass links von ihr Flavia saß, und verstummte.

»Seht ihr, wie er sich freut?«, sagte Martha und deutete mit dem Kinn auf Carlos. »Er findet es toll, dass du ihn mit Carlos Castaneda verglichen hast«, sagte sie und nickte Karen zu. »Ich war mal hier in Esalen und lief draußen die Route One entlang, und da wälzte sich dichter Nebel vom Meer herauf, und plötzlich, ich weiß nicht, warum, rief ich laut: ›Was sind Männer?‹ Und da kam diese Stimme aus dem Nebel, die sagte: ›Kleine Jungs. Sie sind kleine Jungs.‹«

Diese Anekdote erntete zustimmendes Gemurmel. Viele Frauen nickten resigniert, während viele Männer schuldbewusst den Kopf schüttelten. Stan schlief. Peter, in Aufregung, weil er bei Crystal war, zog sich aus dem Raum zurück, indem er sich auf das Rauschen der Brandung konzentrierte.

»Und diese Stimme«, beichtete Carlos, »ich muss gestehen, das war meine!«

Die Seminarteilnehmer brachen in sanftes Gelächter aus, und Marthas Miene verzerrte sich vor Vergnügen. Ihre durch Chirurgie sowieso schon erstaunten Augen wirkten, als hätte sie gerade einen Tiger durchs Fenster springen sehen.

»Sie sind kleine Jungs«, flüsterte sie.

Blue-Eyes sah Martha mit dem ernsthaften Wunsch an, seinen Anteil am Verbrechen der Unreife seines Geschlechts einzugestehen, doch dann runzelte er die Stirn, weil er ebenso aufrichtig spürte, was für ein wertvoller und wunderbarer Mensch war.

Die *African Queen* fragte sich, ob sie in einem früheren Leben ein Mann gewesen war und ob dies vielleicht die ekligen Flecken auf ihrer Persönlichkeit erklärte. Vielleicht hatte sie als Mann aufwachsen müssen, um als Frau aufwachsen zu können. Wie konnte sie diese große Aufgabe damit in Einklang bringen, dass sie eine weiße Afrikanerin war? Mein Gott, wie kompliziert das Leben war, wenn man erst mal anfing, darüber nachzudenken.

»Ok«, sagte Martha. »Wollt ihr erst die gute oder die schlechte Nachricht hören?«

»Die schlechte!«, ächzten stoisch ein paar Stimmen.

»Ok, hier die schlechte Nachricht: Niemand wird euch erlösen. Und wie lautet die gute Nachricht?« Sie sah die Gruppe auffordernd an.

»Wir können uns selbst erlösen.«

»Genau«, strahlte Martha. »Woraus besteht das Leben? Aus Beziehungen«, antwortete sie, bevor irgendjemand eine konkurrierende Theorie vorbringen konnte. »Und welche

Beziehung ist die wichtigste von allen? Eure Beziehung zu euch selbst!«

Sie hielt inne, damit sich das ganze Grauen dieser Wahrheit entfalten konnte.

»Euer Verhalten hier entspricht eurem Verhalten im Leben …«

»Nein, tut es nicht«, flüsterte Jason.

»Stimmt«, sagte Haley. »Du benimmst dich hier noch beschissener als sonst.«

»Habt ihr zwei ein Problem, an dem wir teilhaben dürfen?«, fragte Martha.

»Ach, nein«, sagte Haley verlegen.

»Wie gesagt, euer Verhalten hier entspricht eurem Verhalten im Leben … Vielleicht streitet ihr zwei euch zu Hause die ganze Zeit und müsst deshalb hier weiterstreiten«, sagte Martha scharfsinnig. »Ihr hört mir nicht zu, und vielleicht besteht das Problem darin, dass ihr einander auch nicht zuhört. Da wir alle so mit Reden beschäftigt sind, vergessen wir, dass die Kunst der Kommunikation zur Hälfte aus Zuhören besteht. Als Kind steckt man voller ›sollte‹ – ich sollte dieses tun, und ich sollte jenes tun«, erklärte Martha und hielt erst die eine Hand hoch, dann die andere. »Erwachsen zu sein ist dies«, sagte sie, indem sie sich gefährlich weit auf ihren Krücken vorlehnte und die dramatisch ausgestreckten Finger beider Hände ineinanderflocht.

»Im Büro hat man zu mir gesagt: ›Martha, wann hältst du endlich mal einen anderen Workshop? Immer machst du nur ›Weitergehen und loslassen‹, und ich hab geantwortet: ›Weitergehen und loslassen, was sonst ist wichtig im Leben?‹«

»Stillstehen«, schlug jemand vor.

Martha vereinnahmte diesen Beitrag gleich mal. »Das gehört mit zum Prozess«, sagte sie.

»Vögeln und abhauen«, meldete sich ein Witzbold zu Wort. Er wirkte demonstrativ viril, die Muskeln sprengten fast das schwarze T-Shirt und die engen Jeans.

Martha riss in stummem Gelächter den Mund auf.

»Wie heißt du?«

»John.«

»Wir haben gerade alle etwas über John erfahren«, gurrte sie. »Wir müssen die Kundalini-Lebenskraft an unserem Zwerchfell vorbeibewegen, das ein sehr großer Muskel ist, und sie in den Herzraum bringen, das ist der Mittlere Weg, und dann hinauf in den Hals, damit wir sie zum Ausdruck bringen können. Jemand wie Hitler hatte eine Menge Feuer hier unten«, sie zeigte auf ihren Bauch, »und hat es zum Ausdruck gebracht«, sie umklammerte ihren Hals. »Aber hier hatte er nichts«, sagte sie und klopfte auf ihr Herz.

Karen war tief erschüttert von der Vorstellung, dass Hitler seinen Herzraum nicht entwickelt hatte. Wie viel unermessliches Leid hätte verhindert werden können, wenn Hitler das Privileg gehabt hätte, einen von Marthas Workshops zu besuchen!

»So, hört alle mal her«, fuhr Martha fort, »wir machen jetzt ein Spiel. Ihr macht doch gern Spiele, stimmt's?«

Zwangsspiele, dachte Peter, bitte zwingt mich nicht zu solchen Spielen. Er wollte nicht gestört werden, er dachte an Crystal und an jenen vollkommenen Augenblick am Meer. Wenn er sich konzentrierte, spürte er immer noch die Brise, die sein Blut in Wallung brachte. Die schreckliche Schönheit jener Selbstauflösung war durch das Darübernachdenken allmählich abgeflaut, und er stellte sich vor, wie er sich ruhig von seiner abgestreiften Persönlichkeit entfernte, wie eine Frau aus dem zerknitterten Rock steigt, der an ihr hinabgeglitten ist. Diese Vorstellung mischte sich mit dem Gedanken, dass Crystal dasselbe tat und der Rubin in ihrem Nabelpiercing im phosphoreszierenden Licht des aufgewühlten Ozeans leuchtete.

Reiß dich zusammen, ermahnte er sich selbst.

»Wollen wir ein Paar sein?«

»Wie bitte?«

»Wir sollen uns in Paaren aufstellen.«

»Ach so, ja.«

»Ich bin übrigens Frank.«

»Peter …«

»Jetzt hört alle mal her«, sagte Martha. »Ihr seid vier Jahre alt und habt gerade einen Schatz am Strand gefunden, und ihr wollt ihn mit nach Hause nehmen und in eurer Schatzkiste verstecken – erinnert ihr euch noch, wie es war, als ihr vier Jahre alt wart?«

Peter konnte sich erinnern, dass er seine Spielzeugpistole mit Zündplättchen geladen hatte und von seinem Vater ermahnt worden war, nie auf jemanden zu zielen; und dass er losgerannt und von seiner Mutter ermahnt worden war, nicht zu rennen; und dass er versucht hatte, aus Toaststückchen ein Haus zu bauen, und ermahnt worden war, nicht mit Essen zu spielen.

»Wer möchte schon wieder vier Jahre alt sein?«, sagte er zu Frank. »Da kriegt man ja noch nicht mal eine Kreditkarte.«

»Der jeweils Kleinere im Paar ist eure beste Freundin oder euer bester Freund«, sagte Martha. »Die wollen euren Schatz sehen, aber ihr wollt ihn nicht herzeigen«, lispelte sie und stampfte mit dem gesunden Fuß auf. »Und jetzt möchte ich, dass die besten Freunde euch mit allen Mitteln dazu bringen, ihnen den Schatz zu zeigen – ohne dass ihr nachgebt und ihn herzeigt. Okay? Haben das alle kapiert? Wenn ich sage: ›Wechseln‹, tauscht ihr die Rollen, und die größere Person spielt die beste Freundin oder den besten Freund.«

Frank, der etwas kleiner war als Peter, spielte den besten Freund.

»Zeigst du mir deinen Schatz?«

»Nein.«

»Bitte.«

»Nein.«

»Ich zahl dir auch was dafür.«

»Wie viel?«

»Eine Million Dollar.«

»Nein«, sagte Peter widerstrebend.

»Aber ich hab dich doch lieb und bin dein bester Freund!«

Wenn dieser Typ mein bester Freund ist, dachte Peter, ist es doch völlig absurd, ihm den Schatz nicht zu zeigen. Warum hatte Martha ihnen befohlen, Nein zu sagen? Er würde dem Verbot trotzen, er würde rennen, wenn ihm nach Rennen zumute war.

»Du hast vollkommen recht«, sagte er, »da du mein bester Freund bist, darfst du den Schatz sehen.«

»Super.«

Sie lächelten sich an und entspannten sich. Um sie herum wurde unablässig gebettelt und verweigert.

»Es war die Liebe, mit der ich dich rumgekriegt hab.«

»Liebe und Langeweile«, gab Peter zu.

»Ich wusste nicht, was bedingungslose Liebe ist, bis ich meiner Frau begegnete«, sagte Frank.

»Ist sie hier?«

»Nein, ich bin meinetwegen hergekommen, und außerdem braucht sie in dieser Woche ihren Freiraum. Als wir uns fanden, saßen wir erst mal lange Zeit zu Hause herum und weinten über unsere unerfüllten Bedürfnisse.«

»Sitzt ihr immer noch …«

»Nein, über diese Phase sind wir hinweg.«

»Ah, gut, es ist schön, ab und zu mal rauszukommen.«

»Wechseln!«, rief Martha.

»Kann ich deinen Schatz sehen?«, fragte Peter.

»Nein«, sagte Frank.

»Aber ich hab dir doch meinen gezeigt!«

»Schön blöd.«

»Hör mal, das finde ich jetzt nicht besonders fair.«

»Du bist vier Jahre alt und weißt noch nicht, dass die Welt unfair ist? Da wird's aber Zeit«, sagte Frank.

»Du kleines Arschloch, ich dachte, wir seien beste Freunde.«

»Sind wir ja auch, aber das ist mein Schatz.«

»Ich hab dich lieb«, sagte Peter angewidert.

»Wirklich?«, erwiderte Frank, plötzlich ganz erstaunt und verletzlich.

»Ja.«

»Ok«, sagte Frank und öffnete mit theatralischer, zärtlicher Geste seine hohlen Hände.

Die beiden Männer verstummten. Peter ärgerte sich, dass er das Wort »Liebe« wie das Passwort in einem Computerspiel eingesetzt hatte. Frank sah sich um, ob sie die Einzigen waren, die sich so aus Marthas Schlinge befreit hatten. Nur ein anderes Paar schien die Sache schon friedlich beendet zu haben.

»Ich muss gestehen, dass ich an diesem Workshop schon

mal teilgenommen habe«, sagte Frank. »Ich wusste, dass wir unseren Schatz herzeigen sollen.«

»Du hast das schon mal gemacht, weitergehen und loslassen?«

»Ja, aber Martha sagt, dass man immer wieder kommen kann, weil man immer tiefer gehen kann«, sagte Frank.

»Aha.«

»Ok!«, rief Martha. »Die Zeit ist um! Wer von euch hat den Schatz gezeigt?«

Peter und Frank, Karen und *Blue-Eyes* hoben die Hand.

»Nur vier«, stellte Martha fest.

»Aber du hast doch gesagt, wir dürfen nicht«, protestierten manche.

»Und wer hat euch gesagt, dass ihr gehorchen müsst?«, fragte Martha. »Eure Eltern? Eure Lehrer?«

»Ich wollte ja!«, wehrten sich ein paar.

»Nein«, ertönte in dem Stimmengewirr eine Frauenstimme. »Ich bin froh, dass ich meinen Schatz nicht hergezeigt habe!«

Peter sah sie sich genauer an: Sie war in den Sechzigern und hatte ein gütiges, mütterliches Gesicht.

»Und wie heißt du?«, fragte Martha.

»Carol.«

»Warum bist du froh, dass du deinen Schatz nicht hergezeigt hast, Carol?«

»Das war mein Geschenk an mich selbst; ich musste viel über meine Grenzen lernen«, erwiderte Carol. »Bis vor zwei Jahren hab ich alles hergegeben«, stöhnte sie.

Alle lachten, nicht zuletzt Martha und Carlos.

»Ich hab *Wenn Frauen zu sehr lieben* gelesen, und das hat mein Leben wirklich verändert«, sagte Carol.

»Tja, da haben wir etwas Interessantes über Carol erfahren, nicht wahr?«, fragte Martha genüsslich. »Sie hat bis vor zwei Jahren ›alles hergegeben‹. Aber findest du nicht, dass du jetzt überkompensierst, wenn du deinen Schatz nicht mal deiner besten Freundin zeigst? Einem Fremden gibt man etwas her, aber den besten Freund, die beste Freundin lässt man teilhaben. Der Mittlere Weg ist der Weg des Herzens. Man sollte weder ein Verschwender noch ein Geizhals sein.«

»Nein«, beharrte Carol unbeirrt. »Ich habe wirklich ein gutes Gefühl dabei, dass ich meinen Schatz nicht hergezeigt habe. Es waren übrigens keine Fremden, denen ich alles gegeben habe, sondern meine Kinder und mein Mann. Ich mache ihm keinen Vorwurf, wir haben einfach nur die Rollen gespielt, die man uns beigebracht hat, aber als er dann vor zwei Jahren starb, war ich völlig verloren, weil ich keinen anderen Lebensinhalt kannte als den, anderen zu dienen.«

»Aber inzwischen«, sagte Carlos, »hast du erkannt, dass du zu viel gegeben hast. Abraham Maslow hat gesagt, wenn man einen Hammer hat, sieht jedes Problem wie ein Nagel aus. Wir wollten, dass ihr das Problem ganz neu angeht, das war einer der Gründe, warum ihr euch vorstellen solltet, ihr wärt vier Jahre alt.«

»Klar«, sagte Carol, »ich versteh schon, was du sagen willst, aber wir sind alle Individuen, nicht wahr?«

»Ja«, sagte Carlos, ohne auch nur einen Gedanken daran zu verschwenden, was wohl der andere Carl zu diesem Thema gesagt hätte.

»Vielleicht war das, was ich getan habe, nicht das, was du und Martha zeigen wolltet, aber vielleicht war es das Richtige für mich.«

»Schauen wir einfach, wie es dir am Ende der Woche damit gehen wird«, meinte Martha und unterdrückte damit diesen Aufstand. »Jetzt zu denen, die ihren Schatz zeigen wollten, warum habt ihr das getan? Wie heißt du?«, fragte sie *Blue-Eyes*.

»Paul.«

»Und warum hast du deinen Schatz hergezeigt, Paul?«

»Na ja«, sagte Paul und strich Karen über den Rücken, »Karen erinnert mich an meine Mom, und die war eine so tolle Frau, dass ich ihr nichts verweigern konnte.«

»Oh, oh, oh«, wimmerte Karen, »ich glaub, ich fang gleich an zu weinen.«

»Und außerdem«, fuhr Paul fort, »bin ich in L.A in einer Zengruppe und habe das Gelübde der Großzügigkeit abgelegt …«

»Tja, es ist großartig, wenn unserem Handeln Prinzipien zugrunde liegen«, meinte Martha, »doch wenn wir fähig sind, *spontan* richtig zu handeln, ist es sogar noch besser.«

Wieder verflochten sich ihre Finger, diesmal aber in vertikaler Achse – die rechte Hand stieß herab, auf die gespreizte linke Hand zu.

»Und was ist mit dir?«, fragte sie Jason. »Dem großen Kommunikator.« Sie wandte sich der Gruppe zu und rümpfte amüsiert die Nase.

»*Du* bist die große Kommunikatorin«, sagte Jason. »Frauen, die zu sehr lieben? Kein Problem. Aber was ist mit Frauen, die zu viel reden?«

In der Gruppe machte sich leiser Unmut breit.

»Was ist mit arroganten Engländern, die das Maul zu weit aufreißen?«, rief Flavia.

»Typisch Jason«, sagte Haley und ergriff die Chance, der

aufkeimenden Feindseligkeit ihren persönlichen Groll aufzupfropfen. »Ich geb's echt auf.«

»Weißt du«, sagte Martha zu Jason, »es steckt viel Aggression in deinen Worten.«

»Mein Gott, du hast dir dein Psychologiediplom echt verdient«, sagte Jason. »Du hast doch ein Psychologiediplom, stimmt's?«

»Ich habe eine Ausbildung in Gestalttherapie und EST«, sagte Martha stolz. »Und eine Ausbildung zur Chiropraktikerin.«

»Na toll, dann kommt ja vom Hals abwärts alles in Ordnung«, erwiderte Jason. »Ich mach mir nur Sorgen um den Rest, vom Hals aufwärts.«

»Worüber machst du dir speziell Sorgen?«

»Na, zum Beispiel darum, dass wir um zehn Uhr Schluss machen wollten, und jetzt ist es schon halb elf…«

»O Mann«, fauchte Flavia, »sei doch dankbar, dass Martha und Carlos uns so viel von ihrer Zeit schenken!«

»Nein, nein«, meinte Martha, »ich möchte Jason dafür danken, dass er das angesprochen hat. Ich hab kein gutes Zeitgefühl, und jeder, der zur angekündigten Zeit gehen will, kann dies tun. Wenn mich die Begeisterung packt und ich sehe, dass was in Bewegung kommt, bleibe ich nun mal gern, solange mich jemand braucht.«

»Aber sag mal, Jason«, fuhr Martha fort, »worüber bist du eigentlich so wütend? Denk dran, so wie du dich hier verhältst, verhältst du dich im Leben – also, womit kommst du hier in Berührung? Mit deiner Beziehung?« Sie deutete auf Haley. »Oder sind es deine Eltern? Ist es dein Job?«

»Nein«, sagte Jason leichthin. »Wie Haley euch bestimmt noch erzählen wird, bin ich ein ganz oberflächlicher Mensch, und ich bin einfach nur wütend auf das, was sich hier *im Moment* abspielt.«

»Das ist großartig. Viele Leute haben ein Problem damit, in der Gegenwart zu leben, aber nur darauf kommt es an: Präsenz. Ich sage immer gern, Präsenz ist ein Präsent, das ihr euch selber macht.«

Etliche Leute staunten laut über dieses erhellende Wortspiel. Die *African Queen* suchte Pauls Blick, weil sie auf Anerkennung dafür hoffte, dass sie ihm Marthas Selbstzitat bereits im heißen Bad zitiert hatte, doch Paul grübelte immer noch darüber nach, ob Martha ihm mangelnde Spontaneität vorgeworfen hatte. Er selbst sah sich als ziemlich spontanen, dynamischen Typen und wollte nicht, dass die Gruppe ihn jetzt für eine Art Zenroboter hielt.

Da es mit dem Blickkontakt nicht klappte, wandte die *African Queen* sich wieder der frustrierenden Erkenntnis zu, dass, wäre sie in ihrem vorigen Leben kein Mann gewesen, ein starker Strom heiliger weiblicher Energie sie aus dem patriarchalischen Joch befreit hätte, das sie jetzt gezwungen hatte, sich Marthas trügerischer Autorität zu beugen, statt dem eigenen untrüglichen Instinkt zu folgen.

»Klar«, sagte Jason, »aber manchmal ist ›das Präsent‹ das spirituelle Äquivalent des archetypischen Sockenpaars, das einem die Großmutter immer zu Weihnachten schenkt.«

»Hast du ein Problem mit deiner Großmutter?« fragte Martha.

»Nein«, erwiderte Jason, kurzfristig aus dem Konzept gebracht.

»Ich glaub dir nämlich nicht«, fuhr Martha fort, »wenn du behauptest, deine Wut sei nicht in der Vergangenheit verwurzelt.«

»Du hast natürlich quasi von vornherein recht, wenn du das Wort ›verwurzelt‹ verwendest«, meinte Jason. »Wo sonst kann irgendetwas wurzeln als in der Vergangenheit?«

»Laut Terence McKenna«, warf Flavia ein, »der zufällig ein Genie ist und kein blöder arroganter Engländer, ist die Geschichte in der Zukunft verwurzelt.«

»Hey, wo ist dein Problem?«, sagte Jason. »Hat dich dein englischer Freund sitzengelassen? Der Glückliche.«

»Du Scheißkerl«, sagte Flavia.

»Kinder!«, mahnte Martha.

»Ich sag ja nur –«, rief Jason.

»Los, Jason, los!«, spornte Martha ihn an. »Lass dich auf diese Wut ein!«

»Ich sag ja nur«, wiederholte Jason, »dass ich bester Laune war, bis ich hierherkam und mir anhören musste, wie du und Carlos Jung mich volllabern, obwohl es längst Zeit zum Schlafengehen ist.«

»Du musst in deinem Alter zu einer bestimmten Zeit ins Bett?«, fragte Martha. »Oder muss der kleine Jason zu einer bestimmten Zeit in die Heia, und ist jetzt böse auf uns?«

»Ich fand die Verwendung des Worts ›archetypisch‹ interessant, als du über die Socken deiner Großmutter geredet hast«, sagte Carlos.

»Ich hab nicht über die Socken meiner Großmutter geredet«, protestierte Jason.

»Manchmal ist es richtig, dass wir uns gegen die Idee einer persönlichen Krise sträuben«, erklärte Carlos, »weil das, was wir durchmachen, eigentlich eine transpersonale Krise ist.«

»Hört mal zu, ihr Trottel«, sagte Jason. »Ich mache überhaupt keine Krise durch, außer dass mir alles hochkommt, wenn ich euch beiden zuhöre.«

»Warum ist der kleine Jason denn so ungezogen?«, sagte Martha. »Will er den Hintern versohlt kriegen?«

»Nicht von dir, Süße«, sagte Jason und lachte schroff.

»Das ist wahre Dynamik!«, sagte Martha begeistert. »Bei der ersten Session kriegen wir meist nicht gleich so viel Energie zum Fließen. Ich möchte Jason danken, dass er uns alle so aufgerüttelt hat.«

»Jederzeit gerne«, murmelte Jason.

»So, jetzt müssen wir aber alle in die Heia«, meinte Martha ironisch, »oder wollen wir noch ein Spiel machen?«

»Ja!«, riefen ein paar Stimmen jetzt gegen Jason vereint.

»Als wir noch Kinder waren«, begann Martha, »wussten wir, wie man spielt, aber dann mussten wir lernen, wie man arbeitet. Jetzt wissen wir, wie man arbeitet, und müssen lernen, wie man spielt.«

»Aber dieses Spiel«, ergänzte Carlos, »*ist* Arbeit.«

»Aber das solltest du doch nicht verraten!« Martha tat bestürzt.

Wieder taten sie sich zu Paaren zusammen, und die jeweils kleinere Person musste möglichst viele Sätze bilden, die so begannen: »Ich will nicht, dass du über mich weißt …« Dann würde man wieder wechseln.

Alle wimmelten durcheinander, auf der Suche nach einem neuen Partner. Als Carol bemerkte, dass Jason gemieden wurde, ging sie zu ihm hinüber und bot sich als Spielpartnerin an. Haley war stinksauer auf Jason und gesellte sich zu Paul, den sie auf eine ehrliche amerikanische Art attraktiv fand.

Peter stimmte Jason zwar insgeheim zu, dass man die Session um zehn Uhr hätte beenden sollen, aber auch ihm waren Jasons Manieren peinlich und hatten ihm etwas bewusst gemacht – zum Glück hatte er eine Zeit lang nicht mehr darüber nachdenken müssen, wie sehr er darauf konditioniert war, auf andere englische Akzente zu reagieren. Wenn er diese Gewohnheit nicht abschütteln konnte, diese oberflächlichste Schicht der Borniertheit, wie konnte er darauf hoffen, die Dinge jemals klar zu erkennen? Vielleicht konnte er nur darauf hoffen, klar zu erkennen, warum er nicht klar erkennen konnte – war dies die Grenze der Freiheit? Er wollte das eigentlich nicht glauben, andererseits, warum hatte seine heftige, das Bewusstsein auslöschende Übergangserfahrung auf dem Massagetisch diese soziologische Gewohnheit unberührt gelassen?

Plötzlich empörte ihn der Gedanke an England, als würde ein eingeschlagener Zahn zerbrechen und verfaulen. Bei der Aussicht, dorthin zurückzukehren, empfand er Bedrücktheit und Ungeduld. Marthas Workshop zu verlassen war ein Anreiz, aber das konnte er auch, indem er einfach ins Freie trat, an den Rand jenes geheimnisvollen Ozeans, dessen anderer Strand zu China gehörte, unter Sternen mit und ohne Namen, während Crystals pulsierende Gegenwart so unverkennbar war wie der Frühling in den Zweigen eines Kirschbaums.

Jetzt war nur noch ein Spielpartner übrig, ein verschlafener alter Mann im Trainingsanzug, und so ging Peter zu Stan hinüber und schenkte ihm ein müdes Lächeln.

»Ich will nicht, dass du über mich weißt …«, sagte Peter, der etwas kleiner war als Stan, »was für ein oberflächlicher Mensch ich bin, weil ich mich ständig in neue Frauen verliebe. Ich will nicht, dass du über mich weißt … dass ich heute Nachmittag eine unglaublich tolle Erfahrung gemacht habe und dass ich einerseits bereits dabei bin, sie durch skeptische

Analyse zu zerstören, andererseits dem Irrationalen einen begreifbaren Platz im großen Ganzen zuteilen möchte. Ich will nicht, dass du über mich weißt … dass meine Kindheit zwar nicht schwer, aber fürchterlich langweilig war und dass ich deshalb manchmal fürchte, ich müsse im Grunde selber langweilig sein. Es gab keine Grausamkeit, aber auch keinen Zauber; vielleicht fühlt sich das, was mir heute Nachmittag passiert ist, deshalb wie eine außerirdische Invasion an. Ich will nicht, dass du über mich …«

»Wechseln!«, rief Martha.

»Ich will nicht, dass du über mich weißt …«, sagte Stan eifrig, »dass ich impotent bin, wie sehr ich mir manchmal wünsche, dass meine Frau diesen New-Age-Kram nicht so furchtbar ernst nehmen würde, dass na ja, dass ich nicht sterben will. Zu Hause darf ich das nicht sagen, sonst kriege ich nur ein Audiobook darüber, dass, ich zu sehr an meiner Erdenhülle hänge, aber jetzt will ich es aussprechen: Ich habe wirklich Angst vor dem Sterben.«

Stan schwankte ein bisschen, als habe ihn seine eigene Ehrlichkeit fast umgehauen. Mitleid durchzuckte Peter.

»Die Zeit ist um!«, rief Martha. »Jetzt hört alle mal her! Wir haben heute Abend keine Zeit mehr, daran zu arbeiten, deshalb möchte ich, dass ihr euch alle merkt, was ihr gesagt habt und wie es sich angefühlt hat, einem anderen Menschen zu vertrauen. Vertrauen ist für die meisten von uns ein ganz großes Problem, und das schauen wir uns morgen früh an. Um elf Uhr haben wir einen Termin mit ein paar Bodywork-Practitionern drunten in den Bädern. Für die, die noch nie in Esalen waren, mag Nacktheit ein Problem sein, wenn ihr das also morgen in der Gruppe ansprechen wollt, möchte ich euch dazu ermutigen.«

»Und«, sagte Carlos, »schreibt auf, wenn ihr heute Nacht irgendwelche Träume habt. Denkt dran, euer Unbewusstes ist euer bester Freund.«

»Sagen, was man denkt«, murmelte Jason.

»Genau«, meinte Martha. »Und heute Nacht nähert sich uns ein Sturmtief, wir werden also eine Menge negativer Ionen in der Atmosphäre haben, und das bedeutet echt aufregende Träume.«

»Und zum Schluss«, Carlos zog seine Brille mit den halbmondförmigen Gläsern hervor und entfaltete ein Blatt Papier, »möchte ich euch ein sehr kurzes Gedicht vorlesen, das ich über das Alter geschrieben habe:

Alter ist, wenn du öfter einen Hexenschuss als einen
Kater hast.
Alter ist, wenn die kleine alte Dame,
der du über die Straße hilfst, deine Frau ist.

»Oder der kleine alte Herr dein Mann ist, äh, wenn du eine Frau bist, klar«, sagte Carlos.

»Ist das nicht toll?«, sagte Martha und riss den größten Teil der Gruppe zu blökender Zustimmung hin.

Peter warf einen Blick auf Stan. Stan lächelte starr.

Mein Gott, dachte Peter, Alter ist, wenn du erschrocken lächelst, weil der Gedanke an den Tod wie Sand in der Wüste von überall hereindringt, unter der Türschwelle wispert und sich in die Satteltaschen schlängelt.

Als die Gruppe das Big House verließ, hielt Frank mit den Worten »Habt ihr Rückenprobleme?« ein paar Männer an, einschließlich Peter – und lautete die Antwort »nein«, mussten sie mithelfen, Marthas neuen weißen Range Rover flottzukriegen, den Carlos auf den Felsbrocken gesetzt hatte. Als Jason hörte, worauf die Frage nach den Rückenproblemen zielte, jammerte Jason »Ich glaub, ich hab gerade einen Hexenschuss gekriegt!« und stolperte stöhnend in die Nacht hinaus.

Frank, Carlos, Peter und Paul standen im dichten, niesligen Dunkel.

Paul kauerte sich nieder und starrte mit dem kühlen Blick des Experten auf das Chassis.

»Man sieht ja die Hand vor den Augen nicht«, sagte er und starrte weiter.

»Ich kann einfach nicht glauben, dass sie sich diesen Wagen gekauft hat«, sagte Frank, der verblüffte Jünger.

»Warum nicht?«, fragte Carlos.

»Er ist so groß und protzig. In L.A. würde er sofort geklaut.«

»Na ja, äh, sagt ihr das lieber nicht«, meinte Carlos.

»O Gott, nein, das bleibt unter uns.«

»Vielleicht hat es sie beeinflusst, dass ich den gleichen Wagen habe«, meinte Carlos.

Jeder der Männer fühlte sich gedrängt, irgendeine Lösung vorzuschlagen, um seine brillanten Kenntnisse in Mechanik, Physik oder Ingenieurskunst unter Beweis zu stellen. Doch der Wagen rührte sich nicht vom Fleck.

Peter fiel nichts ein. Paul hatte schon gefragt, ob der Leerlauf eingelegt sei; genau diese Frage wurde bei solchen Anlässen ja immer gestellt.

»Vielleicht sollten wir bis morgen warten, um Marthas Wagen freizukriegen«, platzte er heraus und setzte spielend leicht nach: »Wir könnten zeigen, dass wir alle bereit sind, als *Gruppe* zusammenzuwirken, um unsere individuellen Probleme zu überwinden.«

»Hört sich gut an«, sagte Frank.

»So machen wir's«, meinte Paul und erhob sich endlich aus seiner kauernden Position.

»Ja«, sagte Carlos, »heute haben wir gelernt, dass Spiel Arbeit sein kann, morgen werden wir zeigen, dass Arbeit Spiel sein kann.«

Peter war verblüfft, wie mühelos es ihm gelungen war, die neue Sprache nach seinen Vorstellungen zu manipulieren.

Er lernte etwas. Auf jeden Fall lernte er etwas.

10

Crystal änderte abrupt die Richtung, ging die Treppe hinunter und betrat den Rasen. Sie war entschlossen, das edle Schweigen ihres Dzogchen-Workshops noch mindestens einen Tag lang zu bewahren.

Wenn sie noch ein einziges Mal jemanden sagen hörte, dass das Licht sowohl eine Welle als auch ein Teilchen sei, oder jemanden über die Aktivität der linken und der rechten Hirnhälfte reden hörte, musste sie kotzen. Für wen hielt man sie hier eigentlich? Sie hatte schon physikalische Gemeinplätze in spirituelle Metaphern verwandelt, als die meisten hier noch nicht mal das Joggen für Tai-Chi aufgegeben hatten.

Sie war ein Kind der alternativen Szene gewesen und hatte die nach Selbsterfahrung strebenden Hippies in den ständig wechselnden und doch immer wieder gleichen Gruppen ihrer Mutter mit ihren frühreifen Fragen verblüfft. Als sie neun war, hatten sie während der Zenphase ihrer Mutter Tassajara besucht, ein abgelegenes Kloster in den Bergen des Carmel Valley.

»Wann endet die Unbeständigkeit?«, hatte Crystal einen Studenten mit schütterem Haar gefragt, der aus der Bay Area stammte.

Er lächelte gequält, als wolle er sagen: »Schafft mir mal jemand diese zudringliche Göre vom Hals?«

»Haftest du an der Nichtanhaftung?« beharrte sie.

»Lass den Mann in Ruhe, er übt sich in Achtsamkeit«, sagte ihre Mutter, verneigte sich entschuldigend vor dem Studenten und zog ihre Tochter weg.

Als sie in Tassajara den Schrein des verehrten Klostergründers Shunryu Suzuki besuchte, wurde Crystal die erste Kostprobe jener magischen Realität zuteil, nach der sie seither suchte.

Sie stand auf der Lichtung, wo Suzuki beerdigt war, verneigte sich vor dem Schrein und bat ihn mit kindlichem Ernst, sie etwas über den Buddhismus zu lehren. Moskitos umschwirrten sie in Schwärmen, landeten auf ihrem Gesicht und sirrten ihr in den Ohren. Aus Angst, gestochen zu werden, rannte sie von der Lichtung und den Pfad entlang und schlug dabei um sich, um die Insekten zu verscheuchen. Auf halbem Weg überkamen sie Schuldgefühle, weil sie so wenig Gelassenheit besessen und Suzuki keine Zeit zum Antworten gegeben hatte.

Sie machte kehrt, entschlossen, den Moskitos mindestens ein bis zwei Minuten standzuhalten, falls Suzuki ihr etwas zu sagen hatte. Es wimmelte immer noch von Moskitos, die sie immer noch umschwärmten, doch dieses Mal schwebten sie dreißig Zentimeter von ihrem Gesicht entfernt, wie ein Ring aus Gesteinsbrocken um einen Planeten, als strahle sie eine Kraft aus, die die Insekten auf Abstand hielt. Verblüfft stand sie auf der Lichtung. Sie verstand nicht, was geschah, konnte es aber auch nicht missverstehen, und so brach sie in Gelächter aus, ein Gelächter wie eine Quelle, die aus dem Boden schießt, nachdem man den richtigen Felsen losgetreten hat.

Als sie zwölf war und ihre Mutter in ihre Spanienphase trat, hatte Crystal schon in vier verschiedenen Sprachen und sechs verschiedenen Traditionen meditiert.

In Spanien besuchten sie einen »englischsprachigen« Meditationskurs.

»Relax de ties, relax de boathooks«, sagte der Lehrer ernst. »De mint is your enemy, de mint is fool of false contraceptions. Let go of de mint! Let go of de contraceptions!«

Sie waren gegangen, weil sie so fürchterlich lachen mussten. Danach reichte es schon, wenn eine von ihnen sagte »It's all in de mint« oder »mint over matter« – und beide kriegten sich minutenlang nicht mehr ein vor Lachen.

Dann kam die Pubertät. Crystal stand plötzlich kritisch zum Unternehmungsgeist ihrer Mutter, blieb jedoch gleichzeitig unweigerlich in dessen Faszination und Selbstgefälligkeit gefangen.

Wie kleinkariert zu glauben, jeder Guru sei korrupt, und wie naiv, nicht zu erkennen, dass die meisten es waren.

Warum folgte ihre Mutter ihrer spirituellen Sehnsucht so unkritisch und wahllos? Immer wieder erlebte Crystal, dass sich ihre Mutter auf den Weg machte, leichtgläubig wie ein Rehkitz, nur um sich dann wie eine Tigerin an die Enttäuschung heranzupirschen, sie gekonnt zu erlegen und tagelang davon zu zehren; wild, besitzergreifend, einsam, während die Beute neben ihr verfaulte. Die Sehnsucht ihrer Mutter nach einem Leben in Gemeinschaft endete stets im territorialen Verlangen nach ihrer »Privatsphäre«. Gleichzeitig verschob sich Crystals Familienleben immer weiter von der Stammesverwandtschaft hin zur seminuklearen Isolation. Im einen Monat nahm sie in einer Gemeinschaft von »Suchenden«, an Kreistänzen in einer Jurte teil; im Monat darauf kehrte sie in eine leere Wohnung zurück und fand ein paar Tofureste und einen Zettel ihrer abwesenden Mutter vor, die gerade mal wieder einen Teilzeitjob aufgetan hatte oder sich in irgendeinem dubiosen Workshop im anderen Teil der Stadt »*empowern*« ließ oder »Dienst« tat, indem sie eine Bekannte pflegte, die sich in einer Dauerkrise befand.

Crystals Diagnose, dass es ihrer Mutter an seelischer Stabilität mangelte, weil sie ihre Analyse abgebrochen hatte, war mit einer gewissen Sorge verbunden. Schließlich hatte ihre Mutter die Analyse abgebrochen, weil sie mit ihr schwanger geworden war. Crystal begann selbst eine Analyse, um die ihretwegen abgebrochene Analyse ihrer Mutter abzuschließen. Auch hegte sie die Hoffnung, sich so an ihren unbekannten Vater kuscheln zu können, und sei es nur im kühlen Laboratorium seines Berufs. Die eleganten Formeln, die dieser komprimierte familiäre Nährboden abwarf, waren indes weniger befreiend, als sie gehofft hatte, und die Suche nach einer eindeutigen Identität führte in einem Bogen zurück in das UNIVERSUM, in dem sie groß geworden war, wo es Selbst und Wirklichkeit in derart riesigen Mengen gab, wie man sie eben nur in den Supermärkten des Göttlichen vorrätig hat.

Befreiung schien jenseits einer Selbsterkenntnis zu liegen, die sie, allerdings ganz zutreffend, als Produkt ihrer Vergangenheit beschrieb. Und doch würde sie ohne Befreiung enden wie ihre Mutter, zu instabil, um mit irgendeiner anderen Form der Erkenntnis zu leben. Sie brach ihre eigene Analyse ab, weil sie zu jung war und wegen der Kosten. Ihr Analytiker erklärte den Abbruch damit, dass sie versucht habe, ihre Eltern zu versöhnen, indem sie die Analyse ihrer Mutter zu Ende führte – nächstes Mal solle sie um ihrer selbst willen kommen. Ziemlich gerissen, der Kerl. Seine letzte Rechnung beglich sie nicht. Sie zogen sowieso gerade wieder um.

Ein zweiter Rebellionsversuch mit täglichen LSD-Trips und hawaiianischem Gras aus wassergekühlten Haschischpfeifen scheiterte sogar noch schneller, da sich die Analogien zwischen dem Unwirklichen und dem absoluten Wirklichen vor ihren Augen höhnisch multiplizierten.

Die gelglänzenden Palmen und die summende Luft, die Art, wie der Raum zu zwei Dimensionen kollabierte und absolut pittoresk wurde, um dann per Kaiserschnitt eine geistige Wirklichkeit mit theoretisch unbegrenzten Dimensionen zu gebären: All diese Knalleffekte schienen die ekstatische Verheißung wahrer Erkenntnis zu parodieren. Crystal empfand das mit Schuldgefühlen verquickte Hochgefühl des Künstlichen, als genieße sie tropische Früchte in einer eingeschneiten Stadt.

Der tatsächliche Bruch mit der Mutter kam aber erst, als die Trips immer öfter schiefgingen und der Oberflächenaushub ihrer Analyse zu tief eingekerbten Spalten eines Erdbebengebiets aufriss.

Dieses Mal war es Crystal, die für ihre Mutter in der leeren Wohnung einen Zettel hinterließ. Sie war damals erst siebzehn gewesen, aber auch siebzehn Jahre danach wurde sie angesichts dieses peinlichen Zettels manchmal noch rot vor Scham.

Liebe Lynda,

ich ziehe mit Krater und Stash zusammen. Wir haben beschlossen, uns die Trümmer des amerikanischen Traums, den du immer so verachtet hast, zu schnappen, bevor der nukleare Winter die ultimative Kakerlakenzivilisation gebiert.

Stash sagt, Kakerlaken werden die einzigen Überlebenden sein und sich zu einer superintelligenten Kakerlakenrasse entwickeln, mit schrägen Mythen über die schönen Zweibeiner, die einst den Planeten beherrschten und die Geheimnisse des Fliegens, der Kernspaltung und der Fernkommunikation entdeckten, dann aber ihre Macht missbrauchten und sich selbst zerstörten.

Skeptische junge Kakerlaken werden diese Dinge für Mythen halten. Aber wir wissen, dass es stimmt, weil das Zeitalter der Kakerlaken bereits seine Schatten vorauswirft.

Krater sagt, dass wir uns angesichts der Schwerkraft (und der Unausweichlichkeit) der Situation so viele Kicks wie möglich verschaffen sollten, bevor uns der ultimative kosmische Kick der Auslöschung trifft. Das Einzige, was wir in religiöser Hinsicht tun sollten, ist, dass wir uns jedes Mal, wenn wir eine Kakerlake sehen, mit den Worten: »Ich begrüße die Zukunft« verbeugen sollten. Danach können wir sie zertreten, solange wir noch die Chance haben zu zeigen, dass zwei Füße besser sind als zwei Dutzend.

»Als ich diesen Brief bekam, habe ich mich zum ersten Mal als eine Frau mittleren Alters gefühlt«, sagt Lynda zu Carla, einer Therapeutin, die sie kannte.

»Dieser Brief bedeutet, dass sie auf eigenen Beinen stehen will«, erklärte Carla. »Sie hat den Eindruck, dass du dich auf zu viele Religionen eingelassen hast. Zwei Füße sind besser als zwei Dutzend, denn wenn man nach Unabhängigkeit strebt, ist die eigene Hoffnungslosigkeit besser als die Hoffnungen eines anderen Menschen.«

»O mein Gott«, jammerte Lynda, »meine Tochter sieht eine Kakerlake in mir!«

»Ja, aber sie ist eine ›skeptische junge Kakerlake‹, also ist sie immer noch deine Tochter.«

»Jedenfalls ist das nicht ihre eigene Hoffnungslosigkeit«, meinte Lynda, »sondern die von Stash und Krater.«

»Die sind momentan ihre beiden Füße. Jedenfalls die zwei, die sie sich derzeit ausgesucht hat.«

»Da versucht man, eine gute Hebamme für das Neue Paradigma zu sein, und was ist der Dank? Meine eigene Tochter will mich wie ein Insekt zerquetschen!«

»Es ist schwer, Mutter zu sein«, sagte Carla, »aber du musst sie jetzt gehen lassen. Sie durchläuft jetzt ihren eigenen Prozess.«

»Du hast mir sehr geholfen«, sagte Lynda, aber irgendwie brach der Kontakt zu Carla dann ab.

Für Crystal begann eine Zeit des übertriebenen Nihilismus, sie war auf Amphetamin und fuhr kreuz und quer durch L.A. Treue war was für Feiglinge, und jeder vögelte mit jedem.

»Beziehung ist wie Zwangsjacke«, sagte Krater zum Thema Bindung.

Bevor Krater, statt weiterzustudieren, nur noch vor der Glotze hockte, hatte er entdeckt, dass Goya angeblich auf dem Sterbebett *»nada«* gesagt haben soll. Statt »hi« oder einer anderen in der Clique üblichen Begrüßungsformel sagten Krater, Stash und Crystal »NADA« zueinander, wenn sie sich zum Frühstück trafen (was meist abends geschah), und »Nada« wenn man sich am nächsten Tag zum Mittagessen traf.

In allen Zimmern plärrten Fernsehgeräte, die sich, von Stash kunstvoll getunt, selbsttätig planlos durch die Sender zappten, damit einem das Gefühl für die Trivialität des Mediums nicht abhanden kam. Falls Gäste so uncool waren, eine ganze Sendung sehen zu wollen, brüllte die Clique »Nada!«. Manchmal, wenn Krater in Stimmung war, legte er richtig los.

»Das Fernsehen ist die Kanalisation dieser Gesellschaft. Wir lassen uns von ihr berieseln, wir *duschen* in ihr, denn dort sitzen die dicksten Kakerlaken.«

Dann klatschten alle in die Hände und verbeugten sich feierlich: »Wir grüßen die Zukunft!«

Eines Tages fanden sie ihre eigene Langweile so langweilig, ihre eigene Negativität so abtörnend, dass sie beschlossen, wach zu bleiben, bis sie starben, in einem Amphetamin-Äquivalent von *Das große Fressen*. Egal, was Krater tat, es musste immer ein solider theoretischer Kontext dahinter stehen. Obwohl er diesen Rest von Positivität bedauerte, war doch wenigstens sein Sinnbedürfnis Nada geweiht, und darum erklärte er, es liege ein beispielhafter Sarkasmus darin, in einer fettsüchtigen Gesellschaft zu verhungern. Sie würden mitten in der Bevölkerungsexplosion eine implodierende Population repräsentieren, durch Reduktion Nada ansteuern und sich ganz bewusst lieber mit der wahren Natur der Welt verschwören, als kläglich gegen sie anzukämpfen.

Er war besorgt, weil dieser letzte Teil der Theorie einen gewissen Respekt vor der Harmonie enthielt, doch Stash und Crystal, die loslegen wollten, versicherten ihm, das sei perfekt.

Die ersten drei Tage ging alles gut. Sie tigerten in L.A. herum und erzählten jedem, das sei es jetzt gewesen, *adiós*, das Ende. Ihre Freunde waren zu cool, um sie davon abzubringen; und sie selbst waren zu stolz, um sich davon abzubringen. Im Lauf der nächsten drei Tage forderte der Schlafmangel allmählich seinen Tribut. Krater arbeitete an einer

Verfeinerung der Theorie. Sollten sie ihre tödlich geschwächten Körper in einem kakerlakeninfizierten Raum ausstrecken, oder drückte das nur den erzkonservativen Wunsch aus, an der Zukunft teilzuhaben? Immer leidenschaftlicher diskutierte Krater alle Aspekte dieser Frage.

Wie reife Früchte fielen Stash die Zähne aus dem blutenden Mund. Das versetzte seiner Eitelkeit einen solchen Schlag, dass es seinen Todeswunsch untergrub. Nur Kraters glühende Persönlichkeit hielt die Operation noch zusammen. Stash, behauptete er, brenne sich allmählich durch eine Schicht kultureller Konditionierung hindurch. Der Romantizismus habe sie gelehrt, dass der Tod schön sei. Natürlich würden sie das Hindernis dieses Mythos durchbrechen müssen, wenn sie ins Nada hinabstiegen. Es werde auch eine Schicht des Grauens kommen, warnte er. Aber auch das sei nur oberflächlich. Nada sei geruchlos, geschmacklos, ohne Affekte: Bei der Ankunft im Nada, werde es keinen Schmerz und keinen Frieden geben, nur eine Gleichgültigkeit, die er Weiße Zeit nannte und die beide Möglichkeiten aufhebe. Wie üblich geriet Krater durch seine eigenen Behauptungen in eine Krise. Verlieh er damit der Weißen Zeit etwa einen transzendenten Wert?

Crystal quälte ihn mit Fragen über die Beziehung zwischen der Weißen Zeit und dem buddhistischen Nichts und anderen Gerüchten, die durch die Suchen-Himmel ihrer Kindheit geschwebt waren. »Nicht das Nichts« schrieb sie Hunderte Male an die Wände ihres Zimmers. Diese simple Phrase erschütterte ihr verwirrtes Hirn immer wieder von Neuem und verwandelte sich manchmal in »Ein Nichts, das Nichts«.

»Der definite Artikel ist definitiv out!«, schrie Krater am

siebten Tag. »Wir können ihn nicht in einen Ort verwandeln!«

Später an dem Tag fuhr er seinen Wagen zu Schrott, schaffte es aber nicht, sich umzubringen. Stash, dem ohne Kraters Rhetorik der Stecker gezogen war, fiel ins Bett und pennte drei Tage durch.

Crystal zog schlaflos und halb von Sinnen los, um sich die Vitamine und den Honig zu besorgen, die ihr Körper so dringend brauchte. Ihr erschöpftes Bewusstsein war auf ein Metronom reduziert, ein Nichts, das Nichts, ein Nichts, das Nichts. Sie hielt einen Honigtopf umklammert, schaufelte sich die goldene Flüssigkeit in den Mund und torkelte, weinend vor Dankbarkeit, den Santa Monica Boulevard entlang.

Krater hatte eine Nahtoderfahrung und meinte, es gebe keinen Grund, sich Sorgen zu machen. Stash ging zum Zahnarzt, der meinte, es gebe allerdings Grund, sich Sorgen machen. Krater studierte weiter und lehrte danach an der UCLA vergleichende Religionswissenschaft. Stash gründete eine Computerfirma, die zehn Prozent ihrer Gewinne für den Umweltschutz spendete, und zwar ohne in einer Werbekampagne auf diese Großzügigkeit hinzuweisen.

Nach ihren Nada-Tagen wartete Crystal erst einmal ab; sie machte sich Sorgen, neurotisch zu sein, weil sie sich Sorgen machte, machte sich aber auch Sorgen zu verblöden, wenn sie einmal kurz und planlos mit dem Sorgenmachen aufhörte.

Eines Tages, mit neunundzwanzig, hätte Crystal fast die Straßenseite gewechselt, um nicht am *Be Here Now Metaphysical Bookshop* vorbeizumüssen. Als sie angewidert ins Schaufenster blickte, in Erwartung des üblichen Mischmaschs von Kristall-Regenbogen-Quanten-Selbsthilfe-Wunderheilungs-Büchern – die Autorenfotos bezeugten die doppelte Wundertätigkeit von Haarspray und Nischenliteratur –, sah sie stattdessen ein Foto von Shunryu Suzukis ernstem, gleichmütigem Gesicht. Die hochgezogene Augenbraue schien eine gewisse Zärtlichkeit auszudrücken. »Ich bin immer noch da. Wo bist du gewesen?«, vernahm ihre schuldbewusste Seele. Crystal erinnerte sich an die Moskitos, und ihr wurde klar, dass sie eine eigene Geschichte zu verwirklichen hatte, die anders war als das mütterliche Auf und Ab von Leichtgläubigkeit und Enttäuschung, an das sie bis zu ihrer Nada-Zeit gefesselt gewesen war.

Die oft wiederholte Behauptung, dass Meditation eher ein Nachhausekommen als ein Irgendwohingehen sei, traf in ihrem Fall wortwörtlich zu.

Doch was ging jetzt vor, im berühmten gegenwärtigen Moment, den man, wie ein unartiges Kind nicht eine Sekunde lang unbeaufsichtigt lassen konnte?

»Früher bekamen wir von unseren Eltern doch immer zu hören: ›Sitz nicht einfach nur rum, tu irgendwas‹«, hatte Surya an jenem Morgen gesagt. »Dem möchte ich entgegenhalten: ›Tu nicht einfach irgendwas, setz dich hin.‹«

Sie kreuzte die Beine und setzte sich auf den Rasen. Warum war sie so nervös? Warum wich sie den anderen Leuten auf ihrem Stockwerk aus? Warum störten die sie?

Warum stellte sie überhaupt solche Fragen? Sie wusste doch, warum sie sich über diese unbeholfenen Wahrheitssucher mokierte, deren linke Hirnhälfte nicht wusste, was die rechte tat: weil ihre eigene Unbeholfenheit sie schockierte. Während der Meditation heute Morgen hatte sie von Sex phantasiert. Sie hatte noch nicht einmal beobachtet, wie der Gedanke an Sex entstand und seine Flüchtigkeit verkündete wie die vor einem Zugfenster vorbeirasende Landschaft. Vielmehr war sie mittendrin gewesen, hatte heftige Sehnsucht empfunden, hatte projiziert, ihre Phantasie intensiv darauf konzentriert, um mehr Befriedigung zu erlangen, und besorgt überlegt, wie viele Affären man gleichzeitig haben könne. Wie uncool!

Gestern in den Bädern hatte sie in Peters Blicken sein drängendes Verlangen gespürt, und es war ihr nicht gelungen, sich davon zu lösen. Der Grund lag auf der Hand: Auch sie empfand dieses Verlangen. Sein dringender Wunsch, zu begreifen, was auf dem Massagetisch geschehen war, hatte sie berührt. Unmittelbar nachdem es geschehen war, hatte er ihr noch nichts davon erzählt, aber sie hatte gespürt, wie er sich plötzlich unwillkürlich konzentrierte, sie hatte gesehen, wie er schwankend zum Becken zurückging und ihr war klar gewesen, dass er mit den Sternen verschmolzen war. Er hatte diese Erfahrung spontan gemacht, anders als Jean-Paul, dem dies weder spontan noch unter dem wilden Zwang der Psychedelika widerfahren war.

Ihre lasziven Tagträume schockierten sie, weil sie sich mittlerweile darauf verließ, dass die Meditation ihr zumindest jenen ersten Grad der Distanz ermöglichte, von dem aus sie unbewegt die Sehnsüchte und Nöte betrachten konnte, die sich in ihrem Innern regten. Weder Furcht noch Hoffnung, weder Optimismus noch Pessimismus konnten sie davon abhalten, in die wirkliche Natur der Dinge zu blicken, was auf dieser Stufe hieß, in die unwirkliche Natur der Dinge zu blicken.

Eine kalte Vernichtung des Ich wohnte ihrem Meditieren

inne, hauchte ihr jedoch keine Kälte ein, sondern entließ sie in ein leidenschaftlicheres Leben, denn sie konzentrierte sich nicht auf das flüchtige und erschöpfende Spiel ihrer Eindrücke, sondern auf die Klarheit, die sie dazu befähigte, sie zu durchdringen.

Aus diesem Fundament wuchs eine Rangfolge von Zuständen, die sie in einem eigenen Lexikon klassifiziert hatte.

Es gab jene silbrige Ausdehnung des Bewusstseins, in der Bewusstheit selbst Gegenstand der Bewusstheit war, als seien einander zwei Spiegel zugewandt, die nichts zu spiegeln hatten als die Macht der Reflexion.

Manchmal blieb die Zeit stehen, als sei sie des Davoneilens müde, und statt einer Sache nach der anderen gab es etwas, einen Moment, der sich aus der Ebene erhob wie ein Tafelberg aus dem Wüstenboden. Die Beobachterin und das Beobachtete erhoben sich gleichzeitig, ohne ein Wort der Erklärung, und standen in der Stille jenes einzigen Bilds. Die ganze mentale Landschaft weitete sich himmelwärts, als nehme sie El Grecos Blick an.

Wenn diese langen Augenblicke wieder in den Zeitstrom eintauchten, bekam dieser einen erotischen Impuls, als könne sie, in einer Umkehrung von Tantalus' Qualen, in alle Ewigkeit den ersten Bissen eines weißen Pfirsichs essen, wieder und wieder, jedes Mal ein vollkommener Genuss und jedes Mal auf neue Art vollkommen.

Der Schlüssel war, sich selbst über das Geländer der Sprache zu stürzen, dorthin, wo ein Sprachmaniac wie Jean-Paul nur Schwindelgefühle oder Unsinn vermuten konnte. Er war nie müde geworden, ihr den ominösen, wortkargen letzten Satz aus Wittgensteins *Tractatus* zu zitieren: »Wovon man nicht sprechen kann, darüber muss man *schweigen.*« Jean-

Paul empfand dies eher als schweigend über etwas hinweggehen, wogegen sie es als Kontemplation empfand, so wie ein Falke stumm über eine Landschaft hinwegschwebt, ohne dass ihm irgendetwas entgeht.

Jenseits des Geländers der Sprache konnte der Sinn sich in eine Sphäre reinerer Metaphern flüchten. Wenn aber Bilder sich tiefer einprägten als Worte, was war das Objekt, das sich durch diese Metaphern offenbarte? Was war die Quelle?

Es gab eine Stille, die unter dem Krach des Lebens lag, und dann gab es das, was George Eliot den »Lärm jenseits des Schweigens« genannt hatte, den Lärm des wachsenden Grases, der Lärm des Herzschlags eines Eichhörnchens. Für Crystal ging es aber noch tiefer hinab. Unter diesem Lärm hatte sie eine weitere Schicht der Stille entdeckt, und als sie sich angestrengt konzentrierte, hatte sie unter jener Stille ein Summen vernommen.

Wie viele Schichten konnte ein Archäologe der Stille entdecken, und welche geheime Kommunikation wurde von diesen Schichten lautlos umschlossen? War dieses Summen der Klang eines allem zugrunde liegenden Lebens? Oder war es der Klang, den das Chanten körperloser tibetischer Mönche erzeugte, die eine ziemlich flache Schicht geheimer Artikulation zwischen zahlreichen Untergeschossen besetzten, jedes abgeschottet durch Schichten anscheinend ultimativer Stille einschließlich, während ihres Abstiegs zum ultimativen Objekt der Kontemplation, dem Geflüster extraterrestrischer Elfen, zu fein, als dass Crystals Ohr vernehmen könnte?

Sie konnte nur raten.

Was sie wusste, war, dass es jenseits all der Gespinste jene Momente gab, in denen jedes Ichbewusstsein durch ein Gefühl der Entgrenzung ersetzt wurde. Wer aber hatte dann dieses Gefühl von Entgrenzung, wenn das Ichbewusstein verschwunden war? Das wäre die logische Frage gewesen, die aber nur von jenem Standpunkt aus gestellt werden konnte, der ja eben durch die Entgrenzungserfahrung vernichtet worden war. Falls diese Begriffe überhaupt Bestand hatten, mussten sie umgestaltet werden: Wenn es Entgrenzung gab, wie konnte man sich davon ausschließen?

Natürlich konnte sie eine Dosis Psilocybin oder LSD oder DMT nehmen und die Grenzen zerfließen lassen, aber dann war die Entgrenzung paradoxerweise an die Substanz geknüpft, die sie erzeugte. Bewusstseinsverändernde Drogen konnten den Weg zur Befreiung weisen, aber letztlich wollte Crystal auch gern von ihnen frei sein. Die Erfahrung der Entgrenzung schuf so schon einen natürlichen Widerstand in Gestalt ihrer Undurchführbarkeit und des Grauens des Wahnsinns, der die Auflösung des Ich überschattete. Sie wollte dem nicht die Mühe der Beschaffung und richtigen Dosierung hinzufügen.

Außerdem bewirkte die Pracht der psychedelischen Sphäre, ihre verführerische Suggestion, dass alles Unsichtbare visualisiert werden könne, dass sie den Bildern hörig blieb, aber das, was sie wirklich faszinierte, war die Fortdauer des Bewusstseins, jenseits der Worte und Bilder. Manchmal bemühte sie sich, eine Struktur für diese Fortdauer zu finden, indem sie sich vorstellte, dass das persönliche Bewusstsein zur Gänze von einem unpersönlichen Bewusstsein absorbiert wurde, dessen metaphorisches Drama, wenn es das hatte, ihr Bewusstsein nicht zu registrieren vermochte, dessen Gegenwart sie aber an einem intensiv spürbaren Zusammenbruch erkannte, an dem Gefühl, dass da etwas war, das sie nicht zu fassen bekam, weil es sie erfasst hatte.

Der Witz war, dass sie jetzt auf dem Rasen von Esalen saß, die Sultaninen aus ihren geraspelten Karotten klaubte und über diese erhabenen meditativen Zustände nachsann, obwohl sie heute nicht einmal die elementarste Stufe der Konzentration erreicht hatte.

Abgesehen von den sexuellen Phantasien, in denen sie den Morgen über geschmort hatte, hatte sie weiter darüber nachgedacht, ob sie sich mit Adam Frazer abgeben sollte.

Was kümmerte es sie, ob sie ihn sah oder nicht? Die Wechselfälle seiner Karriere gingen sie wirklich nichts an, entschied sie kurz und bündig. Entweder Adam erschien, oder eben nicht. Ein sehr nützliches Wort, »erscheinen« ...

»Hallo.«

Crystal sah auf.

»Adam!«, rief sie aus. »Gerade hab ich an dich gedacht!«

»So ist das, wenn man intensiv genug an jemanden denkt«, meinte Adam. »Er manifestiert sich.«

»So intensiv hab ich gar nicht mal an dich gedacht«, sagte Crystal. »Ich muss also über spezielle Kräfte verfügen.«

»Es gefällt mir nicht, wenn jemand nicht intensiv an mich denkt«, meinte Adam. »Übrigens, hast du das von Brooke und Kenneth gehört?«

»Nein.«

»Offenbar hatten die einen Streit wie aus einer Wagner-Oper. Es hat sich herausgestellt, dass Kenneth von dem Buch, das Brooke seit zwei Jahren sponsert, noch nicht *ein* Wort geschrieben hat. Er ist ein totaler Scharlatan, der nur Mist verzapft.«

»Ist Brooke wütend?«, fragte Crystal.

»Wütend ja«, erwiderte Adam, »aber auf reife und erwachsene Art. Die beiden kommen zu einem rituellen Wochenend-Workshop hierher, zu einer rituellen Versöhnung. Sie kommen übrigens schon morgen, um ein paar Tage an der Küste zu verbringen, ihre Seele zu öffnen. Du weißt doch, dass sie was miteinander hatten? Oder es zumindest versucht haben. Der arme Kenneth hat's nicht geschafft, nicht mal, als er die Augen schloss und an die Morgan-Guaranty-Bank dachte.«

»Vermutlich finden manche Leute Banken einfach nicht sexy«, meinte Crystal. »Woher weißt du überhaupt, was er gedacht hat? Warst du dabei?«

»Ich lese in seinen Gedanken wie in einem Buch, und da steht auf jeder Seite *Morgan Guaranty*«, beharrte Adam. »Brooke droht mir an, einige meiner Vorträge zu besuchen und Kenneth mitzubringen. Typisch für die Superreichen, dass sie was umsonst wollen, nicht?«

»Hm.«

»Hilf mir auf die Sprünge, du bist hier wegen …«

»Dzogchen.«

»O mein Gott, läuft das nicht schweigend ab? Jetzt hab ich dich aus der kristallklaren Luft himalajischer Kontemplation in die staubigen Mühen der Ebene und des Tratschs herabgezerrt.«

»Da war ich schon angelangt«, meinte Crystal, »aber allein.«

»Das ist wahre Kontemplation«, sagte Adam, »mit sich selber zu tratschen.«

Mit übertriebener Geste presste er die Finger an die Lippen und schlich sich auf Zehenspitzen davon.

Crystal sah aufs Meer hinaus und leerte ihren Geist.

11

»Was für ein himmlischer Abend«, sagte Brooke. »Wahrscheinlich liegt das an der globalen Erwärmung, was ja nicht so himmlisch ist, aber lass es uns trotzdem genießen.«

Kenneth lächelte zustimmend. Sein kluges, überlegenes Lächeln war einem zutiefst erleichterten Grinsen gewichen. Er war Brooke für ihre Großmut unglaublich dankbar. Sie hätte ihm heftige Vorwürfe machen können wegen des Buchs, an dem er noch keinen Strich getan hatte, obwohl er seit zwei Jahren von ihr unterstützt wurde, aber sie hatte nach Höherem gestrebt und versucht, konstruktiv mit der Situation umzugehen.

»Ralph Abrahams nennt das den ›Sonnenuntergangseffekt‹«, sagte Kenneth. »Solange es schöne Sonnenuntergänge gibt, auch wenn die optischen Effekte nur durch die Luftverschmutzung zustande kommen, begreifen die Menschen das Ausmaß der Krise nicht.«

»Ach, du weißt so viele interessante Dinge«, sagte Brooke, »auch wenn du dir nicht die Mühe gemacht hast, sie aufzuschreiben.« Es trat eine dankbare Stille ein.

»Kenneth, meinst du, die Robben wissen es?«, fragte Brooke, während ihr Wagen am glitzernden Sand des Andrew Molera Beach vorbeiraste.

»Was sollen die wissen?«, fragte Kenneth.

»Dass das Ende der Welt gekommen ist.«

»Oh, das wissen die«, sagte Kenneth. »Die wissen das.«

Karen lag in ihrem pinkfarbenen Trainingsanzug auf dem Bett und lauschte ihrem *Wellen bei Sonnenuntergang*-Tape, das sie immer mit einem einmaligen Gefühl friedvollen Staunens erfüllte. Stan, der in seiner prosaischen Art die Geduld seiner Frau manchmal auf eine harte Probe stellte, ging den Klippenrand entlang, betrachtete den Sonnenuntergang und lauschte den Wellen.

»Wissen die Robben, dass der Weltuntergang naht?«, fragte Stan sich unwillkürlich.

Eine Robbe bellte aus dem Tang, und Stan fand, dass es klang wie ein Ja. Aber was bejahten die Robben? Dass sie vom nahenden Weltuntergang wussten oder dass es, im Gegenteil, nichts gab, worüber man sich Sorgen zu machen brauchte? Er wäre gern mit den Robben kopfüber ins Wasser gesprungen, um eine transpersonale Erfahrung zu machen. *Das* wäre ein radikaler Workshop gewesen.

Stan spürte den Reichtum seiner Phantasie. Nicht mal Karen hatte derart verrückte Ideen. Auf seltsame Weise war Karen ja völlig normal; deshalb hatte er sie geheiratet. Nur glaubte sie leider alles, was man ihr sagte, wirklich alles. Das war in New Jersey okay gewesen, wo die Gerüchte einfach aus dem Klatsch der Nachbarn bestanden hatten, dem täglichen Nachrichtenstrom und dem Vorstadttrost, dass New York City diese grausige Verbrechensstatistik hatte. Doch die Gerüchteküche in Santa Fe war etwas ganz anderes.

Carlos, der auf seinem Balkon saß und den sich rötenden Himmel betrachtete, träumte von den unnötigen Einkünften, die auf sein Konto fließen würden, wenn seine Ohrenschützer mit Massagefunktion (Patent angemeldet) in Produktion gingen und als Antistressprodukt unter Millionen von Christbäumen liegen würden.

Noch wirkte das Meer schön, doch wie viele Partikel von Schwermetallen und radioaktiven Isotopen drängten sich in seinen Kubikkilometern? Die Wellen schlugen gegen die Felsen wie nasse Wäsche und sanken zurück in ihre Lauge. Solange Geld noch eine gewisse Bedeutung für ihn besaß, würde er sich einen Streifen Regenwald kaufen, zu Hause in Brasilien, weit weg von den mutierenden Viren, die in den Großstädten grassierten. Dort konnte er sich dann etwas länger als der Rest seiner schuldigen Spezies hinter einem Schleier aus Tollwut, Gelbfieber und Malaria entspannen, die bis dahin dann den Charakter alter Freunde angenommen haben würden.

Peter ruhte sich nach einem revolutionären Nachmittag aus. Er war hatte sich in »Weitergehen und loslassen« geübt – er war weitergegangen und hatte seinen Workshop losgelassen. An diesem Vormittag in den Bädern hatte ihnen Martha einen Vortrag über die Bedeutung der Nacktheit gehalten, während sie selbst ein besonders langes T-Shirt trug. Nachmittags hatte sie eine extrem traurig und verloren wirkende Frau ausgesucht und sie aufgefordert, sich in der Gruppe ihre »Mutter« zu suchen.

»Sag ihr, dass du sie hasst«, befahl Martha.

»Ich hasse dich.«

»Sag ihr, sie soll aufhören, dein Leben zu beherrschen.«

»Hör auf, mein Leben zu beherrschen«, betete die unglückliche Seminarteilnehmerin nach und stampfte mit dem Fuß auf.

Als Nächstes ließ Martha sie mit Kissen bedecken und befahl den Gruppenteilnehmern, sich auf die Frau zu setzen, während diese zunehmend verzweifelt und mühsam schrie: »Ich will leben, ich will leben!«

»Ich kann dich nicht hören«, wiederholte Martha andauernd.

»Ich will leben! Lasst mich hier raus! Bitte!«

»Ich kann dich nicht hören.«

»Ich will leben!«

Peter allerdings wollte gehen. Er nutzte die Gelegenheit, zu Crystals tibetischem Workshop zu wechseln. Eigentlich war es dafür zu spät, aber der Tibeter, der sich als Amerikaner entpuppte und zufällig in diesem Moment ins Sekretariat kam, sah das so entspannt, dass Peter trotzdem aufgenommen wurde.

Im Sekretariat erfuhr er auch, dass gerade eine Nachricht eingetroffen sei, er solle seine Mutter anrufen. Halb verärgert und halb besorgt telefonierte Peter nach England.

»Ich bin einer Gruppe beigetreten«, sagte Mrs Thorpe.

»Du bist was?«, fragte Peter.

»Ich bin einer Gruppe beigetreten. Sie heißt Sekten-Buster. Wir sind lauter besorgte Freunde und Eltern. Das war eine große Hilfe, und ich mach mir jetzt keine Sorgen mehr, weil es keinen Sinn hat und einem nicht das Mindeste bringt.«

»Ich bin froh, dass du das erkannt hast, vor allem, weil ich keiner Sekte beigetreten bin.«

»Aber was ich absolut faszinierend finde, ist meine Gruppe.

Die haben alle ganz außergewöhnliche Lebensläufe, wenn du die in einem Roman versammeln würdest, würde es keiner glauben. Und da entwickelt sich was ...«

»Gruppendynamik.«

»So könnte man es wahrscheinlich nennen. Ich nenne es lieber Kampfgeist. Gar kein Vergleich zu meinen Wohltätigkeitskomitees oder den anderen Gruppen, in denen ich schon war; hier sind alle so *offenherzig*. Erst fiel es mir schwer zu sprechen, aber dann dachte ich, jetzt muss ich mich einfach überwinden, und hab ihnen erzählt, dass mein Sohn von den Moonies gekidnappt worden sei, und da hab ich massenweise Mitgefühl und mindestens zwanzig Telefonnummern bekommen. Die hab ich aber noch nicht in mein richtiges Adressbuch eingetragen – ich warte erst mal ab, wer *dazupassen* würde.«

Peter lächelte.

»Toll«, sagte er. »Klingt, als fändest du da wirklich Unterstützung.«

»Pass nur auf, sonst kommen wir und lassen deine Sekte hochgehen«, sagte Mrs Thorpe aufgeregt. »Ich bin mit Fiona hingegangen, und ich warne dich, sie hat einen Mann kennengelernt, von dem sie sehr eingenommen ist.«

»Wunderbar«, meinte Peter.

»Seine Freundin ist einer dieser grässlichen Suizidsekten beigetreten, und natürlich ist er schon lange völlig fertig mit den Nerven, aber dann hat Fiona erzählt, ein enger Freund von ihr habe Selbstmord begangen, und seitdem sind sie ein Herz und eine Seele.«

»Gavin?«, sagte Peter. »Sie hat ihn doch kaum gekannt.«

»Es hat gar keinen Sinn, neidisch auf unsere Gruppe zu sein«, erwiderte Mrs Thorpe gelassen. »Das hat man uns gesagt. Du wirst sehr neidisch sein, weil du jahrelang von unserer Angst gezehrt hast.«

Peter sparte sich die Mühe, die Mängel dieser Theorie aufzuzeigen, sondern gratulierte seiner Mutter zu ihrer Gruppe.

»Und vielleicht wird das nicht meine *einzige* Gruppe bleiben«, meinte Mrs. Thorpe. »Ich denke daran, total grün zu werden. Was wir diesem Planeten angetan haben, ist schändlich. Wer Schmutz macht, muss auch wieder sauber machen. Ich hab in unserer Gruppe einen faszinierenden Mann kennengelernt – vielleicht kommt er in mein richtiges Adressbuch –, und der hat gesagt, dass die Tiere schon langsam ihr Verhalten ändern. Sie können es riechen, so wie sie Feuer im Wind riechen können, hat er gesagt.«

Jason war erstaunt, dass er Martha und Carlos tatsächlich gehorchte und seinen Traum der vergangenen Nacht aufschrieb. Er beruhigte sich, dass dieser Sturz in die Konformität nur ein Täuschungsmanöver innerhalb seiner engagierten Subversion des Workshops sei. Was ihn dazu gebracht hatte, den Traum zu notieren, war die Frau, die sie an diesem Nachmittag unter den Kissen begraben hatten. Es war genau wie in seinem Traum.

»Ich habe geträumt, dass ich lebendig begraben würde. Da war dieser laute Lärm, als würde Regen aufs Dach prasseln, und ich dachte: ›Moment mal, das ist zu laut für Regen‹, und es stellte sich heraus, dass es eine Schaufel voll Erde war, die auf der billigen Kiefernkiste landete, in der man mich begrub. Ich kämpfte mich frei, und statt einer Schar jubelnder Freunde war da nur dieser grässliche alte Penner, der eine Selbstgedrehte im Mundwinkel hängen hatte und sich was dazuverdienen wollte, indem er mich lebendig begrub. Als er mich sah, traf ihn der Schlag. Er rollte in die Kiste, und ich rollte raus. Ich bürstete mir die Erde von meiner Lieblingslederjacke – die ich mal in Berlin verloren habe – und schwor mir, mich nie mehr tot zu stellen. Es tat gut, am Leben zu sein, aber ich wusste, dass es nur am Kontrast lag und dieses gute Gefühl leider bald nachlassen würde.«

Wollte er ihnen von seinen Phantasien erzählen, dass er gern seinen eigenen Tod vorgetäuscht hätte, um zu sehen, wer zur Beerdigung kam? Man brauchte nicht in Wien anzurufen, um zu kapieren, dass hinter seinem Gefühl, beliebt zu sein, ein Fragezeichen stand. Sollte er das zugeben? Diese Arschlöcher lehrten einen ja eigentlich nichts, sie befeuerten nur den Aberglauben, dass man selbst erst irgendetwas beichten müsse, um ihr ach so erleuchtetes Gewäsch zu kapieren. Und wenn man's nicht begriff, war man selbst schuld. Raffiniert. Wenn einen dann das Gewissen quälte, blieb einem nichts anderes übrig, als das Lager zu wechseln und das System zu preisen, das einen gerade durch die Mangel gedreht hatte.

Arschlöcher, mit ihren ätherischen Ölen und ihren Kissenschlachten und Dickdarmeinläufen. Was sollte das eigentlich? Selbst wenn man nicht glaubte, dass wir alle nach Gottes Ebenbild geschaffen seien, schien der Gedanke etwas fragwürdig, der menschliche Körper sei so schlecht konstruiert, dass er nur dann richtig funktionieren könne, wenn man ihm einen Druckschlauch in den Hintern steckte.

Jedenfalls würde er ihnen ganz sicher nichts von der zweiten Hälfte seines Traums erzählen, der feuchten Hälfte. Er hatte schon so lange keinen Sex mehr gehabt, dass ihn der Traum nicht überraschte, doch der Auslöser für diese unfreiwillige Entladung war ein Mädchen, das er nur ein einziges Mal gesehen hatte, montags beim Lunch. O Gott, erst gestern? Er hatte so viel an sie gedacht, dass er das Gefühl hatte, Angela schon seit Wochen zu kennen. Sogar ein Song entstand in ihm. Die Songtexte, zu denen Haley ihn inspierte, waren boshaft und steril. Was reimte sich schon auf Aromatherapie – nie, Hysterie, Idiotie, blödes Vieh …

Angela gehörte zu den Arbeitsschülern, so nannte man hier die Leute, die zahlten, um arbeiten zu dürfen. Ja, zahlten, um arbeiten zu dürfen. Er brauchte unbedingt so ein paar Arbeitsschüler für seine Band. Jetzt würde er Angela in den Bädern treffen. Das war schon super hier: man sah die anderen gleich nackt. Komisch war nur, dass die einen auch gleich nackt sahen.

Die Zimmertür ging auf, und Jason beugte sich eifrig über das Blatt.

»Kommst du mit zum Dinner?«, fragte Haley.

»Nein, ich muss für Jungos meinen Traum aufschreiben.«

»Na, so ein braver Junge!«

»Hör mal, wenn ich ihn nicht aufschreibe, mäkelst du an mir rum, und wenn ich ihn aufschreibe, mäkelst du auch an mir rum.«

»Bis dann«, murmelte Haley und verließ das Zimmer.

Bingo, dachte Jason.

Ein Blauhäher (Angela hatte ihm gesagt, dass diese Vögel so hießen) landete draußen auf einem Baum, den Angela ihm noch nicht benannt hatte. Es war wunderschön hier. Im Grunde war er nicht der Großstädter, als der er sich immer ausgab. Merken Vögel, dass die Apokalypse naht? Das war vielleicht eine gute erste Zeile. Während sie sich durch den braunen Smog Hollywoods kämpfen, fragen sie sich das vielleicht, doch an dieser wilden, ungezähmten Küste, wo die Sonne am sturmgereinigten Himmel ihr Klassiksolo spielt …

Ist es nicht das, wonach wir alle suchen?, dachte Jason und übte für Angela. Unsere eigene ungezähmte Natur. Ein weiterer Song stieg in ihm auf. Was tun wir nur / ohne die ungezähmte Natur /, die uns leitet? …

Das würde ihr gefallen, das würde ihr bestimmt gefallen.

Angela hatte zur Göttin gebetet, ihr einen schönen Mann zu bescheren, sie hatte der Göttin diesen Wunsch anvertraut, und jetzt war ihr Jason begegnet, ein Rockstar aus England. Das Leben war schön. Und das Timing pefekt. Ohne einen Partner zu haben, hatte sie all ihren Freunden erzählt, dass sie an diesem Wochenende den tantrischen Workshop besuchen würde. Man konnte nur als Paar teilnehmen. Sie hatte das einfach vertrauensvoll an die Göttin weitergegeben. Jason war zwar mit seiner Freundin da, aber auch diesbezüglich hatte Angela ein gutes Gefühl. Die Göttin hatte ihr letzte Nacht im Traum gezeigt, dass Jason für sie bestimmt war.

Crystal wusste nicht recht, was sie von dem langen, beunruhigenden Brief halten sollte, den Jean-Paul ihr aus Paris geschickt hatte. Im Kern schien es um eine echte Konfrontation mit dem Schrecken zu gehen, den er im Canyonlands-Nationalpark empfunden hatte, ohne ihn annehmen zu können. Einen Großteil seiner Zeit im Lakota-Reservat hatte er damit verbracht, die Phantasien auszuleben, die auf seine Leidenschaft für Westernfilme zurückgingen; mit Kriegsgeheul hatte er sein Kraftschild geschwenkt, dem einst gleichgültigen, nun aber väterlichen Himmel entgegen. Zusätzlich zu dieser einsamen Beschäftigung und mit einer Tapferkeit, die Crystal unwillkürlich bewunderte, hatte er an mehreren Tipi-Zeremonien teilgenommen, brechreizerregende Mengen

Peyote geschluckt und in dem Feuer in der Mitte des Zelts sowohl das chaotische Video seiner eigenen Ängste entdeckt als auch die heilenden Botschaften, die der Große Geist durch die ernsten, pragmatischen Gebete seiner neuen Brüder übermittelte.

Er beschrieb, in einer überraschend poetischen Passage, wie er wieder die Knäuel neugeborener Vipern gesehen hatte, wie sie sich im Garten seiner Tante im Loiretal ineinander verschlungen über die Kieswege wälzten. Als Kind hatte er sie zwanghaft beobachtet, wenn er dort die Osterferien verbrachte. Sein Onkel legte Gift aus, und bald schon lagen die meisten Vipern verendet da; als wäre eine Tüte Lakritzschlangen geplatzt, lagen sie schlaff verstreut um die todbringenden Näpfe herum. Die flirrenden Blätter der Pappeln, das silberne Geklingel seiner Fahrradglocke, all dies erwachte für Crystal zum Leben, als sie im Sonnenuntergang neben dem Wasserfall in Esalen saß.

Die anderen dachten dann nicht mehr an die Vipern, doch Jean-Paul konnte das nicht vergessen. Die spöttische Missbilligung seiner Tante brachte den »vipernbesessenen« Jungen zum Schweigen, prägte aber auch den Kerker, in den später all seine Albträume geworfen wurden und aus dem seine sogenannte Klugkeit entsprungen war. Und nun wälzte sich aus den brennenden Kohlen des Tipi-Feuers erneut ein Vipernknäuel, und mit der unerträglichen Verbitterung des gebrannten Kinds wälzte sich Jean-Paul gleichfalls durchs Zelt.

Schlangenmedizin sei wirksame Medizin, sagten ihm seine neuen Brüder. Egal welchen Glauben er aus der emblematischen Sprache des Großen Geists herauslesen konnte, wurde er das Gefühl nicht los, dass dies *seine* Vipern waren. Dass er sich so an das nichtkollektive Unbewusste klammerte, trieb ihn nach Paris zurück, wo sie seinen eigenen Dialekt sprachen, aber er hatte sich unwiderruflich verändert. Wo blieb die subversive Analyse der amerikanischen Kultur, die er wohl lieber im Treibhaus der Bibliothèque Nationale hätte schreiben sollen? Sein bester Freund hatte ihm gesagt, es sei ein großer Fehler gewesen, Frankreich zu verlassen. »Nichts wirkt sich auf das eigene Urteil fataler aus als Beweise«, hatte er zu Jean-Paul gesagt. Und allen anderen erzählte er, Jean-Paul sei statt heiter nur noch albern, was Jean-Paul flugs hinterbracht wurde. Sein Verlag sagte ihm, dass die Hassliebe, die die französische Öffentlichkeit der amerikanischen Kultur entgegenbrachte, dringend nach seiner, Jean-Pauls, scharfsinniger Dekonstruktion verlangte. Eine alte Freundin fand ein Paar perlenbesetzter Mokassins in seinem Schrank, als sie sein Zimmer flüchtig nach Spuren einer anderen Frau durchsuchte. Die Nachbarn verdross das monotone Getrommel, das jeden Abend aus seiner Wohnung drang.

Hier begann Jean-Paul zu schildern, wie sehr er sich darum bemüht hatte, zur Besinnung zu kommen, und der Ton des Briefs änderte sich. Die Verletzlichkeit, die Crystal eigentlich bewundert hatte, machte einer vertrauteren Stimme Platz, die jedoch ziemlich obskure Erkenntnisse verkündete.

Ich erinnere mich an den Besuch einer Vorlesung von Jacques Derrida, in der er sagte, der ideale Text sei »wie eine Vagina, gleichzeitig umhüllend und enthüllend«.

Ich bewunderte seine Kühnheit und seinen Erotizismus, war mir aber sicher, dass sie im Dienst von Pluralität und Unbestimmbarkeit standen, den Göttern meines intellektuellen Pantheons. Ich hätte nie gedacht, dass dieses Umhüllen-Enthüllen die einzig mögliche strukturelle Bezeichnung für jene Rhythmen war, die ich sah und hörte, während ich durch die unendlichen Tiefen meines Peyote-Fegefeuers raste. Es entzückte mich, dass dieser kopulative, auf die Zeugung bezogene Vergleich den Kern der wahren Struktur bilden sollte. Wir müssen etwas gewusst haben, als wir geboren wurden. Die Wahrheit starrte uns sozusagen ins Gesicht, da sie aber nie formuliert wurde, vergaßen wir sie leicht, während wir uns in einer Welt einlebten, die von jenem kranken Tyrannen und seiner Teilzeitpflegerin regiert wurden, Absurdität und Stoizismus.

Wie stolz war ich auf meinen Selbstzweifel, jenes Nagelbrett, auf dem der existenziale Yogi demonstrativ ruht. Doch wenn wir unseren Zweifel nicht anzweifeln, wenn wir angesichts unseres eigenen Skeptizismus keine Skepsis empfinden, schlägt er ins Gegenteil um und ist nur noch Selbstgefälligkeit in der Maske der Wissenschaft. Ich zweifelte alles an und stand dann merkwürdig zufrieden auf dem Boden meines eigenen Zweifels. Bei der Erfahrung im Canyonland-Nationalpark gab dieser Boden nach, und ich merkte, dass sich unter der Kruste meines inadäquaten Skeptizismus ein visionärer Bereich befand, und dort stand ich nun, voller Grauen angesichts der Geburtswehen des Denkens selbst, des umhüllenden und enthüllenden Pulsierens von *la pensée*.

Wenn wir die detaillierte Physiologie jener Gehirnprozesse betrachten, die das Bewusstsein »bewirken« (obwohl Qualia vielleicht »emergente Eigenschaften« sind, die in eine andere Kategorie gehören etc. – manchmal zeigt uns das Instrumentenbrett der Sprache, dass wir auf dem Boden stehen, während die Fenster von stratosphärischem Blau gefärbt sind), dann sehen wir, dass die *boutons* an den Spitzen der Axone, die in die Spalten der Dendriten feuern, erst einmal einen Liebesakt vollziehen, *bevor* sie einen Gedanken produzieren … *Je fais l'amour donc je suis!* Crystal war nicht ganz klar, was Jean-Paul eigentlich sagen wollte. Vielleicht sollte sie sich gelegentlich mit dem Rätsel des Bewusstseins befassen. Was zum Teufel waren Axone? Die Synapsen sahen also aus, als würden sie vögeln, soviel hatte sie immerhin kapiert. Auch Jean-Pauls Art, Liebe zu machen, barg einen überraschend hohen Anteil dessen, was er »Erotizismus« genannt hätte. Er schätzte Ferien vom Gehirn noch mehr als jeder streitlustige Sensualist. Sie aber wollte letztendlich Sex, der ebenso wie alles andere eine Form der Meditation war.

Sie sah zu, wie der Wasserfall wieder zum Bach wurde und auf die Wellen des Meers zueilte. Das endlose Plätschern des Bachs wurde vom dröhnenden Gesang des Meers übertönt. Eine Welle zeigte einen wolkigen, smaragdgrünen Saum, bevor sie weiß schäumend zwischen die Felsen drang. Oh Gott, die jetzt auch. Vielleicht ging es wirklich immer nur um den Liebesakt.

So betrachtet, fiel es ihr schwer, einer früheren Passage in Jean-Pauls Brief Glauben zu schenken.

Ich verkünde den Tod der Natur. Den uralten Dialog zwischen Natur und Kultur und seine Versöhnung im Pastoralen, Arkadischen und in der Romantik gibt es nicht mehr. Die Kultur steht allein auf der Bühne und gleicht einem Witwer, der sich »gehen lässt«, der ohne seine alte Partnerin und alte Gegnerin keinerlei Grund mehr hat, sich zusammenzureißen, der, aufgedunsen, egoistisch und vollgepumpt mit Schlaftabletten und Junkfood, seinen monotonen Monolog vor einem Publikum aus verwitweten Frauen herausschreit.

Eine Robbe tauchte neugierig auf. Augen, die aussahen, als seien sie durch ihre eigenen Tränen geschwommen.

»Ist alles vorbei?«, fragte Crystal laut.

Die Robbe gab keine Antwort.

12

Manche Leute sagen: »Es ist wichtig, im Hier und Jetzt zu sein«, Brooke jedoch sagte: »Immer verpasst man was.«

Da saß sie hier in einem absolut faszinierenden Rumi-Seminar, aber sie hätte auch sonst irgendetwas absolut Faszinierendes machen können. Sie wusste, dass Crystal Bukowski in Esalen war und an einem Meditations-Workshop teilnahm, der spannend klang. Mit Meditation kannte Brooke sich aus, sie hatte im Garten ihres Sommerdomizils auf Rhode Island ein wunderschönes, total authentisches Zendo gebaut. Den Architekten hatte sie sogar nach Kyoto geschickt, um vorher alles bis ins kleinste Detail zu studieren.

Was sie schließlich davon überzeugte, am richtigen Platz zu sein, der trügerischsten Kategorie von allen, jenem Ort, den man auf Partys niemals fand, war der geheime Gedanke, dass sie sich in einem Raum mit zwei Männern aufhielt, die – von diesem Gedanken durften die beiden, Gott behüte, aber niemals erfahren – zu ihren Mitarbeitern gehörten.

Adam war ein Star, ein absoluter Star, und ihr Mitarbeiter. Und Kenneth war ein kompletter Versager und ihr Mitarbeiter. Das Unheimliche (wo war Dr. Bukowski, wenn man ihn mal wirklich brauchte?) war, dass sie Kenneth seit seinem kompromittierenden Eingeständnis, versagt zu haben, viel lieber gewonnen hatte. Jämmerlich, geknechtet, machtlos – so war er beinahe perfekt.

Das Wundervolle an Adam war, dass er Rumi so *relevant* machte. Anfangs hatte sie gedacht, dass er vielleicht ein wenig zu homozentrisch sei, falls es dieses Wort überhaupt gab, doch bald schon hatte sie diesen permissiven Nervenkitzel durch die Vorstellung ersetzt, dass sie seinen Eingangsrefrain mochte: »Durch die Gnade der Göttlichen Mutter und die Liebe meines Gatten ...«.

Anfangs hatte es sie erschreckt, als er suggerierte, sie solle Sperma als Weihwasser betrachten, doch das gab sich rasch, als sie daran dachte, dass ihre eigene, alles andere als göttliche Mutter, sich über diesen Vergleich aufgeregt hätte. Es hätte ihre Mutter auch nicht dazu gebracht, Sperma als etwas Heiligeres zu betrachten – dafür hätte Adam es schon mit einem Mint-Julep vergleichen müssen.

Sowohl Adam als auch Rumi liebten kulinarische Vergleiche. Rumi hatte gesagt: »Meine Poesie ist wie ägyptisches Brot.« Brooke, die Ägypten kannte, bedauerte dies unwillkürlich. Rumi hatte offenbar sagen wollen, dass man das Brot schnell aufessen müsse, wogegen Brooke fand, man sollte es gar nicht erst anfassen. Zum Glück ließen die Johnsons – die aufmerksamsten Gastgeber, die man sich vorstellen konnte – täglich Croissants aus Paris einfliegen. Wie durch ein Wunder erschienen sie auf dem Frühstückstisch, während ihr Schiff den Nil hinuntertuckerte, an den Fundamentalistenkindern vorbei, die am zerklüfteten Ufer mit den Armen fuchtelten. Der arme Rumi war vermutlich nie in den Genuss gekommen, ein Croissant zu kosten. Jedenfalls ging es beim ägyptischen Brot um genau das, was William Blake meinte, als er sagte, man müsse »die Freude küssen in ihrem

Flug«, um »im Sonnenaufgang der Ewigkeit« zu leben. Sie lernte ja so viel.

Dann hatte Adam gesagt, dass man das Schiff der Liebe mit Treue versiegeln müsse und dass dies der Zubereitung einer guten Suppe gleiche. Auch wenn es keine Dogmen gab, musste man einem Menschen für den Rest seines Lebens treu bleiben und auf die Knie sinken und Gott durch diesen Menschen anbeten. Wenn man dies tue, sei einfach kein *Raum* mehr für irgendwelche anderen Dogmen.

Kenneth saß hinten in Adams Seminar und machte sich diskret Notizen. »Hört auf zu jammern, beginnt nachzudenken; hört auf zu rebellieren, beginnt gemeinsam etwas zu schaffen«, schrieb er.

Das Leben war kompliziert; manchmal sagten sogar Heuchler und Idioten etwas Wahres. Er war selbst ein Heuchler, musste es also wissen. Sein Gewissen versetzte sich selbst den Todesstich, wie ein von der Sonne verbrannter Skorpion. Adams Stellung brachte all die Selbstvorwürfe hervor, die ihn neuerdings quälten. Wäre Brooke doch nur eklig zu ihm gewesen, dann hätte er sein Scheitern mit Vergeltung und Flucht bemänteln können.

Stattdessen saß er hier, Kenneth Shine – selbst sein Name war verlogen –, der frühere »Ambience Director« der Blind Parrots, eine Gruppe, die tatsächlich vor allem für ihr Ambiente berühmt war; saß neben seiner Gönnerin, der er sich als Newage-Prometheus verkauft hatte, der plante, das verbotene Feuer jeder nur denkbaren esoterischen Masche zu stehlen und es in einem Inferno der Weisheit zu verheizen, nur dass er leider kein einziges Wort zu Papier gebracht hatte. Und dort stand Adam Frazer, den er immer für einen absoluten Schwindler gehalten hatte und der sich nun als unzuverlässiger Sopran entpuppte, der gelegentlich zwischen bebenden Requisiten, rauschenden Orchesterklängen und der schrägen Melodramatik seiner Darbietung einen unverwechselbar hohen Ton anschlug.

Was das Fass von Kenneths Paranoia vollends zum Überfließen brachte, waren die Attacken auf falsche Gurus und New-Age-Denken, die bei Adams Seminaren über die unfassbare Herrlichkeit der göttlichen Liebe manchmal eruptionsartig aus ihm hervorbrachen.

»Es ist für uns alle an der Zeit, erwachsen zu werden«, sagte Adam gerade und hielt inne wie eine Nanny, die zeigen möchte, dass ihre eigenen Wutanfälle viel schlimmer wären als alles, was ihre kleinen Schützlinge zu bieten haben. Kenneth wurde ganz kribbelig vor Unbehagen.

»Ihr braucht keine komplizierten Mantras, auch *das* ist alles Scheiße. Das Göttliche lauscht jederzeit dem leisen Flüstern eures Herzens …«

Oder in meinem Fall, dachte Kenneth, dem lauten Schrei.

»Ich habe oft einen alten Sufi aufgesucht«, sagte Adam, »der in einem kleinen Zimmer mit vielen Büchern wohnte und immer eine Schale mit einer frischen Rosenblüte in der Ecke stehen hatte. Eines Tages sagte er zu mir: ›Du weißt natürlich, dass Rumi und Shams Liebende waren?‹ Und ich erwiderte: ›Natürlich waren sie Liebende, sie begegneten sich auf der höchsten Ebene der Seele, wo Herzen ineinander verschmelzen, und ihre Seelen wurden eins …‹ Und er sagte: ›Ja, aber du weißt, dass sie Liebende waren.‹ Und ich erwiderte: ›Ja, auf dieser Ebene, wo es keinen Körper mehr gibt …‹ Und er sagte: ›Mein lieber Adam, geh einmal dort hinüber und nimm die Rose aus der Schale‹ – jetzt war ich total verwirrt –, und so nahm ich die Rose heraus, diese große, weit offene rote Rose, und er sagte: ›Riech mal an der Rose und sag mir, ob sie physisch oder spirituell ist.‹ Ich nahm diese Rose und hatte eine sehr starke Erfahrung, die ich nicht in Worte fassen kann, und diese Rose explodierte mit voller Wucht und erfasste meinen ganzen Körper und meine Seele, und ich erkannte, wie entsetzlich dumm es war, Seele und Körper zu trennen.

Dies ist das Geheimnis, das nun der ganzen Menschheit geschenkt wird, und wir sind endlich erwachsen genug, es zu empfangen. Nicht die pasteurisierte, patriarchalische Version, die Geist und Körper trennt, sondern das ganze Geheimnis der vollen menschlichen Gotteserfahrung.

Wenn ihr das Licht sehen wollt, das von allem ausströmt«, sagte Adam beschwörend, »wenn ihr das Licht sehen wollt, das vom Körper eures geliebten Menschen ausströmt, dann müsst ihr in einem nackten Zustand dankbarer Anbetung verharren. Wenn ihr wollt, dass euch eine Rose ihren geheimen Namen verrät, wenn ihr sie anstarrt; und wenn ihr wollt, dass euch Träume und Visionen gesandt werden; und wenn ihr in jeder Sekunde, die ihr auf dieser Erde verbringt, spüren wollt, dass ihr göttliche Wesen seid; wenn ihr euch diese Erfahrung wünscht und nur diese Erfahrung, weil alles andere sinnlose Scheiße und Eitelkeit, Dummheit und Ego ist; wenn ihr diese Erfahrung haben wollt, verlangt Der Geliebte nur eines von euch – er verlangt keine brillanten Leistungen, er verlangt nicht, dass ihr dreihundertfünfzig Bücher schreibt ...«

Na toll, dachte Kenneth.

»... er verlangt nicht von euch, dass ihr euch nur von Orangensaft ernährt«, sagte Adam, »und auf einem Bein steht und euch im Himalaja quält und kasteit. All diese Dinge sind zu einfach. Jeder kann irgendwelche Formen annehmen, jeder kann Disziplin üben und sich gut dabei fühlen. All das ist Scheiße!«, brüllte er. »Der Geliebte, der all dies geschaffen hat, verlangt von uns nur eines: dass wir uns in Liebe vereinigen.

Glaubt nicht, dass das leicht sei, denn es ist nicht leicht. Es ist einfach, aber nicht leicht. Es verlangt etwas sehr Wichtiges von uns, es verlangt Demut, es verlangt, dass ihr immer auf den Knien liegt …«

Komisch, wie »uns« bei der Erwähnung der Knie zu »ihr« wurde, dachte Kenneth. Auf einem Bein stehen war also Scheiße, aber auf den Knien zu liegen war wichtig. Haltung bleibt also wichtig.

Kenneth freute sich über seine scharfe Beobachtungsgabe und über die Lachnummer, dass Adam Demut propagierte, doch gleichzeitig beeindruckte ihn Adams Leidenschaft, und das machte ihn unruhig. Wie schaffte es Adam, sich komplett von dem abzuspalten, was er sagte? Letztlich gibt es keinen Ersatz für Selbsttäuschung, dachte Kenneth neidisch; da bleibt die Unaufrichtigkeit auf der Startlinie – ob nun stehend oder kniend.

»Die Sufis sagen, dass es für jeden von uns ein Tor gibt«, fuhr Adam fort, »durch das jeder von uns den Garten Eden betreten kann, doch die Form dieses Tors ist die Form, die ihr einnehmt, wenn ihr auf den Knien liegt. Man kommt nicht hindurch, wenn man aufrecht steht, und man kommt nicht hindurch, wenn man läuft; kein Guru kann euch durch dieses Tor führen, ihr müsst allein hindurch, *auf den Knien.*

All diese patriarchalischen und destruktiven Philosophien haben behauptet, es gehe darum, von hier wegzukommen. Welch absurde Idee, dass man nur ein jämmerliches Würmchen sei, gefangen in der millionenfachen Wiederkehr mit schlechtem Karma, auf diese entsetzliche Erde gebracht, die aus nichts als Illusion, Finsternis, Leiden und Katastrophen besteht, und das Einzige, was man tun kann, ist, sich zu geißeln und zu quälen und zu läutern – vergesst niemals das Wort läutern!

Dies ist keine Illusion!«, heulte Adam und zeigte auf das Fenster und den schönen Ausblick jenseits davon. »Dies ist ein göttliches Meisterwerk! Der Geliebte sieht auf den Geliebten durch eure Augen. Ramakrishna sagt, dass uns Wissen in den Hof, grenzenlose Liebe und Anbetung jedoch ins Schlafzimmer führt. Poesie ist das Schild, das sagt: ›Hier geht's zum Schlafzimmer.‹«

Das Schlafzimmer, dachte Brooke, auch ein Ort, an dem sie jetzt vielleicht eine wundervolle Zeit hätte verbringen können.

»Grenzenlose Liebe ist das Gegenteil von Kapitalismus«, sagte Adam. »Im Kapitalismus ist es ja so, dass man desto mehr Geld verliert, je mehr Geld man ausgibt. Bei der Liebe hingegen gilt, je mehr Liebe man gibt, desto mehr Liebe empfindet man. Das Überfließen der Seele wird endlos erwidert …«

So ein Anlageberater hatte ihr gerade noch gefehlt! Gott war groß, es gab nichts, das er nicht besser konnte als jeder andere. Und doch war es Kenneth – Kenneth, der vor Schuldbewusstsein schwitzte und Adams Äußerungen vermutlich plagiierte –, der Gefahr lief, ihre Liebe zu erlangen.

»Das Göttliche will, dass ihr alles habt«, sagte Adam. »Nicht nur eine Banane …«

Eine Banane?, dachte Brooke. Das wäre sicher keine gute Gegenleistung für investierte Liebe.

Eine Banane?, dachte Kenneth. Warum sagte er nicht

wenigstens »die Präsidentschaft«? Welche fatale Eingebung seines Unbewussten hatte Adam dazu gebracht, »Banane« zu sagen? Er verliert die Kontrolle, dachte Kenneth hämisch.

Kenneth und Brooke sahen einander stirnrunzelnd an.

»Die Elite, die Hierarchien haben nicht funktioniert«, sagte Adam. »Noch zwanzig Jahre, dann haben wir das Leben auf diesem Planeten ausgelöscht. Es gibt Leute, die alle Fakten über unsere Wälder kennen, es gibt Aktiengesellschaften, die genau wissen, was sie tun, und trotzdem noch Château Lafite saufen, in Armani-Anzügen in ihren elektrischen Chefsesseln sitzen und darüber diskutieren, wie man die Bauern ermordet, um an ihr Land zu kommen …«

Das klingt aber nicht sehr nach Elite, dachte Brooke, in Armani-Anzügen? Und Adam klang, als sähe er diese Typen statt in elektrischen Chefsesseln am liebsten auf dem elektrischen Stuhl, zu kleinen Rauchfetzen verkohlt.

Kenneth gähnte. Das Problem mit dem Weltuntergang war, dass es so ewig dauerte, es war schwierig, die allgemeine Aufmerksamkeit so lange zu fesseln. Er würde ihn definitiv nicht in seinem Buch erwähnen.

»Jedenfalls steht fest, dem Herzen der Welt muss jetzt eine gewaltige Portion Liebe eingeflößt werden, in jedem Menschen muss es ein großes Erwachen geben, das Erwachen einer sehr, sehr tiefen ekstatischen Verbindung mit dem Körper und der Natur und den anderen Menschen, denn wenn wir diese Verbindung mit dem Körper und der Natur und den anderen Menschen nicht haben, werden wir nicht alles tun, um den Planeten zu retten. Dann werden wir auf unseren Futons hocken, wenn der letzte Baum niedergebrannt ist, und werden sagen, dass alles eine Illusion sei, und dann ersticken. So dumm wird das laufen.«

»Adam«, meldete sich eine Frau mit französischem Akzent zu Wort.

»Ja.«

»Mir geht es nicht gut mit dem, was du sagst ... natürlich kannst du sagen, was du willst ...«

»Ja.«

»Aber ich bin nicht ganz einverstanden mit ›Alles andere ist Scheiße‹. Denn du hast das durchgemacht und weißt jetzt, dass es Scheiße ist, aber für die, die noch durchwollen, ist es okay.«

»Oh, klar, ich versuche nur aufzuzeigen, dass es womöglich reine Zeitverschwendung ist«, lachte Adam. »Ich versuche nur etwas weiterzugeben.« Er schwieg.

Jetzt denkt er wohl, »vermitteln« lässt ihn zu sehr wie einen Guru klingen, dachte Kenneth. Treibt sich selbst in die Enge.

»Ich denke, euch sollte absolut bewusst sein«, fuhr Adam fort, »wie das Ego euch in das nächste Spiel und damit in die Falle locken kann. Ich denke, euch sollte absolut bewusst sein, wie das Ego sich das Ebenbild des Suchenden als eine seiner Bühnenrollen aneignen kann. Ich denke, euch sollte in höchstem Maße bewusst sein, dass ihr euch Erfahrungen erfinden könnt, Erfahrungen, die ihr für göttliche Visionen haltet. Ich denke, euch sollte absolut bewusst sein, dass es etwas Lächerliches hat, nach etwas zu suchen, das man bereits ist.«

Kenneth sah Adam auf der Feder der Rhetorik aus seiner Guru-Ecke springen, sah, wie ihn zunehmend Selbstvertrauen erfüllte, als er sein wahrheitssuchendes Publikum zurückgewann, indem er ihm diese vernünftigen Vorsichtsmaßnahmen aufzeigte.

»Wenn eure Suche nicht stets diesen subversiven Humor

hat, wenn sie nicht stets Selbstbewusstheit besitzt, wenn sie nicht stets die nötige Demut bezüglich ihrer potenziellen Vergeblichkeit, Anmaßung und *Dummheit* besitzt«, brüllte Adam, »dann wird euch diese Suche in die Falle locken und alles, was ihr sonst noch tut, desgleichen!«

»Und man muss ein Liebender sein«, sagte die Französin.

Diese Frau nervt, dachte Brooke. Warum stört sie Adams Höhenflug? Er ist so genial, und er gehört zu meinen Mitarbeitern.

»Genau«, sagte Adam. »Ich habe ein Buch geschrieben, in dem ich behaupte, dass diese Halbwahnsinnige einfach nur deshalb die Göttliche Mutter ist, weil ich reale Erfahrungen auf sie projizierte. Es ist sehr schwer, erwachsen zu werden, und die meisten von uns vermeiden es so lange wie möglich, denn dann hat man die volle Verantwortung und muss all das in sich ansehen, dem es nicht wirklich um die Wahrheit geht, sondern das magische Lösungen will.«

»Woran hast du erkannt, dass deine spirituelle Lehrerin halb wahnsinnig war?«, fragte die Französin.

»Als sie mir erklärt hat: ›Du musst dich von Yves trennen und heterosexuell werden und ein Buch darüber schreiben, wie die Kraft der Göttlichen Mutter dich in einen Heterosexuellen verwandelt hat, denn Homosexuelle spielen keine Rolle in der Zukunft der Göttlichen Mutter.‹ Das klang nicht gerade nach heiliger Weisheit, und ich merkte, dass sie wahnsinnig war und unmoralisch und dominant und dass sie große Angst vor Yves hatte, weil er sehr wahrheitsliebend ist und alles durchschaut hat.«

»Was glaubst du, warum hat es so lange gedauert hat, bis *du* es durchschaut hast?«

»Weil ich bescheuert bin, Süße, wie du auch, und wie wir

alle«, blaffte Adam. »Ich denke, die Beziehung zum Meister oder zur Meisterin schreibt die Familiengeschichte um«, fuhr er freundlicher fort. »Ich hatte eine desaströse Beziehung zu meiner eigenen Mutter, und es hat Jahre gebraucht, das aufzudecken. Ich dachte, ich hätte mir eine Meisterin gesucht, die das exakte Gegenteil zu meiner Mutter darstellt, aber tatsächlich hab ich wieder den gleichen Typus genommen.«

Wie entwaffnend ehrlich er ist, dachte Kenneth, so beeindruckend leidenschaftlich. Aber worauf bezog sich diese Ehrlichkeit und Leidenschaftlichkeit? Vielleicht war es einfach nur die neueste Konfusion, die neueste Rechtfertigung gegen die jüngste Selbsttäuschung.

»Ich denke, das, was ich durchgemacht habe, macht gerade das gesamte New Age durch«, sagte Adam. »Ich glaube inzwischen, dass das Guru-System ausgedient hat. Das Tröpfeln der Skandale, in die Gurus verwickelt waren, wird sich zum Wolkenbruch entwickeln. Wir wollten Transformation auf die billige Tour – ziemlich dreist. Durch die Kraft der Liebe erfuhr ich ein teilweises Erwachen, aber ich hatte großes Glück, denn gerade, als ich losziehen wollte, um meine spirituelle Meisterin überall anzupreisen, offenbarte mir die Göttliche Mutter, dass sie nicht echt war. Hätte ich weitergemacht, wäre ich in einem selbst geschaffenen System gefangen gewesen. Und so wurde all das zu einem sehr wichtigen Zeitpunkt durch die wahre Mutter durchbrochen, was mir half, mich zu befreien und den richtigen Weg zu entdecken.

Das New Age war in mancher Hinsicht eine gute Sache«, fuhr Adam fort. »Es hat die Menschen für diesen ganzen neuen Bereich geöffnet, allerdings geschah dies meist im Kontext des alten westlichen Ego, das sich Dinge aneignen und sie besitzen will. Jetzt, wo Gott in Mode ist, redet jeder über Gott, aber sobald Gott aus der Mode kommt, in fünf bis zehn Jahren vielleicht, und Stalin in Mode kommt, werden alle Stalin-Jacken tragen.«

Nicht alle, dachte Brooke stolz.

Keine schlechte Idee, dachte Kenneth. Könnte funktionieren.

»Dies ist keine Mode«, sagte Adam, »dies ist der letzte Wake-up-Call. Wir müssen die narzisstische Phase des New Age, die Fixierung auf schöne Körper und ein langes Leben, auf die perfekte Aura, auf Visionen und so weiter und so fort, ganz rasch hinter uns bringen, denn das ist Kinderkram, und wir müssen spirituelle Erwachsene werden, wahre Gotteskinder, die ungetröstet der Wahrheit ins Auge blicken – der Verzweiflung einer Welt, die auf die Katastrophe zurast, dem Horror, der uns vielleicht kurz bevorsteht, dem Horror der Ungerechtigkeit und dem Holocaust der Natur; und all dies müssen wir ohne Panik und ohne Furcht erkennen, weil wir, wie Rumi sagt, in der göttlichen Liebe verwurzelt sind.

Ich glaube, es ist sehr wichtig, dass wir uns anschauen, wie manche Menschen in ausweglosen Situationen gehandelt haben, in Auschwitz zum Beispiel. Wenn wir nicht alle mit Vitalität und Mut gewappnet sind, mit einem Herzen voller Gottvertrauen, dann werden wir auf *brüllende Tiere* reduziert.«

Adam hielt schaudernd inne und begann zu weinen.

»Die Wale haben Aids. *Die Wale*!« Tränen strömten ihm über die Wangen.

Dafür hat er schon auf meiner Dinnerparty geprobt, dachte Brooke. In Adams Rumi-Seminaren bekommt man so viel mehr als Rumi.

»Wenn ihr je einen Wal von Nahem gesehen habt, dann

wisst ihr, dass ihr in der Gegenwart Gottes seid, dann wisst ihr, dass der Wal die Verkörperung der Göttlichen Mutter hier auf dieser Erde ist. Die Wale sind so unglaublich schön und intelligent. Der Gedanke, dass sie sterben, nur weil wir *so* selbstsüchtig und *so* grausam und *so* dumm sind, ist so unerträglich. Und er sollte auch unerträglich sein, er ist absolut unerträglich.«

Adam machte eine Pause und fuhr ruhiger fort: »Wir müssen dafür sorgen, dass es unerträglich wird. Nicht, weil wir hysterische Heulsusen wären, sondern weil wir allmählich lernen, Verantwortung zu übernehmen.

Wir könnten, wie manche dieser modischen Gurus, sagen, dass alles Illusion ist und man es nicht an sich herankommen lassen soll, aber der ganze Sinn des mystischen Pfads besteht darin, *es an sich heranzulassen!*«, brüllte er wütend.

»Das bedeutet es«, sagte er, und seine Stimme klang jetzt bittend, »hier anzukommen, euer Herz brechen zu lassen. Es gibt kein Anderswo, in das wir eingehen; dies ist die göttliche Welt, und wir sind die Kinder des Göttlichen, und nur, weil wir das noch nicht erkannt haben, und allerlei Anderswos und Sonstwos erfunden haben wurde uns die höchste und schönste Erfahrung, von der Rumi spricht, noch nicht zuteil.

Rumi sagt, dass während der Suche irgendwann ein Punkt kommt, wo man nicht mehr sucht, sondern gejagt wird. Dies ist der wundervollste Moment von allen, wenn ihr erkennt, dass ihr zu suchen glaubtet, euch aber in Wirklichkeit das Göttliche in eurem Komazustand erschienen war, euch geschüttelt hat, um euch herumgetanzt ist, komische Geräusche gemacht hat, euch ab und zu mal in der Hoffnung, dass ihr zu seiner Gegenwart erwacht, Krankheit und Herzschmerz bereitet hat.«

Was für komische Geräusche?, dachte Brooke.

Komische Geräusche? dachte Kenneth.

»Es gibt eine großartige Geschichte von einem Priester, der Ramakrishna aufsuchen wollte«, sagte Adam. »Und er begegnete einem höchst seltsam aussehenden Mann, der auf einem Feld inmitten von Hasen selber wie ein Hase aufsprang. Und der Priester dachte, das ist vermutlich der Dorftrottel, aber vielleicht kann er mir den Weg zeigen, und so fragte er ihn: ›Wo finde ich den großen Swami, den Erleuchteten, das Kind der Göttlichen Mutter, Ramakrishna?‹

Und natürlich war es Ramakrishna, der da im Gras lag und in der Hasensprache zu den kleinen Hasen redete, und er sprach Folgendes: ›Ihr seid ganz dumme kleinen Häschen‹«, lispelte Adam, »›denn dort drüben gibt es junge Schlangen, und ihr denkt, es seien Hasen, es sind aber keine Hasen, sondern Schlangen. Geht auf keinen Fall dahin, um mit den Schlangen zu spielen, denn sie werden euch töten. Versteht ihr?‹ Und die Hasen sagten: ›Ja.‹

Und dann legte er sich zu den jungen Schlangen und sagte: ›Ich hab euch lieb, und es ist gut, dass ihr Schlangen seid, die Göttliche Mutter hat euch Schlangen werden lassen, aber die jungen Hasen dort drüben, die dürft ihr nicht töten. Ihr seid klüger als sie und wisst, dass die euch für Hasen halten, und es ist sehr böse, sie zu töten, ihr müsst damit aufhören.‹«

Der Typ hat mehr Stimmen als eine Jukebox, dachte Kenneth.

»Da war er also«, fuhr Adam fort und seine Stimme klang jetzt nicht mehr wie eine Nachahmung von Peter Rabbit: »Er saß nicht im Lotossitz, er verströmte nicht Frieden, er kassierte keine Schecks dafür, dass er erleuchtet war. Er befand sich in einer Sphäre vollkommener Liebe, und indem er die Häschen vor den Schlangen schützte, ehrte er sie beide.«

Was sollten die Schlangen denn tun?, dachte Kenneth in einem Anfall von Mitgefühl; Vegetarier werden? Oder waren die Mäuse, die sie fraßen, etwa nicht von der Göttlichen Mutter erschaffen?

»Wenn ihr derlei Geschichten hört, merkt ihr, dass eure Erfahrung nur ganz begrenzt ist. Wir sind hier in unseren Identitäten gefangen, in unseren Kleidern, unseren Eitelkeiten, in unseren Plänen, Projekten, unseren Wissensgebieten, unseren Dogmen. Aber das Göttliche selbst ist außerordentlich bescheiden, das ist der Punkt, den wir immer übersehen – das Göttliche ist so bescheiden, dass es in einem Marienkäferchen erscheint. Wir sind zu sehr mit den sechzehn Formen der Leere beschäftigt, um zu bemerken, dass dieses Ding, das wir von unserem Ärmel streifen, Gott ist.«

In diesem Fall ist der Ärmel, von dem es abgestreift wird, Gottes Ärmel, dachte Brooke erleichtert, der eines größeren Gottes.

»Hier ist ein Gedicht, das sich wirklich zu dieser Situation äußert. Rumi schenkt uns in diesem Gedicht reinen Wodka ein.

»In jenem Moment bist du trunken von dir selbst und fällst dem Moskito zur Beute …«

»Alles ist uns zu viel«, erklärte Adam. »›Oh, ich fühle mich heute nicht gut genug, um in die Stadt zu gehen; oh, ich bin zu verzweifelt, um rauszugehen und die Armen zu speisen. Und in jenem Moment befreit ihr euch selbst mit einem Sprung und geht auf Elefantenjagd …‹

Ich liebe diese Zeile. Alles ist möglich.

Da fällt mir eine Sendung über Mutter Teresa im Libanon ein. LI-BA-NON. Jeder tötet jeden, weil sich alle in einem Zustand betrunkener Raserei befinden. Mutter Teresa traf ein und sagte: ›Dort drüben, auf der anderen Talseite, ist ein Waisenhaus für spastisch gelähmte Kinder, und morgen hole ich alle Kinder da raus.‹

Und die Militärbehörden sagten: ›Sie sind verrückt! Ist Ihnen nicht klar, dass Sie vermutlich erschossen werden, sobald Sie aus dieser Tür ins Freie treten? Lassen Sie diese Kinder, wo sie sind, und wenn sie sterben, ist es nicht zu ändern. Sie werden durch zehn Meilen feindliches Territorium laufen, und woher wissen Sie überhaupt, dass die Kinder noch leben?‹

Und sie antwortete: ›Ich werde Gott um diese Kinder bitten und werde bekommen, was ich will.‹ Und am nächsten Morgen gab es einen Waffenstillstand, und sie ging mit ein paar alten Libanesinnen die zehn Meilen, und sie holten die spastisch gelähmten Kinder raus, und jedes einzelne Kind wurde gerettet, weil Mutter Teresa verrückt genug gewesen war zu sagen: ›*Ich nehme euch eure Logik nicht ab.*‹« Adam zitterte vor Verachtung.

»›Ich nehm sie euch nicht ab‹«, fuhr er, nachdem er seinen Gefühlen Luft gemacht hatte, ruhiger fort. »Es gibt andere Regeln, andere Gesetze und eine andere Macht als eure jämmerlichen kleinen Spielchen. Und diese Macht ist die göttliche Macht, und die Liebe kann sie anrufen, und Mutter Teresa konnte es auch, weil sie demütig genug war und wach genug.

Wer auf der Seite der Liebe ist, kann die Welt verändern – ein einzelner Mensch.«

Es wurde still im Raum.

Brooke weinte. Sie wusste nicht so recht, warum, aber alle

anderen Gedanken waren verschwunden, und Mitleid und Erleichterung überwältigten sie plötzlich. Jemand war losgezogen und hatte die Kinder gerettet. Es war so rührend.

Kenneth sah, welche Wirkung Adam hervorgerufen hatte. Das Leben war kompliziert. Manchmal konnte Adam einen ganzen Raum verändern, indem er die Perspektive einer absoluten Wahrheit beschwor, doch war er ein sehr unglaubwürdiger Zeuge dieser Wahrheit. Seine Kompromisslosigkeit und Wut erfüllten die Luft mit dem Rauchgeruch brennender Brücken. Andererseits, Kenneth folgte weiter seiner Logik, war wiederum er selbst ein sehr unglaubwürdiger Zeuge von Adams Unglaubwürdigkeit. Und wer war der glaubwürdige Zeuge seines Urteils über Adam? Welchen Wert haben diese Urteile, auf deren Formulierung so große Sorgfalt verwendet wird? Es war, als versuche ein Regentropfen die Position eines anderen Regentropfens abzuschätzen, während sie zusammen durch den Raum fielen.

»Letztes Jahr kam ich an einen Punkt, wo alles am Auseinanderbrechen war«, fuhr Adam fort. »Wir wurden schikaniert und getrennt und hatten neun Monate lang keinen Sex. Es war ganz, ganz schrecklich. Ich hatte die Wahrheit über meine spirituelle Meisterin verkündet und hatte nun die dämonische Kraft all ihrer Anhänger gegen mich. Ich dachte, man würde uns ermorden, und dann sagte eine Stimme: ›Selbst wenn du stirbst, allein die Tatsache, dass du versuchst, von der Wahrheit des Lebens Zeugnis abzulegen, wird bedeuten, dass du auf eine unsichtbare okkulte Weise jeden, der für die Wahrheit einsteht, nähren wirst, selbst wenn du getötet wirst, selbst wenn die Menschen das Schlimmste von dir halten, es macht nichts, steh trotzdem für das Leben ein. Lass dich vernichten …‹«

Lass dich vernichten? Ist das immer noch »die Stimme«? fragte sich Kenneth.

»›… denn dann stehst du aufrecht da, dann stellt dich das, auch wenn du besiegt wirst, in die ewige Ordnung, nicht in die Ordnung der Welt.‹«

Aha, stehen ist also gut, dachte Kenneth, der langsam hungrig wurde. Nur auf einem Bein stehen ist Scheiße. Stehen und knien ist gut. Als Nächstes wird er gehen; welch stolzer Moment. Und was ist mit dieser »ewigen Ordnung«, das klingt ja nach einem »Sonstwo«, einem »Anderswo«? Spricht da ein Mann, der das Leben »ungetröstet« betrachtet? Kenneths Blutzucker sackte ab.

»Schließlich ist Christus nach weltlichen Maßstäben besiegt worden …«

»O Gott, jetzt hält er sich schon für Christus«, murmelte Kenneth.

Brooke lächelte fragend. Er lächelte gehorsam zurück.

»… besiegt in dieser Dimension, doch dieser Akt, dass er einstand für das, woran er glaubte, hat unsere Sicht des Lebens verwandelt.«

»Es gibt eine erstaunliche neue Entdeckung«, fuhr Adam aufgeregt fort, »nämlich, dass Christi letzte Worte am Kreuz im Aramäischen ein Wortspiel waren. Sie könnten, gemäß der traditionellen Übersetzung, lauten ›Mein Gott, mein Gott, warum hast du mich verlassen?‹ Aber genau durch das Wort, das ›verlassen‹ bedeutet, könnte es im Aramäischen, haltet euch fest, auch heißen: ›Mein Gott, mein Gott, warum hast du mich verherrlicht?‹ Dieses Wortspiel schenkt uns den Schlüssel zum inneren Wesen der Kreuzigung. Die höchste Würde wird dem zuteil, der dieses Verlassensein total annimmt, das ist das Paradox.

Wahre mystische Alchemie ist kein Spiel, denn es geht um die elementaren Mächte des Universums. Es ist sehr, sehr schwierig, denn was zwischen zwei Menschen auf diesem Pfad geboren werden will, ist nicht Shams und Rumi, sondern Shrumi oder Rams. Deshalb unterzeichnet Rumi oft die Gedichte von Shams, weil er es wirklich nicht mehr wusste, er war zu Shams geworden, es war ihrer beider Werk, Rumi war von Shams transformiert worden und Shrams von Rumi, und Shams schrieb die Gedichte.«

»Adam?«, fragte eine Frau mittleren Alters, die einen grauen Jogginganzug und dicke weiße Socken trug. »Ist Yves dein Shams?«

»Ja«, erwiderte Adams ruhig.

Sollen wir ihn Adamy oder Yvam nennen?, überlegte Kenneth. Oder vielleicht Jesus Shramdric? Oder Mutter Jesus Yvansham? Oder Die in Verherrlichung verlassene Mutter Jesus Ramashramydam? Schon ganz schwach vor Hunger, begann Kenneth ebenso lautlos wie hemmungslos zu lachen.

»Das ist ein neues Modell«, fuhr Adam fort. »Das Tragische an der Sache zwischen Guru und Jüngern ist, dass der Guru nicht miteinbezogen ist, wogegen in dieser Beziehung beide in ein neues Stadium der Liebe eintreten und die Nichtdualität entdecken, die entsteht, wenn zwei Menschen verschmelzen. Und das ist es, was Shrumi kommuniziert.«

Kenneth bekam einen Hustenanfall und musste den Raum verlassen.

»Die einzige vergleichbare Beziehung ist die zu einem kleinen Kind«, gestand Adam. »Ich meine, wenn eine Mutter sieht, dass ihr Kind Schmerzen leidet, können ihr alle Therapeuten der Welt raten, auch an sich zu denken und Distanz zu gewinnen, aber man kann trotzdem nicht schlafen: Das Leiden entsteht aus dieser immensen Identifikation mit dem anderen Menschen. Wenn ihr in dieser Liebe seid, spielt ihr kein Theater, steht ihr nicht auf irgendeiner Bühne, posiert ihr nicht. Hier greift keines der üblichen Spielchen, mit denen wir uns normalerweise gegenseitig oder selbst kontrollieren.

Was wirklich passiert ist, dass Shams sagt: ›Du Narr, begreifst du nicht, was auf dem Spiel steht? Hör auf.‹ Und Rumi hat einen Nervenzusammenbruch, und genau das braucht er auch, um zum nächsten Stadium zu gelangen. Und dann verlässt ihn Shams, weil Rumi durch dieses Verlassenwerden gebrochen werden muss. Irgendwelchen Therapeuten in San Francisco würde das wie der blanke Wahnsinn erscheinen. Die haben so geschwollene Begriffe wie Co-Abhängigkeit und Sadomasochismus. Aber das beschreibt nicht einmal ansatzweise, was in dieser Beziehung passierte, denn was da passierte, war atomare Verschmelzung, Kernfusion.«

»Müssen wir auch einen Nervenzusammenbruch bekommen?« erkundigte sich die Frau in dem grauen Jogginganzug.

»Nein, nein, nein. Meine Güte. Sie mögen in der glücklichen Lage sein, eine harmonische Beziehung zu führen, und das ist vielleicht ein karmisches Geschenk.«

»Wenn du Kinder zu dieser Dynamik addierst, Adam, dann sieht alles total anders aus. Man kann sich so etwas nicht leisten, wenn man Kinder hat. Die beiden mussten sich nicht mit Kindern herumschlagen.«

»Natürlich nicht, aber mit Homophobie. Das ist auch nicht ohne, Schätzchen.«

»Was glaubst du, warum waren Rumis Anhänger so gemein?« fragte die Französin.

»Ich denke, die sind ausgerastet, weil Rumi, den sie zum Meister stilisiert hatten, plötzlich nur noch ein liebeskranker, weinender Mensch war, der diese Erfahrung nicht in den Griff bekam. Außerdem war er ausgerechnet mit Shams zusammen, diesem totalen Spinner, der offenbar eine ungeheuerliche Erfahrung durchmachte. Die wollen keine Erfahrung des Göttlichen, die wollen Sicherheit. Und deshalb unternehmen sie alles, wirklich alles, damit das aufhört, aus Angst, Panik, Sorge, Wut auf das Glück anderer Menschen, wahnsinnigen Selbstvorwürfen, weil man nicht so viel empfindet wie andere Menschen, und Hass auf die Schönheit – das darf man nicht unterschätzen: Ich denke, das steckt in uns allen. Und so weiter und so fort, wir sind ja alle an diesem Spiel des Vergleichens beteiligt.«

Kenneth kam auf Zehenspitzen wieder hereingeschlichen, mit geflissentlich ernster Miene.

»Aber lasst uns da nicht stehen bleiben«, seufzte Adam. »Schließlich gibt es nichts Großartigeres auf der Welt, als mit Freunden zusammenzusitzen und gemeinsam über diese Dinge nachzudenken, und das an einem Ort wie diesem, der schon seit vielen Jahrhunderten so unglaublich heilig und leuchtend ist. Mit euch hier zu sein erfüllt mich mit Dankbarkeit für die Erde, unendlicher Dankbarkeit für die Sonne. Ich empfinde Liebe für jeden Menschen, den ich ansehe, weil ich weiß, dass hier alle aufrichtig suchen und Rumi der große Mundschenk ist und dass etwas Wundervolles passieren wird, ob wir wollen oder nicht. Wir sind in der Hand von Mächten, die größer sind als wir selbst.«

Man hörte zustimmendes Gemurmel.

»Lasst uns mit einem Gedicht schließen. Vielleicht versuche ich mal, es euch vorzusingen …«

»Jaaa«, sagten ein paar Leute ermutigend.

»Jene zärtlichen Worte, die wir zueinander sprachen,
sie werden im geheimen Herzen der Liebe verwahrt,
Und eines Tages,
Und eines Tages …«

Adam wiederholte diese Zeile und schmetterte sie aus voller Brust.

»Sie werden fallen wie Regentropfen,
und die ganze Erde wird ergrünen
von unserer Liebe.«

Das Publikum jubelte und applaudierte.

»Ist das nicht schön?«, gurrte Adam. »Der Frühling kommt, der wahre Frühling, und dies sind die Qualen der Geburt.

Ich liebe euch alle«, sagte er dann noch und eilte zur Tür wie jemand, der Angst hat, von allen Seiten bedrängt zu werden. »Und wir sehen uns dann um vier Uhr.«

Brooke stürzte ihm nach. Sie hatte ein gesondertes Essen arrangiert, für sich, Adam, Kenneth und Yves.

»Schnell weiter«, sagte Adam, »sonst kommen alle und bitten mich, ihre Gedichte zu lesen. Wie war ich?«

»Brillant«, keuchte Brooke und versuchte Schritt zu halten.

13

Die Fenster, die Peter umgaben, spiegelten schwach die Gestalten der Meditierenden wider, die aufrecht auf ihren Kissen saßen. Peter, der zusammengesunken auf seinem Zafu hockte, hob verstohlen den Knöchel, um eine gequetschte Arterie zu entlasten. Sein untergeschlagenes Bein war auf dem Teppich eingeschlafen, und jetzt hielt er es nicht länger aus. Mit dem Schmerz in den Knien, der sofort eingesetzt hatte, hatte er sich abgefunden, doch überraschte ihn der stechende Schmerz, der vom Nacken in die rechte Schulter strahlte. Diskret – wieder diskret, obwohl sich in diesem Raum voll regloser Statuen schon jedes Zwinkern wie ein olympisches Ereignis anfühlte – streckte er den Rücken durch, in der Hoffnung, dass ihm das etwas Erleichterung bringen würde. Was sollte er jetzt tun, vom meditativen Aspekt her betrachtet? Sollte er die Schmerzen ignorieren, als seien sie gar nicht vorhanden? Was hatte all dieses Herumgesitze mit dem seltsamen Erlebnis zu tun, das er in den heißen Bädern gehabt hatte?

In gewisser Hinsicht war ihm das egal. Er war in Crystal verliebt und in die Möglichkeit, noch einmal in den Zustand der Ekstase zu gelangen. Der physische Schaden war ein kleiner Preis für diese Verheißungen der Selbsttranszendenz, die im geheimnisvollen Licht des bevorstehenden Wochenend-Workshops aufzugehen schien. Egal, dass es hieß »für feste Paare«, ihm blieben noch vierundzwanzig Stunden, um Crystal zu überreden, ihn zu begleiten. Wenn sie zustimmte, wäre er völlig pleite und würde seine letzte Chance verpassen, Montag früh in seinen Bankjob zurückzukehren. Es war ein erregender Gedanke, das Gebäude seines früheren Selbst endgültig zu sprengen.

Bekanntlich war »Verliebtheit« ein Zustand zeitweiligen Wahnsinns, weshalb es so wichtig war, sie so lange wie möglich zu erhalten. Plötzlich stieg in ihm die absurde Überzeugung auf, dass ihm gerade ein Mensch begegnet war, der keinem anderen glich: weder angeschlagen noch fordernd oder gestört; weder tückisch, egoistisch noch grausam; weder schwach und verloren noch beschränkt; jemand, der großzügig war, wunderbar, unendlich faszinierend und umgekehrt ebenso verzaubert.

Liebe war so ein kleines Wort, wie konnten diese zwei Silben sich um so viele Katastrophen gleichzeitig kümmern? Wie ein Arzt in der Notaufnahme waren sie immer in Bereitschaft, sprangen für eine Zuneigung ein, die sich aus Mitleid und Pflicht zusammensetzte, eilten zum Schauplatz einer gewalttätigen sexuellen Obsession, fielen in einem Bergkloster auf die Knie, warfen Turmtauben trockenes Brot hin, trafen sich mit der Frau eines anderen in einem Hotelzimmer, wechselten morgens um vier eine Windel. Wie viel Zeit konnten diese beiden Silben überhaupt erübrigen, um seine Romanzen zu beglaubigen?

Vielleicht war es diesmal die wahre Liebe: nicht der übernächtigte Assistenzarzt, sondern der Hirnchirurg mit den ruhigen Händen. Und doch, wie hatte Crystal Sabine so überzeugend ersetzen können, und wie hatte Sabine Fiona so überzeugend ersetzen können, alles in ein paar Monaten? Fiona, wohl wahr, hatte förmlich danach geschrien, ersetzt zu werden. Ihre Ansichten waren zum Scheitern verurteilte Expeditionen, ihre Stimme war eine leere Geste, ihre Küsse waren Kamikazepiloten. Es war so, als sei sie gar nicht in die Komplexität der Welt hineingeboren worden, sondern schwach und zögernd zu Boden geglitten, wie ein Blatt Papier aus einem Faxgerät, die Ankündigung abflauender Gelüste und soziologischer Fakten, die, fast geräuschlos, aus der Walze ihrer genetischen Struktur herausgestottert kamen.

Er hasste Fiona dafür, dass sie im Sekten-Buster-Meeting, das sie gemeinsam mit seiner Mutter besucht hatte, Gavins Tod benutzt hatte. Hass und Liebe lagen bekanntlich dicht beieinander, darüber wurden ganze Bücher geschrieben, andererseits stand der Hass auch zu Recht in dem Ruf, keineswegs dicht bei der Liebe zu liegen. Als ihm dieser Gedanke durch den Kopf ging, spürte Peter, wie sich sein Hass in Schuldgefühle auflöste, und er beobachtete, wie dann Mitleid die Schuldgefühle linderte. Diese Buddhisten waren sicher auf dem richtigen Weg. Zu dem anstrengenden Unterfangen, seine widersprüchlichen, wirren Emotionen in eine Geschichte zu verwandeln, die davon handelte, wer er war, kam das nicht weniger anstrengende Unterfangen, sie zu einer Geschichte zu machen, die ihm gefiel. Als Erstes fragte er sich bei jeder Situation, ob sie ihm gefiel oder nicht, und die nächste Frage war, wie sie »sich entwickeln« würde, und das hieß, ob sie ihm auch später noch gefallen würde oder nicht.

Während der letzten achtundvierzig Stunden war er damit konfrontiert worden, welches Ausmaß diese Tyrannei angenommen hatte. Selbst wenn er »meditierte«, fragte er sich die ganze Zeit »Gefällt mir das?«, »Ist dies das Richtige für mich?«, »Werde ich erleuchtet?«, »Wird mir das gefallen?«, »Ob den anderen auch langweilig ist?« Und das waren die Momente, wo er sich konzentrierte. Die übrige Zeit driftete er nur durch die Geisterlandschaften von Zukunft und Vergangenheit, arrangierte sie so lange um, bis sie ihm besser gefielen, oder entschied, dass sie ihm gar nicht gefielen. Es war jämmerlich. Wie jetzt, wo er schon wieder Widerwillen gegen sein eigenes Seelenleben empfand. So ging es die ganze Zeit.

Ein- oder zweimal hatte er aufgehört zu fragen »Gefällt mir das?« und hatte gespürt, wie ihn fast unmerklich eine subtile, fremdartige Ruhe überkam. Überflüssig zu erwähnen, dass er angesichts der Gelegenheit, die sich hier für eine neue Erfahrung geboten hätte, gewissenhaft die Geschichte rekonstruierte, die sich gerade entmaterialisiert hatte. »Bin ich der Typ, der eine Frau küsst, die er kaum kennt, während er an einem Holzzaun über dem schäumenden Pazifik lehnt?« Ja! »Bin ich der Typ, der sie dann zu einem Tantra-Workshop einlädt, der ihn den Job kosten wird?« Unbedingt!

Er war radikal gestimmt, teils dank Lama Surya Das, der die Meditation leitete. Peter hatte einen runzligen Tibeter in safrangelber Toga erwartet, der unermüdlich lächelte und sich vor Insekten verneigte. Doch der Lama entpuppte sich als stämmiger Amerikaner, der auf sein Zafu zuging wie auf die *striking plate* auf einem Baseballplatz. Peter spürte vage, dass der Lama irgendwo in den Tiefen seines meditierenden Bewusstseins einen *home run* nach dem anderen landete, doch statt übers Spielfeld zu rennen, stand er nur da und sah den Ball in hohem Bogen in den offenen Raum fliegen, der der eigentliche Gegenstand seiner Aufmerksamkeit war.

»Jetzt, wo das Bewusstsein extrem weiträumig ist«, sagte Surya Das, wie um Peters Gedanken zu bestätigen, »wendet ihr es plötzlich auf sich selbst zurück und stellt die laserscharfe Frage: ›Wer oder was macht gerade diese Erfahrung?‹ Spürt das direkt, ihr müsst es nicht allzu sehr analysieren, stellt einfach nur die Frage und lasst los. Wer oder was macht gerade diese Erfahrung, wer oder was kontrolliert, denkt? Seht durch den Sehenden hindurch und bleibt frei. Ergründet diese Schlucht, diesen bodenlosen Abgrund, diese leuchtende Weite, pure Gegenwart. Es ist zu nah, deshalb übersehen wir es. Es scheint zu schön, um wahr zu sein, deshalb ist es kaum zu glauben. Es ist zu einfach, deshalb begreifen wir es nicht. Es ist zu transparent, als dass wir es sehen könnten. Es ist nicht außerhalb von uns, darum können wir es nicht erreichen. Das ist die angeborene absolute Vollkommenheit. Überseht sie nicht.«

Er verstummte wieder.

Klar, dachte Peter, einfach fragen und loslassen. Er stellte sich vor, wie er durch den Raum fiel, wie einer von Magrittes Geschäftsmännern. Er ließ seinen Regenschirm los und fiel schneller. Er hörte den Wind in den Ohren rauschen. Dieses Rauschen, das war pure Gegenwart.

Wer oder was machte gerade diese Erfahrung? Vielleicht war er doch eher ein »Was«. Vielleicht lag unter dem soziologischen »Was« ein psychologisches »Wer« und darunter ein weiteres unpersönliches »Was«. Das arme alte »Wer« lag eingezwängt zwischen einem »Was«, das zu kennen sich kaum lohnte, und einem weiteren »Was«, das kaum erkennbar war. Der Begriff »Buddha-Natur« ließ es wie ein großes *Wer* erscheinen, das war der Köder, aber eigentlich war es ein großes *Was*. Es gehört keinesfalls zu dir, du gehörst zu ihm.

Jetzt grübelte er schon wieder. Grübeln war nicht das Gleiche wie meditieren, oder doch?

Einfach die Frage stellen und loslassen. Rauschen in den Ohren, pure Gegenwart, freier Fall. War das keine Erfindung, war das keine Phantasie? O Gott, Meditieren war der reinste Albtraum, man kam total durcheinander. Trotzdem musste er so wirken, als wisse er, was er tue, sonst küsste Crystal ihn vielleicht nie wieder.

Wieder von vorn beginnen. Seinen Panzer abwerfen und die Bandagen unter dem Panzer, seine Masken abwerfen und die ernste Miene unter diesen Masken. Sich von seinem Körper verabschieden, seinem verzärtelten Körper. Zusehen, wie er abfiel, so wie ein Teil einer Rakete abgestoßen wird. Und sein Geist, sein verzärtelter Geist, sehen, wie er abfiel. Wer sieht ihn abfallen? Spürt das unmittelbar!

Einen Moment lang, scharf wie ein Papierschnitt, spürte Peter es unmittelbar.

Was war das?

Es verschwand.

Shit.

»Lasst uns das Prajnaparamita-Mantra singen«, sagte Surya Das, »Nummer drei auf eurem Blatt. Es heißt, wo immer dieses Sutra gesungen wird, werde das Dharma gedeihen. Die Wesen werden erweckt, mit Wohltaten überhäuft und gesegnet. Das Land und die Bewohner des Waldes werden die Saat der Erleuchtung in ihrem fruchtbaren Herz-Geist empfangen.« Und beiläufig fügte er hinzu: »Also, keine schlechte Sache.«

Allgemeines Gelächter.

»Es kann nicht schaden, oder?«, gluckste er. »Ich sollte sagen ›wie ich gehört habe‹, um zu zeigen, dass nicht ich es erfunden habe«, sagte Surya. »Jemand anders hat es erfunden.«

Crystal lächelte. Sie genoss Suryas Seiltanz zwischen Übermut und Respekt, zwischen seiner Rolle als Amerikaner und der als tibetischer Mönch. Nachdem er mit diesen Voraussetzungen gespielt hatte, kam er zum »Kern der Sache«, dem Umstand, dass die Lehren Dzogchens den Anspruch haben, die Dinge so zu betrachten, »wie sie sind«.

Nicht immer konnte sein Publikum den subtilen Scharfsinn seiner Standpunkte nachvollziehen. Gestern hatte eine Frau gesagt, für sie sei es schon als Jugendliche »echt wichtig gewesen, Amerikanerin zu sein. Ich habe ein Problem mit diesem fremdartigen Chanting«, beschwerte sie sich. »Muss ich das akzeptieren, um erleuchtet zu werden?«

»Man muss alles akzeptieren, um erleuchtet zu werden, das ist das Problem«, meinte Surya.

Crystal hörte, wie Surya das Ende des Herzsutras sang, und machte sich bereit, »und darum lasst uns nun dieses Mantra singen und sagen: *Gate gate paragate parasamgate bodhi svaha.*«

Der Gesang schallte durch den Raum:

»*Gate gate paragate …*«

»Brecht euer Bewusstsein auf«, drängte Surya.

Peter stellte sich eine Tontaube vor, die in der Luft zersplittert.

Crystal stellte sich eine Machete vor, die eine Wassermelone zerteilt, deren Hälften lautlos voneinander wegrollen.

Peter stellte sich das Bild immer wieder vor und fragte sich, ob er das Richtige tat oder nur einer Phantasie nachhing.

Crystal betrachtete das sich auflösende Bild, so wie sie es auch betrachtet hatte, als es aufgetaucht war, es erschien und verschwand von allein. »Wir müssen unsere Gedanken nicht loswerden, sie sind schon leer genug«, pflegte Surya zu sagen. Das Bewusstsein hatte die Fähigkeit, sich von seiner eigenen Entfaltung verzaubern zu lassen, doch auch diese Verzauberung gehörte zu seiner Entfaltung. Um diesen Strom der Erscheinungen und des Verschwindens der Erscheinungen nicht zu unterbrechen und ohne etwas zu wollen, schuf Crystal für alles Raum, ließ alles einfach so sein, wie es war. Sie nannte dieses Geschehenlassen weder Stille noch Weite, denn Stille konnte durch Unruhe gestört werden und Weite durch Beschränkung. Falls es für alles Raum gab, gab es auch für Unruhe und Beschränkung Raum.

Dieser anpassungsfähige Bewusstseinszustand hatte vor zwei Tagen begonnen, als sie sich den Nachmittag freigenommen und einen Spaziergang gemacht hatte. Die Wolken waren an jenem Tag seltsam symmetrisch gewesen. Jede dieser Säulen aus aufgetürmtem weißem Dampf wuchs aus einem dunklen, klar konturierten Sockel empor. Weit genug voneinander entfernt, um den Himmel nicht zu verfinstern, verschwanden sie am fernen Horizont, wie die Schnittpunkte auf einem Gitter, das die Raumkrümmung beschreibt.

Crystal merkte, dass Gedanken und Wahrnehmungen ungehindert durch jede Reaktion in ihr Bewusstsein drangen. Der Lärm der Autos, die auf dem Highway vorbeirasten, war nicht lästiger als die Schönheit der Wolken. Jedes Ding war nur sich selbst, sie brauchte sich nicht damit zu befassen. Sie versuchte es mit dem weichgestellten Blick des Dzogchen und schaute, ohne auf etwas Bestimmtes zu schauen. Fliegen und Vögel glitten ebenso mühelos durch ihr Blickfeld, wie ihr Blickfeld durch sie, Crystal selbst, hindurchglitt. Ein Jogger zog vorbei und löste sich auf.

Sie gab den Versuch zu meditieren auf, weil sie ganz in das unbeeinträchtigte Mitgefühl eingetaucht war, das die Meditation zu vermitteln versuchte. Sie wusste, dass zwischen ihr und den anderen Wesen, die auf der Oberfläche der Leerheit schimmerten, ein absoluter Zusammenhang bestand. Es war nicht nötig, hinter dieses Prinzip zurückzufallen. Sie wusste, dass die Grammatik des Bewusstseins umkehrbar war. Statt zu sagen: »Ich hatte die Erfahrung«, ließ sich ebenso gut sagen: »Die Erfahrung hatte mich«, aber andererseits enthielt das auch nicht mehr Wahrheit, und das prahlerische Vergnügen, mit den transitiven Verben zu spielen, reizte sie nicht. Es ging nicht darum, dass sich Grenzen auflösten, was im psychedelischen Bereich so demonstrativ geschah, sondern darum, dass die Grenzen gar nicht existierten. Sie aufzulösen, zu transzendieren und zu durchbrechen verlieh den Illusionen, über die sie doch zu triumphieren glaubten, erst recht Substanz. Wenn es keine Mauer gab, war auch kein Stabhochsprung nötig. Wenn es eine Mauer gab, war es anmaßend, sie Illusion zu nennen.

Irgendwann während des Spaziergangs sah sie einen toten Fuchs auf dem Highway liegen. Plattgewalzt, wimmelnd vor Fliegen. Der Gestank seiner verwesten Eingeweide wurde von etwas viel Schärferem überlagert, das an den stechenden Geruch von Ammoniak erinnerte. Ungerührt sog sie die Luft tief in die Lungen und ging weiter. Auch dafür war Raum.

Sie sah den lockenden Finger irgendeiner »symbolischen« Interpretation und sah, wie die Provokation eines Kadavers im Strom ihrer Wahrnehmung einen Strudel bildete. Diesem Strudel gegenüber entstand ein weiterer Strudel, und zwar durch den eitlen Gedanken, dem so viele Suchende anzuhängen scheinen, dass sich die ganze Welt in eine Lektion für sie verwandelt habe. Die Aufregung jener Zeiten, als alles symbolisch schien (»*Tout devient metaphor*«, wie Jean-Paul, irgendeinen französischen Autor zitierend, im Zelt in Utah die ganze Nacht lang gestöhnt hatte), schien jetzt nicht mehr so wichtig, verglichen mit dieser unbeeinträchtigten Klarheit. Weder musste sie sich der Tatsache verweigern, dass der Fuchs ein *memento mori* war oder sein Tod ihren Vorsatz, alle Geschehnisse vollkommen gleich zu behandeln, auf die Probe stellte, noch gab es irgendeinen Grund, davon fasziniert zu sein. Die Bedeutungen, die der Tod des Fuchses hatte, waren unerschöpflich: der Anschein des Kadavers, seine chemische Zersetzung, sein abwesender Bewohner, seine Zugehörigkeit zu allen anderen Kadavern, das Tempo des Aufpralls, die seelische Verfassung des Fahrers, der Hunger der Fliegen.

Als sie nach Esalen zurückkam, fand gerade eine Party statt. Um zu sehen, ob sie das ablenken würde, ließ sie sich auf alles ein – die Musik, die Menge, die Pfeile des Argwohns und die Enterhaken des Begehrens. Nichts Wesentliches veränderte sich, es gab nur mehr Wahrnehmungen, mit denen sie arbeiten konnte. Sie sah die Buddha-Natur jedes Menschen, während sie gleichzeitig die Persönlichkeit sah, die diese Buddha-Natur umschloss. Außergewöhnliche Zärtlichkeit erfüllte sie. Sie sah, dass jedem Unglücklichsein die Sehnsucht nach Glück zugrunde lag, und das öffnete ihr das Herz. Sie hatte kein Problem, auf zwei Ebenen gleichzeitig zu agieren, so, wie sie es sich immer gewünscht hatte. Es war vollkommen natürlich, aber ganz unerklärlich, als wäre es möglich, gleichzeitig über einem Flughafen zu kreisen und jemanden in der Abflughalle zu treffen.

Sie tanzte in der Menge, und als Peter auf sie zukam, tanzte sie mit ihm. Als sie sich küssten, küssten sie sich. Nichts anderes hätte in diesem Moment geschehen können. Sie wusste, dass Peter ihr Geliebter werden würde, sie wusste, dass er sie bitten würde, sie dieses Wochenende zum Tantra-Workshop zu begleiten. Emporgetragen von der natürlichen Thermik ihres Bewusstseins konnte sie über den Horizont gewöhnlichen Wissens sehen. Es gab keinen Grund, sich irgendwelche Grenzen dieser sich weitenden Perspektive vorzustellen.

Nichts unterbricht Nichts, dachte sie und dachte es immer noch.

»Gate gate paragate parasamgate bodhi svaha.
Gate gate paragate parasamgate bodhi svaha.«

Surya beschleunigte den Gesang.

»Geht von der Bremse!«, drängte er.

Das Mantra wurde zum Silbenbrei, verlangsamte sich wieder, bis einzelne Laute vernehmbar waren, und erstarb dann zum Flüstern. Als die Meditationsglocke erklang, trat erneut Stille ein.

Crystal verharrte in diesem Zustand subtiler Großmut, der ihr ganz leicht fiel. Das Mantra konnte sie nicht in diesen Zustand bringen oder aus ihm herausholen. Das Chanten hatte sich ereignet; jetzt ereignete sich stattdessen Stille, die durch das Chanten aufgeladen war.

Peter spürte, wie er in diese elektrisierende Stille fiel, wie ein Kind, das von einem hohen Felsen springt und plötzlich in ein kühleres, dichteres Medium eintaucht, in einen Rausch aus Luftblasen und zeitlupenhaften Bewegungen. Die Stille war sein angehaltener Atem, war der angehaltene Atem aller. Krawumm!, dachte er unwillkürlich. Das eignete sich als

Mantra so gut wie jedes andere, solange er diese Leichtigkeit spürte, diese Vitalität.

Als die Glocke erneut erklang, war die Session zu Ende und die Zeit fürs Abendessen gekommen. Peter entknotete seine Beine und stolperte aus dem Meditationsraum hinaus. Er wartete im Flur auf Crystal und vertrieb sich die Zeit damit, die ans Schwarze Brett gepinnten Zitate zu lesen.

Folg dem Atem, der deiner Nase entweicht.
Folge ihm, so weit er reicht.
Du kannst nicht mehr klar denken,
weißt nicht, wen du anrufen sollst.
Es ist nie zu spät, überhaupt nichts zu tun.
Allen Ginsberg

Du brauchst dein Zimmer nicht zu verlassen, bleib einfach an deinem Tisch sitzen und horche. Du brauchst nicht einmal zu horchen, warte einfach. Du brauchst nicht einmal zu warten, werde einfach still, und die Welt wird sich offenbaren, um demaskiert zu werden; sie hat keine andere Wahl. Sie wird sich in Ekstase vor deinen Füßen wälzen.

Franz Kafka

Innerhalb dieser geburtlosen offenen Weite treten
Erscheinungen auf wie Regenbogen, völlig transparent ...

Als Peter gerade dabei war, dieses dritte Zitat zu lesen, steuerte die Frau, die er zuletzt unter einem Berg von Kissen begraben in Marthas Workshop gesehen hatte, auf ihn zu, als wolle sie mit ihrer weichen Masse jegliche Transparenz infrage stellen.

»Hi, wie geht's?«, sagte sie.

»Gut.«

»Du hast unseren Workshop verlassen, stimmt's?«

»Ja.«

»Echt schade. Martha und Carlos haben mein Leben komplett verändert. Ich hab das Gefühl, als sei eine große Last von meiner Seele genommen.«

»Ah, gut.«

»Aber vielleicht hast du ja gefunden, was du brauchst. Ich hoffe es.« Sie lächelte und schwirrte zur Tür hinaus.

Tatsächlich wurde eine große Last von ihr genommen, dachte Peter in Gedanken daran, wie Carlos, Martha und Paul ungerührt auf den Kissen gethront hatten, aus denen ihre erstickten Protestschreie drangen. *Ich möchte leben. Lasst mich raus*. Und jetzt ist sie ihnen dankbar.

Warum hatte er sich unnötigerweise über diese nützliche Therapie empört? Woher wusste er denn, ob sie nicht jemandem nutzte, der in seinem Leben Schlimmeres erfahren hatte, als dass man sich öffentlich auf ihn setzte?

Er blickte in den Meditationsraum und sah Crystal, die sich gerade streckte. Sie saß auf einem Kissen, so weit nach vorn gebeugt, dass ihr Kopf den Boden berührte.

»Das ist doch nicht nötig«, sagte Surya lächelnd.

»Ah, Guruji«, sagte Crystal, indem sie auf den Scherz einging, und verbeugte sich ehrerbietig.

Peter warf einen Blick zurück aufs Schwarze Brett und überlegte flüchtig, ob es einen Regenbogenstau geben könnte, wenn sich die Welt der Erscheinungen schillernd in die eine oder andere Richtung wölbte. Die Regenbogenintarsien etwa in Manhattan wären vielleicht eine ziemlich substanzielle Substanzlosigkeit. Er beschloss, nicht weiterzulesen, sondern draußen auf Crystal zu warten. Nachdem er seine Schuhe wieder angezogen hatte, trat er auf den Rasen hinaus, die Hände in den Taschen, betrachtete die Blumen und dachte, dass er wohl genauso aussehe, wie man sich Verliebte vorstellte.

Als Crystal herauskam, gingen sie gemeinsam zur Lodge. Eigentlich wollte Peter, wie vorgeschrieben, schweigen, andererseits wollte er sie unbedingt fragen, ob sie ihn am Wochenende begleiten würde. Während sie die Brücke überquerten, die über den Wasserfall führte, dachte er verzweifelt über die richtige Formulierung nach.

»Ja«, sagte Crystal, als sie jenseits der Brücke den Aufstieg begannen.

»Was?«, fragte Peter.

»Du wolltest wissen, ob ich das Wochenende mit dir verbringe. Die Antwort lautet Ja.«

»Woher konntest du wissen, dass ich dich das fragen würde?«

»Ich weiß nicht, *woher*«, sagte Crystal. »Ich wusste einfach, dass es dich quält.«

»Ich weiß nicht, warum ich dich gefragt habe, woher du das wusstest«, sagte Peter nach einer Pause. »Ich denke mal«, fuhr er fort, nach zwei Tagen relativen Schweigens noch nicht recht ans Sprechen gewöhnt, »wahrscheinlich war es einfach naheliegend, verstehst du? Natürlich wäre es interessant, näher darauf einzugehen, aber eigentlich hab ich nur gefragt, weil es so nahelag.

Das ist wie vorhin«, fuhr er fort. »Als ich auf dich wartete, hab ich mich über eine Blume gebeugt und daran gerochen, und sie duftete nach nichts, und ich dachte an das Wort ›geruchlos‹ und an die Wendung ›eine geruchlose, farblose Flüssigkeit‹, es war vollkommen bedeutungslos, nur dass diese Phrase dort lag mit aus Zaubertinte und auf die Hitze einer Erfahrung wartete, um mir vorzuschreiben, was ich denken sollte. Ich kann es nicht ertragen, es ist vollkommen unfrei, in jenem Moment war mein Bewusstsein nur eine Kette von Worten.« Peter überraschte es, was für Gedanken da aus ihm herauspurzelten. Während er sprach, spürte er sich selbst wirklicher werden.

»Sogar als ich mich selber fertigmachte, weil ich mich während der Meditation ablenken ließ, dachte ich: ›Ich lebe in der Vergangenheit‹ – wieder eine Wortkette –, aber ich lebte nicht in der Vergangenheit, sondern dachte über die Vergangenheit nach. Über die Vergangenheit nachzudenken war meine gegenwärtige Erfahrung. Was mich davon abhielt, sie zu haben, war diese Kette aus Worten, diese fehlgeleiteten Selbstvorwürfe. Verstehst du, was ich meine? Mir ist das alles noch ziemlich neu, vermutlich hab ich einfach nichts begriffen.«

Sie lächelte ihn an, und er wusste, dass sie verstanden hatte. Ihr Schweigen lud ihn ein, auch zu schweigen. Brauchte er überhaupt Worte? Und wenn ja, warum sollte er sie zu einer Kette anordnen? Sie waren nicht seine Feinde. Er verstand und erwiderte das Lächeln.

Beim Lunch saßen Crystal und Peter neben einem Mann aus ihrer Gruppe. Mit seiner Adlernase und einer emphatischen Senkrechtfalte zwischen den Augenbrauen saß er da auf der Rotholzbank, beide Hände auf den Oberschenkeln, und starrte mit der unerbittlichen Konzentration eines kämpfenden Samurai auf seine Salatschale. Er atmete schwer durch die Nase, ein Perlentaucher vor dem Sprung ins Wasser, spießte dann jäh ein Salatblatt auf die Gabel, steckte es in den Mund, legte die Gabel ab, legte die Hände wieder auf die Schenkel und schnarchte im Wachzustand weiter. Während er das Salatblatt mit reptilienhaftem Gleichmut geräuschvoll zermalmte, blieb sein Blick unverwandt auf die gleiche Stelle gerichtet. Eine Minute später wiederholte er den Überfall auf die Salatschale, um sich tollkühn ein Stück Sellerie einzuverleiben.

Schwankend zwischen Lachen und Staunen, schaute Peter zu. Er fragte sich, wohin Crystal tendierte, und sah ihren vieldeutigen, aber entspannten Gesichtsausdruck. Offenbar konnte sie nachfühlen, dass er am liebsten gelacht hätte, empfand aber auch Mitgefühl mit der Person, die dieses Bedürfnis zu lachen ausgelöst hatte. Während sie seinen Blick erwiderte, spürte er, wie er in die Atmosphäre glitt, in der sie lebte, wo das schleppende Gefieder des Bewusstseins sich langsam aufrichten konnte, um seine volle Pracht zu entfalten.

14

»Ich bin nicht wütend auf Jason«, sagte Haley. »Er tut mir leid, er tut mir nur leid.«

»Ich sage es ungern«, meinte Panita, »aber was ich da im Wagen mitgekriegt habe, hatte die klassischen Merkmale einer kaputten Beziehung. Ich hab mir *wirklich* Sorgen um dich gemacht – du, irgendwo gestrandet, ohne Meetings. Ich sah schon vor mir, wie Jason deine Tapes aus dem Fenster wirft, während du dich um deine seelische Gesundheit kümmerst.«

»Er hat mich in unserem Workshop gedemütigt«, gestand Haley. »Und jetzt hat er was mit dieser Frau angefangen, die hier lebt. Mein Selbstwertgefühl steht im Moment bei minus zehntausend.«

»Du brauchst ein Meeting«, sagte Panita, wieder einmal erleichtert, aus der gefährlichen Welt der romantischen Liebe ausgeschlossen zu sein. »Ich hol dich am Flughafen ab, wenn du magst, und wir können von dort direkt zum abendlichen Donnerstags-Meeting der Earls Court Women's Group fahren.«

»Danke«, erwiderte Haley und begann plötzlich zu schluchzen.

»Lass alles raus, Süße«, sagte Panita.

»Er ist so ein Mistkerl«, schluchzte Haley. »Warum will ich immer noch, dass er mich liebt?«

»Das ist die Krankheit«, sagte Panita.

»Das ist keine Krankheit«, widersprach Haley, »das bin ich, ich und Jason. Begreifst du denn nicht? So gehen drei Jahre zu Ende! Oh Gott, wie kann man nur jemanden hassen und sich ihm trotzdem näher fühlen als jedem anderen Menschen? Es ist einfach schrecklich!«

Haley gab sich ganz ihrem Kummer hin. Panita war schockiert, dass Haley ihre exemplarische Diagnose zurückgewiesen hatte. Sie stürzte in einen bodenlosen Abgrund der Verunsicherung und Feindseligkeit und musste unbedingt ihren CoCo-Sponsor anrufen. Sie verkniff sich ihr übliches Motto »Mach kaputt, was dich kaputt macht«, notierte hastig Haleys Ankunftszeit, sagte Tschüs und wählte die schon im Vorhinein heilenden Ziffern der Telefonnummer ihres Sponsors.

Nachdem Haley eingehängt hatte, blieb sie friedlich in der hölzernen Telefonzelle sitzen und stierte vor sich hin. Wie ein Lösungsmittel schienen ihre Tränen sie von dem Durcheinander ihres früheren Lebens befreit zu haben. In einer Stunde würde sie Esalen und auch Jason verlassen. Worüber jammerte sie? Eigentlich sollte sie feiern. Was tat sie überhaupt in Kalifornien? Sie sehnte sich nach Clapham zurück. Sie wollte ihr Geschäft aufbauen, entsprechende Büroräume finden, Anzeigen schalten und jemanden heiraten, der eine wahrhaft positive Haltung zum Leben hatte. Sie hatte abgeschlossen mit ihrem alten Leben, komplett abgeschlossen. Nicht mal Panita konnte sie mehr leiden, und CoCo-Meetings würde sie auch nicht mehr besuchen.

Wie typisch für Widder, wunderbar. Einfach einen neuen

Anfang wagen. Kein Problem. Nur dass es für Jason leider auch kein Problem sein würde. Kleiner Scheißkerl.

Jemand klopfte an die Scheibe der Telefonzelle. O Gott, *er*.

»Hör mal, Süße«, sagte Jason munter. »Ich hab überlegt, ob du uns vielleicht ein paar Hundert Dollar leihen könntest. Du kriegst sie auch zurück – ich schreibe gerade an ein paar tollen neuen Sachen.«

Haley bedachte ihn mit einem verächtlichen Blick.

»Ich werde euch das Geld nicht leihen«, sagte sie kühl. »Ich werde es euch schenken.«

»Super!«, meinte Jason.

»Unter einer Bedingung: dass du mich nie mehr anrufst, mir nie mehr schreibst und dass du einfach weitergehst, falls wir uns irgendwann über den Weg laufen.«

Sie warf zweihundert Dollar auf das Sims unter dem Telefon.

»Erst ab vierhundert geh ich weiter, wenn wir uns über den Weg laufen«, sagte Jason mit seiner John-Wayne-Stimme.

»Oh«, sagte Haley und nahm das Geld wieder an sich, »in diesem Fall geh eben *ich* weiter.«

»Nein, du hast mich überzeugt«, sagte Jason und stürzte auf Haley zu, als sie sich zum Gehen wandte. »Ich lauf dann weiter.«

»Zu spät.«

»Sei nicht so fies!«, rief Jason empört.

»Du Wichser«, sagte Haley und schritt so würdevoll auf ihren Wagen zu wie es eben ging, wenn man gerade »Wichser« gesagt hatte.

»Du kommst nie von mir los«, sagte Jason. »*Every time you turn on the radio, I'll be there.*«

»Ich glaub, diesen Song gibt es schon von jemand anderem«, bemerkte Haley sarkastisch.

»Hör mal«, änderte Jason seine Taktik, während sie sich dem Wagen näherten, »Angela hat solche Konfliktmediations-Workshops besucht. Vielleicht sollten wir versuchen, das Ganze mit einer … großzügigeren Note ausklingen zu lassen.«

»Du meinst vier großzügigere Noten, nicht wahr?«, sagte Haley. »Ich versteh einfach nicht, wie du es … du bist … unglaublich.«

»Danke«, erwiderte Jason grinsend. »Das findet Angela auch.«

Haley stieg in den Wagen und knallte die Tür zu.

Jason sah ihr nach, wie sie mit ihrem kirschroten Fiesta zur Route One hinauffuhr, und kam nicht darüber hinweg, dass er die zweihundert Dollar nicht genommen hatte. Er hätte das Geld gebrauchen können. Er hatte Haleys nicht rückerstattbare Anzahlung und einen Teil von Angelas Bargeld benutzt, um den Tantra-Workshop für sie beide zu buchen. Jetzt war er total pleite. Weder hatte er im Büro erwähnt, dass Haley nicht teilnehmen würde, noch hatte er Angela gewarnt, dass sie sich möglicherweise als Haley ausgeben musste, falls die Teilnehmerliste verlesen wurde. Kein perfekter Start in einen Workshop für Paare in einer festen Beziehung.

»Jason?«

Er drehte sich um und sah Flavia.

»War das Haley?«, fragte sie.

»Ja«, erwiderte Jason. »Sie hat mein ganzes Geld mitgenommen. Ich hab über Konfliktlösungen und Rückkehr zur Liebe und einen anständigen Abschluss geredet, und sie ist einfach mit meiner ganzen Knete abgehauen.«

»Du brauchst ein Ritual«, sagte Flavia.

»Ich brauche eine Kreditkarte«, erwiderte Jason.

»Hör mal«, sagte Flavia, »ich glaube, *wir* brauchen auch einen anständigen Abschluss. Ich möchte mich entschuldigen. Als ich nach Esalen kam, hatte ich eine Mordswut im Bauch, und ich hab das Gefühl, die hab ich auf dich projiziert.«

»Das passiert mir ständig«, meinte Jason.

»Mir ist in Marthas Workshop eine Menge über meine Verhaltensmuster klar geworden, und ich möchte dir sagen, dass mein Verhalten unreif war.«

»Schon okay«, sagte Jason grinsend, »mit Unreife kenn ich mich aus.«

Flavia lächelte zurück. Sie öffnete die Arme, um ihm zu zeigen, dass jetzt der Moment für eine Umarmung gekommen war. Jason, der nichts Besseres zu tun hatte, umarmte sie. Er spürte, dass sie sich auf Zehenspitzen stellte, um mit dem Kinn über seine Schulter zu reichen; eigentlich echt süß.

Als sie sich voneinander lösten, stieß Flavia einen lauten Seufzer aus und hielt Jasons Unterarm immer noch mit ihren langen Fingern fest.

»Oh, das hat sich gut angefühlt«, sagte sie. »Mein persönlicher Tiefpunkt war die Zeit, die ich mit diesem Engländer in L.A. zusammenlebte, und all das hab ich auf dich projiziert. Ich kann das kaum glauben, wie primitiv von mir.«

So wütend sie am Wochenanfang gewesen war, so beschwingt schien sie jetzt am Ende der Woche zu sein.

»Hör mal, ich weiß nicht, ob das in Ordnung für dich wäre«, platzte sie heraus, »aber wenn Haley mit deinem ganzen Geld abgehauen ist, könnte ich dir was leihen, bis du es zurückbekommst.«

»Das wäre absolut in Ordnung für mich«, sagte Jason.

»Ich könnte dir meine Adresse in L.A. geben, und du könntest mir das Geld nächste Woche zurückschicken.«

»Klar.«

»Fühlt sich gut an«, sagte Flavia.

»Ganz wunderbar«, sagte Jason und umarmte sie noch einmal.

Kenneth massierte seine schmerzenden Füße. Während der letzten beiden Tage hatte ihn Brooke zu mehreren Wanderungen überredet, und dass er keuchend mithielt, hatte sie zu noch ehrgeizigeren Kombinationen von Hügeln, Flüssen und Wäldern inspiriert. Diese Wanderungen, oder *vision walks*, wie Brooke mehr oder weniger alles nannte, was sich außerhalb eines Kaufhauses oder Restaurants abspielte, waren eine Gefährdung seiner Gesundheit, von der er sich wohl kaum erholen würde. Bestrahlt von der karzinogenen Sonne waren sie über blonde Hügel gekraxelt und hatten Kenneths brachliegende Oberschenkelmuskeln brutal reaktiviert. Er erinnerte sich daran, dass er durch seinen schweißgetrübten Blick purpurne Kleckse weinroter Felsen in der sanften, verworrenen Düsternis eines Mammutbaumwäldchens wahrgenommen hatte. Er hatte schwindlig geschwankt, als unter einem umgestürzten Baum wilde Mineralquellen aufschäumten. Brooke schwebte wie eine Ballerina darüber hinweg, mit ausgebreiteten Armen und mädchenhaften spitzen Schreien; er trampelte wie Frankensteins Monster hinter ihr her, während sie die Schönheit der Landschaft besang.

Hätte er nur sein Buch geschrieben, dann wären ihm diese bukolischen Demütigungen erspart geblieben. Aber bei diesem Stand der Dinge konnte er Brooke nichts abschlagen. Er hatte sich immer den Kopf zerbrochen, was er bei den Fernsehinterviews, die die Buchpublikation nach sich ziehen würde, tragen sollte. Jetzt näherte er sich auf Zehenspitzen ängstlich dem anderen Ende des Prozesses und fragte sich, was überhaupt in dem Buch stehen sollte. Anfangs überkam ihn ein grässliches Gefühl der Leere und Panik, doch als am Rand seines Blicksfelds wieder mal eine Klamm auftauchte, begann er impulsiv, Fragmente der Streamistisen Philosophie zusammenzusetzen.

»Siehst du, die Natur inspiriert dich«, meinte Brooke, als er sein Notizbuch zückte.

»Allerdings«, murmelte er.

»O Gott«, schwärmte Brooke, »hier ist es so wunderbar, ich glaub, ich kauf mir eine Ranch.«

»Du solltest den Tantra-Workshop leiten«, sagte Yves, während er den Esalen-Prospekt durchblätterte.

»Wir könnten ihn zusammen leiten«, meinte Adam.

»Alle könnten schweigend dasitzen und uns einfach nur zusehen«, meinte Yves.

»Mach mich nicht geil. Ich versuch zu packen.«

»Aber A-döm«, parodierte Yves die lästige Französin, von der Adam ihm erzählt hatte. »Hatten Rumi und Shams tantrischen Sex?«

Er packte Adam und zog ihn aufs Bett.

»In diesem Punkt sind sich die Gelehrten uneins«, meinte Adam in albern dozierendem Tonfall, »aber ich denke, dass die beste Methode der Erfahrungsansatz ist, den Fraser und Lamartine in ihrer bahnbrechenden Arbeit *Bumsen* gewählt haben.«

Er rollte sich auf Yves' Seite hinüber, und sie starrten sich hingerissen in die Augen.

Karen sah, wie Martha ihre Krücken auf den Rücksitz ihres wieder flottgemachten Range Rover warf, und sie musste ihr einfach sagen, dass das Wort *einmalig* nicht einmalig genug sei, um ihre tiefe Dankbarkeit für die innere Reise auszudrücken, auf die Martha und Carlos sie während des Wochenseminars mitgenommen hatten. In einem pinkfarbenen Jogginganzug aus weichstem Stoff, eine Hand ans Herz gepresst, trat sie auf Martha zu und gratulierte ihr.

»Also, ich fand, das war unheimlich dynamisch«, sagte Martha und fuchtelte mit den Fäusten wild in der Luft herum. »Es strömte so viel Energie durch den Raum«, tönte sie. »Und als Stan sich öffnete und die Gruppe wissen ließ, dass er impotent ist – das war für mich persönlich einer der Höhepunkte.«

»Ja, für mich war das auch ein wichtiger Moment«, sagte Karen. »Erst war es mir irgendwie peinlich, aber dann kam der Durchbruch zu einem neuen Level.«

»Du solltest stolz auf ihn sein.«

»Er sollte stolz auf sich selber sein.«

»Das ist er ganz sicher«, meinte Martha, schloss die hintere Wagentür und hievte sich auf den Beifahrersitz.

Carlos kam mit großen Schritten den Berg heraufgeeilt, sein Koffer schwang leicht hin und her. »Das Verfahren ist abgeschlossen«, verkündete er. »Der Aurikular-Akupunkturmassage-Ohrenschützer ist offiziell zum Patent angemeldet.«

»Oh, ich … das ist ja … wir haben …« Karen wusste gar nicht, wo sie anfangen sollte. »Wenn du den Nobelpreis bekommst, vergiss nicht, dass wir für dich gebetet haben.«

»Das werde ich bestimmt erwähnen«, sagte Carlos freundlich.

Peter fragte sich, ob das wirklich wahr sein konnte. Nicht nur das Wunder – wie leicht kam ihm das Wort jetzt über die Lippen –, Crystal kennengelernt zu haben, sondern auch die Paradoxa – wie unverzichtbar war *dieses* Wort geworden – die sich durch seine kurze Meditationserfahrung und die abendlichen Frage-und-Antwort-Sessions ergeben hatten. Die Meditation schien ein verrücktes Versteckspiel zu sein, in dem der Suchende hartnäckig das Versteckte übersah und das Versteckte sich danach sehnte, gefunden zu werden, während ein Publikum kichernder Lamas rief: »Schau nach hinten!«, »Schau in dich hinein!«, »Schau über dich hinaus!«, »Schau dich um!«, wie Kinder bei einem Krippenspiel. Und wenn man einen dieser Vorschläge ernst nahm, war immer jemand da, der die Sprache kritisierte und sagte, dass die Lehren nichts anderes seien als »ein Finger, der auf den Mond weist«.

Jetzt war der Zeitpunkt gekommen, die Zimmer zu wechseln. Über das Wochenende würde er sich ein Zimmer mit Crystal teilen. Es war seltsam, sie hatten noch nicht miteinander geschlafen, und heute Abend würden sie zusammen den Tantra-Workshop beginnen.

Peter blieb abrupt stehen. Das war ja unglaublich! Nur wenige Meter vor ihm stand Jerome, der grässliche Typ, den er in L.A. kennengelernt hatte, reckte die Arme und streckte sich, nachdem er aus einem Wagen ein paar Koffer geholt hatte. Jerome sah sich nach Peter um und nickte flüchtig.

»Hallo, Jerome«, sagte Peter eisig.

»Hi«, sagte Jerome. »Kennen wir uns?«

»Es scheint dir ziemlich schwerzufallen, dir zu merken, wen du kennst und wen nicht«, sagte Peter. »Als wir uns das letzte Mal trafen, dachtest du, du kennst Sabine, aber sie, oder er, entpuppte sich dann als Shalene.«

»Peter!«, rief Jerome. »Peter, mein Freund. Tut mir leid, dass ich dich nicht erkannt habe.« Jerome trat einen Schritt zurück und sah Peter kritisch an. »Du hast dich ziemlich verändert.«

»Nicht so stark wie Shalene, erfreulicherweise«, sagte Peter. »Hat die volle Geschlechtsumwandlung jetzt schon stattgefunden?«

»Ich weiß ganz sicher, dass ich Shalene nicht kenne«, meinte Jerome.

»Sie war das bezaubernde Wesen, mit dem du mich im 222 bekannt gemacht hast.«

»Oh, Shalene, klar kenn ich die«, korrigierte sich Jerome. »Wahrscheinlich bist du wegen des Abends damals sauer auf mich, wie? Das nennen wir verrückte Weisheit, Peter. Die bringt einen quasi durch Schock zur Erkenntnis. Das bin ich, der Jester, der Trickster. Wenn die verrückte Weisheit erst mal richtig anläuft, weiß nicht mal ich, wie verrückt sie noch wird.« Jerome tanzte vor Peter herum und hüpfte krampfhaft von einem Bein aufs andere. »Sabine wird sich sehr freuen, dich wiederzusehen.«

»Du behauptest immer noch, sie zu kennen?«, meinte Peter müde.

»Behaupten? Wir sind zu einem tantrischen Workshop hier.«

»Das ist jetzt nicht dein Ernst?«

»Und ob«, sagte Jerome ernst.

»Ich glaub dir nicht«, meinte Peter.

»Wir sind gerade angekommen. Sabine musste auf die Toilette. Sie kommt gleich.«

»Na klar.«

»Da ist sie ja!«, rief Jerome und spreizte weit die Hände Richtung Meer.

Über dem rautenförmigen Rasen zwischen dem Büro und Jeromes Wagen tauchte Sabine auf, ein Hippieharlekin in weiten, sich bauschenden Samthosen, in einer Farbkombination aus Rote Bete und Smaragdgrün.

Peter war so verblüfft, dass er sie einen Moment ganz objektiv betrachtete. Er sah den Gang eines Models, dem man gesagt hatte, es müsse abwesend wirken, den leidenschaftlich geistlosen Gesichtsausdruck einer Frau, die dazu verurteilt ist, angestarrt zu werden, und ihr alles verschlingendes sexuelles Selbstvertrauen, so natürlich wie das Schreiten eines Panthers. Doch als sie näher kam, überwältigte ihn das alte Verlangen, gemeinsam mit dessen umfangreicher Entourage aus Panik, Frustration und Irrealität.

»Hey, Peter!«, sagte Sabine mit ihrer heiseren deutschen Stimme, schlang die langen Arme um ihn und küsste ihn auf den Mund.

Peter stand da, als hätte man ihm einen Eimer Wasser über den Kopf gegossen.

»Toll, euch beide zusammen zu sehen«, meinte Jerome und legte ihnen onkelhaft die Hand auf die Schultern.

»Ist dir klar, dass ich dich in L.A. treffen wollte und dieser Mann das verhindert hat?«, fragte Peter.

»Ja«, sagte Sabine lachend. »Nicht sehr nett von ihm, wie?« Sie sah Jerome mit gespielt vorwurfsvoller Miene an, schlang ihm den Arm um den Hals und biss ihn ins Ohr. »Du hättest Peter nicht in diesem blöden Klub abladen sollen.«

»Ich wusste, warum du Sabine sehen wolltest«, sagte Jerome, »aber sie ist meine Tantra-Partnerin.«

»Das hätte sie mir auch selber sagen können.«

»Was wir in Deutschland hatten, war wirklich cool«, erklärte Sabine, »aber dann hat mir das Universum Jerome geschenkt.«

»Das weise alte Universum«, sagte Peter und fand, dass er plötzlich wie Gavin klang.

»Er ist ein durchgeknallter Idiot«, sagte Sabine, gab Jerome scherzhaft einen Klaps und biss ihn erneut ins Ohr. »Aber die Energie zwischen uns ist einfach unglaublich«, keuchte sie.

»Klar«, meinte Peter. »Er kann von Glück sagen, dass noch was von seinen Ohren übrig ist.«

»Sie kann meine Ohren haben«, sagte Jerome und lehnte sich wie ein Gekreuzigter an die Seite seines Wagens. »Sie kann mich ganz haben.«

»Njam, njam!«, knurrte Sabine.

Ich muss gleich kotzen, dachte Peter.

»Kommst du gerade von einem Workshop, oder machst du einen?«, fragte Sabine.

»Beides. Ich mach den gleichen wie du.«

»Hey, cool«, sagte Sabine und stellte sich neben Peter. »Vielleicht geh ich lieber mit ihm hin«, neckte sie Jerome.

»Vielleicht geh ich dann auch mit ihm hin«, drohte Jerome.

»Sorry, bin schon belegt«, sagte Peter. »Ich bin sicher, ihr könnt Shalene bitten, übers Wochenende herzukommen. Hört mal, ich muss gerade in ein anderes Zimmer umziehen. Wir sehen uns ja gleich.«

»*Hasta luego*«, sagte Jerome.

»*Ciao*, Peter«, sagte Sabine und küsste ihn wieder auf den Mund.

Was für eine fürchterliche Frau, dachte Peter und wünschte sich, er hätte sie noch einmal vögeln können. Wie hatte er sie nur in ein Emblem tiefsten Mysteriums verwandeln können?

Aufgewühlt schlenderte er zu seinem neuen Zimmer, doch der Aufruhr in seinem Inneren konzentrierte sich auf den nur oberflächlich tröstlichen Gedanken, dass er Crystal nie begegnet wäre, wenn er nicht nach Sabine gesucht hätte. Wenn er jetzt schon so dachte, konnte er sich auch gleich einen Rosenkranz zulegen und an Kreistänzen teilnehmen.

15

»Ich komme einfach nicht darüber hinweg, dass Sabine hier aufgetaucht ist«, sagte Peter, »mit diesem blöden Wichser, den ich in L.A. kennengelernt habe – von dem ich dir erzählt hab, der mich in diesem Transsexuellenklub abgeladen hat. Ich finde sie absolut grässlich, es ist mir peinlich, dass ich so viel Zeit damit verschwendet habe, nach ihr zu suchen.

Vielleicht hab ich eigentlich nach dir gesucht, oder nach der Erleuchtung oder einem langen Urlaub oder sonst was. Wie geht's dir damit? Für dich muss das ja auch komisch sein.«

»Alles ist gut«, sagte Crystal. »Besser, sie ist hier und du bist enttäuscht oder freust dich, als dass sie nicht hier ist und dich verfolgt.«

»Du bist so erwachsen«, sagte Peter.

»Ich bin erwachsen, wenn ich erwachsen bin, aber die übrige Zeit …«

Peter beugte sich zu ihr und küsste sie. Sie saßen in der Spätnachmittagssonne beim Wasserfall.

»Das Problem an dieser Theorie ist, dass sie mich gar nicht verfolgt hat, bevor sie auftauchte, und jetzt verwirrt sie mich schon ein wenig. Du bist es, die mich verfolgt hat. Aber du hast recht, sie wiederzusehen hat etwas Befreiendes. Es macht mir bewusst, dass das, was zwischen uns passiert ist – was wirklich ungewöhnlich war –, nichts mit ihr zu tun hatte, oder mit mir. Wir waren nur der Schauplatz einer seltsamen Ekstase. Einer sexuellen Ekstase, die mit nichts anderem verknüpft war. Wir waren einfach nur drei Tage im Bett, haben kaum geredet, und wenn ich redete, dann nur, um Flüge nach London zu verschieben, und wenn sie redete, dann nur, um irgendetwas Unergründliches über das Universum zu sagen.«

»Es wäre ja auch schwer, darüber etwas Ergründliches zu sagen«, meinte Crystal.

»Stimmt«, sagte Peter. Dann wechselte er das Thema: »Ich wollte abklären, was John über Ejakulationskontrolle gesagt hat. Dieser PC-Muskel, sollte man den zusammenpressen, ohne die Pobacken zusammenzukneifen, oder beides?«

»Wir leben in einem freien Land«, sagte Crystal. »Du kannst zusammenkneifen, was du willst. Aber um die Ejakulation zu unterdrücken, solltest du wahrscheinlich jeden Muskel aktivieren, den du hast.«

»Kaum vorstellbar, dass er es allein schaffen könnte«, gab Peter zu. John hatte gesagt, der PC-Muskel sei der Muskel, den man benutzen würde, um mitten im Pissen aufzuhören. Offensichtlich ein schwaches Instrument, um der manifesten Bestimmung Paroli zu bieten, die das Geburtsrecht jeder Ejakulation war.

»Vielleicht sollten wir uns mehr auf die Massage des heiligen Punkts konzentrieren«, meinte Peter, »als auf die Ejakulationskontrolle.«

»Am besten konzentrieren wir uns auf alles«, sagte Crystal.

»Klar«, meinte Peter und stand auf. »Ich wollte nur Sabine mit dir ›aufarbeiten‹.«

»Das Kapitel ist abgeschlossen«, sagte Crystal und akzeptierte, dass Peter ihre Hand ergriff und sie sanft vom Boden hochzog.

»Eine der Schwestern in unserem Kreis wurde vergewaltigt, und man hat ihr dabei eine Waffe an den Kopf gehalten«, sagte Karen. »Es hat mich so mitgenommen, ihr zuzuhören …«

»O Mann …«, sagte Stan ernst.

»Eine andere Schwester schlug vor, dass wir einen Moment lang um all die Frauen trauern sollten, die im Lauf der Weltgeschichte vergewaltigt wurden. Aber ich fand, es wäre nett, wenn wir einen Moment lang für die Frau trauern könnten, die direkt vor uns saß und weinte.«

Karen erlaubte sich selten, den Weg eines anderen Menschen zu hinterfragen, aber sie musste gestehen, dass sie Abneigung gegen die Frau mit dem Falkenblick empfand, die dem Vergewaltigungsopfer sein Leiden geraubt und dieses Leiden verallgemeinert hatte. Ihr Gesicht war mager und zornig gewesen, und sie hatte mit aller Kraft die Zähne zusammengebissen.

Niemand hatte mehr Umweltbewusstsein als Karen, aber manchmal musste man praktisch denken, und so war sie eine Packung Kleenextücher holen gegangen, nur um festzustellen, dass die Schachtel während Johns Demonstration der lockernden und öffnenden Wirkung, die die Massage des heiligen Punkts hat, geleert worden war. Die leere Kleenexschachtel symbolisierte jetzt die vollkommen befreite *yoni,* und der Stapel Taschentücher, den Karen kurz darauf entdeckte, stand für die abgelegten Schichten aus Scham, Schuld und Angst. Sie zögerte, ihrer weinenden Schwester diesen

Stapel toxischer Emotionen anzubieten. Alle anderen im Raum schienen die Not der Frauen zu channeln, seit der Untergang der Göttin die Schatten von Krieg, Industrialisierung und Vergewaltigung über die Erde geworfen hatte. Karen, die spürte, welche Beleidigung in diesem transpersonalen Unglück lag, nahm, untröstlich und korrekt, eine Handvoll blass-orangefarbener Tücher und setzte sich neben die weinende Frau.

»Ich möchte deinen Mut würdigen, dass du uns das mitgeteilt hast«, sagte die Frau mit dem muskulösen Kiefer, die merkte, dass es sich hier um einen Gegenangriff in Form persönlichen Mitgefühls handelte. »Das gibt mir Hoffnung für all die anderen Frauen, die eine ähnliche Erfahrung gemacht haben.«

»In unserer Männergruppe war ein Mann«, unterbrach Stan Karens Erinnerung an diesen Zwischenfall, »der von seinen Eltern beim Masturbieren erwischt und zum Psychiater geschickt wurde.«

Karen hielt inne und stieß einen tiefen Seufzer aus«. »Der arme Mann! Kannst du dir vorstellen, welche Wirkung das auf ihn gehabt haben muss?«

»Ich musste es mir gar nicht vorstellen, ich hab es ja gesehen.«

»Wie privilegiert wir sind, dass wir hier an diesem Workshop teilnehmen dürfen«, sagte Karen und schüttelte den Kopf. »Schon allein, dass man hier offen über Sexualität reden kann, ist ein Heilungsprozess. Unsere Generation bekam ja immer zweideutige Botschaften. Was hat John noch mal gesagt? ›Sex ist etwas Schmutziges: Spar dir das auf für den Menschen, den du liebst.‹«

»Genau!«, meinte Stan. »Ist das nicht unglaublich?«

Hand in Hand schlenderten Stan und Karen in ihr Zimmer zurück. Stan spürte, wie die stillen Tiefen einer vierzigjährigen Ehe vom Zustrom neuer Perspektiven aufgewühlt wurden. Er liebte Karen und war ihr immer treu gewesen (bis auf das eine Mal bei der Versicherungskonferenz in Oklahoma City), doch die Vorstellung von leidenschaftlicher Sexualiät mit seiner bejahrten Frau hatte er kaum je in Betracht gezogen. Jetzt schämte er sich für den Riss zwischen ergebener Liebe und Erregung, der seine sexuelle Natur entstellte. Ließ sich die beruhigende Vertrautheit ihrer Ehe in jene bewusste Intimität verwandeln, die, John zufolge, der Treibstoff sexueller Ekstase war? John hatte Stan sogar der quälenden Zuflucht seiner Impotenz beraubt, als er über Sex ohne Ziel gesprochen hatte, über Orgasmen ohne Ejakulation und über die Lust, die ein Mann seiner Geliebten auch ohne Erektion schenken konnte.

Stan war ängstlich und verwirrt, aber auch erregt, als er die Zimmertür öffnete.

»Das ist jetzt nicht mehr unser Schlafzimmer«, sagte Karen.

»Nein?«, erwiderte Stan, weil er dachte, seine Frau habe eine Überraschung geplant.

»Es ist unser Liebestempel«, sagte Karen.

»Ach so, stimmt«, meinte Stan schüchtern und versank tiefer in seinen gemischten Gefühlen.

Jerome stand in hellgrünen Boxershorts auf dem Kopf und bewegte langsam scherenartig die Beine. Sabine stand im Bad auf den Füßen und betrachtete spöttisch ihren rot-goldenen Sari. In diesem *Shakti*-Rot würde sie sich garantiert wie die ultimative Tempeltänzerin fühlen. Andererseits kannte Jerome den Sari schon an ihr. Die Alternative, die neu für

Jerome wäre, war ein Velourlederfetzen, kaum groß genug, um damit ein Fenster zu polieren. Er machte sie zur urzeitlichen Höhlenfrau, war umwerfend sexy, weil er so gut wie nichts von ihrer frisch gepflegten *yoni* verhüllte. Das Problem war, dass er aber auch gar nichts Spirituelles hatte, und Sabine wollte Jeromes Seele, nicht nur sein *lingam*.

Schließlich traf sie eine Entscheidung und ging ins Schlafzimmer.

»Sollen wir chanten?«, fragte sie und ging mit einer leichten Drehung an Jerome vorbei.

»Wow!«, sagte Jerome und sprang auf die Füße. »Das einzige Mantra, das auf diesen Fummel passt, ist ›*Yabadabadoo*‹!«

Als hätte ihn ein Cartoon inspiriert, warf er sich mit einer geschmeidigen Bewegung aufs Bett, und sein Kopf ruhte schon in der Hand, als er auf der Matratze aufkam. Jerome hob ein Knie und lag jetzt in der Pose eines schlemmenden Römers da.

Ich hätte eben doch den Sari tragen sollen, dachte Sabine.

»Gefällt es dir?«, fragte sie und tat, als ziehe sie ein paar Wildlederfransen über ihr Schambein.

»Du hast in einem Kleiderladen deine eigene Nacktheit gekauft«, sagte Jerome. »Das nenne ich Kapitalismus.«

Sabine legte wie im Gebet die Hände zusammen und verneigte sich vor Jerome.

»*Yabadabadoo*«, sagte Jerome.

»Du bist ein Blödmann«, meinte Sabine, die langsam ärgerlich wurde. »Das Ganze soll eine Meditation sein.«

»Du solltest mal über das hier meditieren«, erwiderte Jerome und klopfte auf die seidene Ausbuchtung seiner Boxershorts.

»Sei endlich mal ernst!«, rief Sabine und stampfte mit dem Fuß auf.

»Du kommst hier rein, nur mit ein paar Elchsehnen bekleidet, und verlangst von mir, dass ich mich wie in der Kirche benehme.«

»Mein Gott«, sagte Sabine, »was hast du denn in einem Tantra-Workshop verloren, wenn du noch zwischen Sexualität und Spiritualität unterscheidest?«

»Sei doch nicht so mies drauf«, sagte Jerome.

»Ich finde, *du* bist derjenige, der besser draufkommen sollte«, erwiderte Sabine, stand auf und schlüpfte in ihre Jeans. »Ich geh jetzt spazieren, vielleicht können wir nochmal neu anfangen, wenn ich zurück bin.«

»Neu anfangen, mit was?«, fragte Jerome. »Mit der Bearbeitung deiner Probleme?«

»Meiner Probleme? Du weißt doch, John hat uns gewarnt: Einer fängt Streit an, weil er Angst hat.«

»Also, wovor hast du Angst?«, fragte Jerome.

»Den billigen Trick kannst du dir sparen«, meinte Sabine und knöpfte sich die Hosen zu. »Bei dir hatte ich schon die ganze Zeit das Gefühl, dass du durch Tantra nur ein paar phantasievolle Stellungen lernen willst, damit Mr Superlover noch mehr coole junge Mädchen in sein Bett kriegt. Für mich gehört es aber zu meiner spirituellen Reise. Wie John sagt: ›Habt keine Angst davor, Gott ins Schlafzimmer einzuladen.‹«

»Du lädst *John* ins Schlafzimmer ein«, sagte Jerome. »Hast du vor, ihn die ganze Nacht zu zitieren?«

»Du bist eifersüchtig auf John und hast Angst davor, Gott ins Schlafzimmer einzuladen«, spottete Sabine. »Und wenn jemand anders für die Energie zuständig wäre? Wenn es nicht Jerome wäre, der das Sagen hat? Das fändest du nicht so prickelnd, wie?«

»Hör auf zu psychologisieren«, sagte Jerome verächtlich.

»Wenn du mit deinem kleinen Problem im Reinen bist, kannst du mich ja in den heißen Bädern abholen. Ich möchte jetzt mit meinem Körper allein sein.«

»Ich hab keine Angst davor, ›Gott ins Schlafzimmer einzuladen‹!«, rief Jerome ihr nach, als sie zur Tür eilte. »Ich will nur nicht, dass Frau Gott wie Wilma Feuerstein angezogen ist.«

»Was soll Gott deiner Meinung nach tragen? Neongrüne Shorts, wie ein gewisser Schmalspur-Gigolo?«

»Die sind aus italienischer Seide!«, rief Jerome. »Diese Shorts haben mich ein Vermögen gekostet!«

Sabine ging hinaus und ließ die Tür offen. Jerome sank laut stöhnend auf dem Bett zusammen.

Sowohl Brooke als auch Kenneth waren angespannt, als sie auf der Route One Richtung Norden fuhren. Sie hatten den Workshop gewechselt. Das Trommeln in ihrem Ritual-Workshop war so stark und transformierend gewesen, dass sie beschlossen hatten, ihn zu verlassen und es noch einmal mit Sex zu versuchen. Drei Jahre zuvor hatten sie mal aneinander herumgefummelt, auf Kenneths Initiative hin, der damals das Sponsoring für sein Buch sicherstellen wollte. Das hätte ihn fast Brookes Unterstützung gekostet. Sie wusste, dass er ihre mangelnde Attraktivität für das verantwortlich machen wollte, was sie Adam gegenüber als »reinste Katastrophe« bezeichnet hatte, aber wenn er sie reizlos fand, warum war er dann überhaupt mit ihr ins Bett gestiegen? Er war nie ganz ehrlich gewesen bezüglich dieses Durcheinanders: seiner

Motive, mit ihr ins Bett zu gehen, und dann seines plötzlichen heftigen Abscheus. Vielleicht war das zu grausam, um es zu vertiefen. Ihre Freundschaft hatte mit zerfetzten Segeln überlebt, und jetzt riskierten sie einen weiteren Sturm. Diesmal hatte nicht Kenneth die Initiative ergriffen. Er hatte aber zugestimmt, und zwar zu dem Zeitpunkt, als die finanzielle Unterstützung, um die er sich auch damals bemüht hatte, zu versiegen drohte.

Brooke hatte ein Zimmer im Post Ranch Inn genommen, eigentlich sogar ein kleines Haus, das von einer dreihundert Meter hohen Klippe aus über den Ozean blickte. Die Zimmer in Esalen, mit ihrer Ivory-Seife und dem verwirrenden Mangel an Dienstmädchen, waren ihr für diese Erkundungsreise doch ein wenig zu fremd.

»Also, was hältst du von diesem Orgasmus ohne Ejakulation?«, fragte Brooke und nahm eine Haarnadelkurve.

»Na ja, ich bin froh, dass mein Vater das nicht praktiziert hat«, knurrte Kenneth. »Wenn wir nicht ejakulieren sollen – warum hat es die Natur dann so eingerichtet, dass sich das so gut anfühlt? Für mich klingt das konterevolutionär.«

»John zufolge fühlt man sich sogar noch besser, wenn man nicht ejakuliert. Vielleicht will die Natur, dass wir das genau jetzt erfahren. Selbst die Evolution muss sich entwickeln.«

»Ich hab ja nichts dagegen, den Orgasmus hinauszuzögern«, meinte Kenneth.

»Um wie viele Wochen?«, fragte Brooke.

»Ach«, Kenneth dachte kurz nach, »etwas mehr als ein halbes Prozent einer Woche.«

»Wie lange ist das?«

»Fast eine Stunde.«

»Nicht schlecht.«

Brooke hielt inne und überlegte, ob sie sagen sollte, was sie auf dem Herzen hatte.

»Weißt du, für mich ist das schwer, nach dem, was damals passiert ist.«

»Ja, ich weiß«, erwiderte Kenneth so prompt wie jemand, der schon die ganze Zeit ein bestimmtes Thema gefürchtet hat. »Aber es ist ja nicht das Gleiche«, fuhr er fort. »Wir haben eine Menge durchgemacht, und das ist eine Chance für uns, eine neue Ebene der Intimität zu erforschen.«

Da er spürte, wie er ins Schlittern geriet, wechselte er abrupt zum Vortragsstil.

»Es geht nicht um den Versuch, die Genitalien zu weihen, indem man ihnen fremde Namen wie *yoni* und *lingam* verleiht, sondern darum, dass man es schafft, ›Fotze‹ zu sagen, und zwar mit so radikalem Staunen, dass dem Wort seine ursprüngliche Bedeutung wiedergegeben wird … ich bin versucht zu sagen, seine ursprüngliche ›Jungfräulichkeit‹.«

»Na ja, versuche, der Versuchung zu widerstehen«, meinte Brooke lachend.

»Aber im Ernst«, meinte Kenneth und entfernte sich schnell von dem peinlichen persönlichen Thema. »Für mich ist das mit etwas verknüpft, das sich bei Adams Seminar entwickelte: Es geht nicht darum, dass das Sperma wie Weihwasser ist, sondern dass es überhaupt *Sperma* ist und damit schon wunderbar genug. Ein Blitz ist nicht die Emanation einer göttlichen Stimmung, sondern es ist ein *Blitz*, und damit schon wunderbar genug.«

Die Straße wurde noch steiler, ein schwindelerregendes Band, in eine Klippe gemeißelt.

»Nun, Professor«, sagte Brooke kühner, als es sonst ihre

Art war, »die Frage, die ich jetzt vermutlich stellen sollte, die mit dem radikalen Staunen, ist: ›Willst du meine Fotze?‹«

Kenneth hustete laut.

»Klar«, sagte er und konzentrierte sich auf die Aussicht, »auf jeden Fall.«

»Ich mag das Wort *lingam* nicht«, sagte Jason. »Es reimt sich auf nichts. Anders als zum Beispiel ›Pimmel‹, was sich auf – na ja, ›Lümmel‹ reimt. Oder ›Latte‹, was sich auf ›Krawatte‹ und auf, äh … ›Platte‹ reimt.«

»›Meine Latte trägt Krawatte‹, ist das die Art von Song, die du schreiben willst?«, fragte Angela.

»Immer noch besser als ›Mein *Lingam* trägt Krawatte, oder?«, meinte Jason mit ausgeprägtem Sprachgefühl.

»Schwer zu sagen«, meinte Angela. »Vielleicht sollte man Krawatte und Latte total voneinander getrennt lassen.«

»In einer idealen Welt schon«, gab Jason zu. »Aber manchmal ist die Chemie einfach überwältigend«, sagte er grinsend.

»Wie John sagt«, bemerkte Angela ernst, »geht es beim Tantra darum, Chemie durch Alchemie zu ersetzen.«

»Ja«, sagte Jason. »Es hat ganz klar einen alchemistischen Effekt auf mein Schreiben. Tantra, Yantra, Mantra.«

Jason hatte schon oft Songs über sich selbst in der dritten Person geschrieben. Jetzt, wo er mit Angela zusammen war, kamen ihm ständig Ideen für Songs in der dritten Person Plural. Das war Liebe. »Sie« das Unterpfand beengter Anonymität, paranoider Gesinnung, mitternächtlichen Grolls, der Parasit eines gequälten Ego, war zum Pronomen erklärter Liebe geworden.

»Ich habe eine Menge an meinem persönlichen Wachstum gearbeitet«, sagte Angela mit explizitem Stolz. »Ich hab in

Kommunen gelebt, Kristalle getragen und zu Navajo-Göttern gebetet. Aber ich brauche nicht mehr zu beweisen, dass ich toll bin.«

»Stimmt«, sagte Jason.

»Ich traue jetzt meiner Intuition und gehe mit dem, was sich richtig anfühlt.«

»Klingt gut«, meinte Jason und hing Träumen von seiner Karriere nach.

»Als ich von diesem tantrischen Workshop hörte, kriegte ich plötzlich dieses Kribbeln am ganzen Körper und hatte lauter kleine mystische Erlebnisse. Ich war dir noch nicht mal begegnet, da wusste ich schon, dass ich den Workshop mit jemandem besuchen würde, der einfach perfekt zu mir passt.«

»Hier bin ich«, sagte Jason. »Mr Perfect.«

»Das war genau wie damals, als ich zum ersten Mal von der Göttin hörte«, sagte Angela.

Jason bekam glasige Augen. Wenn es eines gab, was ihn an Angela beunruhigte, dann dieser feministische Kult um die Große Göttin. Er hatte echt keine Ahnung, worum es da ging, aber seine Phantasie schwirrte von verstörenden Bildern – neuheidnische Erntefeste, Hühnerblut, das in einer Regennacht über lodernde Strohpuppen rinnt, Schlammfrauen mit bemalten Körpern, die im Mondschein um glühende Kohlen tanzten, angefeuert vom Rasseln trockener Bohnen in einer Schweinsblase.

»Das Tolle an der Göttin ist, dass sie so viele Gesichter hat«, sagte Angela. »Ich hab es mal mit diesem Gaianischen Modell gehabt, das das Weibliche mit der Erde identifiziert, aber jetzt, dank Tantra, bin ich ihr als Himmelstänzerin begegnet. Sie ist also auch im Himmel, und das ist *echt* cool.«

»Sie ist überall«, meinte Jason nervös.

»Auf jeden Fall«, meinte Angela. »Ich finde es toll, mit einem Mann zusammen zu sein, der das versteht.«

Sie hüpfte um ihn herum und schwenkte lachend ihren Rocksaum.

Mit Nagelschere und Taschenlampe bewaffnet war Jerome durch den Garten gerannt und hatte Blumen gepflückt, um sich für seine Geliebte zu schmücken. Er trug einen durchnässten Kranz aus mexikanischen Gänseblümchen, eine Bürgermeisterschärpe aus kalifornischem Mohn, ein paar Lupinenarmbänder und hatte sich ein Löwenmaul hinters Ohr geklemmt. Wie ein mit Medikamenten zugedröhnter König Lear, zu heiter, um seinen eigenen Wahnsinn zu bemerken, wanderte er nackt durch den Baderaum, die Hände voller Blütenblätter – die wollte er ins schwefelhaltige Wasser streuen, in dem er Sabine vermutete.

Stattdessen lag sie zu seiner Überraschung nackt auf einem gepolsterten weißen Massagetisch neben einem Fremden. Sie flüsterten verschwörerisch miteinander.

Jerome war cool. Er hatte die Sechzigerjahre mitgemacht; er führte eine offene Beziehung mit Sabine; er wusste, dass sie an diesem Abend ein Problem mit ihm hatte und er daran nicht ganz unschuldig war.

»Verdammt noch mal, was soll der Scheiß?«, fragte er.

Sabine drehte sich langsam um und sah Jerome an.

»O mein Gott!«, rief sie und fing an, hemmungslos zu kichern, » du siehst ja lustig aus !«

»Ich hab dich gefragt, was das soll«, wiederholte Jerome und ließ die Blütenblätter fallen.

»Ich amüsier mich prächtig«, sagte Sabine. »Das ist Paul.

Paul, das ist Jerome.« Und sie flüsterte Paul zu: »Er hat nicht besonders gute Laune.«

»Ich glaub es einfach nicht!«, jammerte Jerome.

»Was denn?«, fragte Sabine.

»Dass du hier nackt bei einem anderen Mann liegst, am Abend unseres Tantra-Seminars!«

»Ich habe das Gefühl, dass ich jetzt lieber gehen sollte«, sagte Paul.

»O nein, bleib da«, stöhnte Sabine. »Wir hatten so viel Spaß.«

»Ich nehme meine Liebe zurück!«, kreischte Jerome wütend und riss seine Lupinenarmbänder ab. »Ich nehme meine Anbetung zurück!« Er warf seine gelbe Mohnschärpe zu Boden. »Ich nehme meine Leidenschaft zurück«, schloss er.

»Warum nimmst du nicht gleich noch diese bescheuerte Krone ab?«, sagte Sabine und schnipste ihm den Gänseblümchenkranz vom Kopf. »Ein lausiger König.«

»Du agierst dein Missbrauchsproblem an mir ab«, sagte Jerome kalt.

»Komm mir nicht so, du Scheißtyp«, sagte Sabine und schubste ihn auf den benachbarten Massagetisch.

»Ich habe das Gefühl, dass ihr an diesem Punkt ein persönliches Problem klären müsst«, meinte Paul. »Ich geh jetzt wirklich.«

»Super«, ätzte Jerome, »verschwinde!«

»Zu deiner Information, sie hat mir gesagt, sie sei allein«, meinte Paul und zeigte mit dem Finger auf Jeromes Nase.

»*Das* hast du gesagt?«, fragte Jerome.

»Ich dachte, wir drei könnten zusammen Spaß haben«, lispelte Sabine und sah gespielt schüchtern zu Boden.

»Ach so, alles klar«, meinte Jerome, so erleichtert, dass er fast grinste. »Heute Abend ist Poly da, stimmt's?«

»Ja«, sagte Sabine. »Poly will mehr als nur einen.«

»Jerome weiß, was Poly will.«

»Ja«, meinte Sabine, nahm den Gänseblümchenkranz und setzte ihn Jerome vorsichtig wieder auf. »Jerome ist Polys Held. Jerome ist der König.«

Paul zögerte. Sabine war die attraktivste Frau, der er seit Jahren begegnet war. Andererseits hatte er seine Zweifel, ob sie ganz bei Trost war.

»Du bist echt ein Glückspilz«, sagte Jerome und legte Paul den Arm um die Schulter. »Diese schöne Frau. Diese Quintessenz der Erotik … Ich sag dir, Mann, die ist geil.« Jerome boxte ihn ein wenig zu fest in die Schulter. »Diese liebreizende Erscheinung hat sich entschlossen, heute Abend ihr *Shakti* mit dir zu teilen.«

Er sah Paul tief in die blauen Augen, seine Miene zu einer Maske der Freundlichkeit erstarrt.

Crystal saß auf dem Bett, im Schneidersitz, nackt, und ihr braunes Haar fiel in spiraligen Locken bis zu den Brüsten hinab. Die dunkleren Locken des Schamhaars wurden halb von ihren Fersen verdeckt.

Peter stand in Unterhosen nervös am Bettende und empfand Crystals körperliche Unbefangenheit gleichzeitig als verführerisch und als Vorwurf. Ihre Nacktheit strahlte die Atmosphäre schwindelerregender Weite, die sie im Dzogchen-Workshop umgeben hatte, jetzt sogar noch stärker aus. Sie würde ihm nicht sagen, dass er sich entspannen solle, denn sie war selber so entspannt, dass ihr seine Nervosität gar nicht auffiel.

Wie konnte er ihr diesen bleichen Leib mit den schwarzen, drahtigen Haarbüscheln darbieten? War es schlechter Stil, jetzt nicht auch nackt zu sein? Wäre es besser gewesen, jetzt eine Erektion zu haben, oder sollte er mit dem zufrieden sein, was er gelernt hatte, einen weichen Ständer zu nennen? Seine Taille war nicht schlank genug, sein Schwanz war nicht groß genug, seine Kehle war zu trocken, sein …

»Hi«, sagte Crystal.

»Hi«, sagte Peter.

Peter kroch übers Bett und setzt sich Crystal gegenüber.

»Du wirkst nervös wie eine Jungfrau«, stellte Crystal fest.

»Ich versuch mich zu entspannen«, verteidigte sich Peter.

»Warum? Vielleicht ist es ganz lustig, Jungfrau zu sein.«

»Das einzige Mal, wo ich es versucht habe, war ich verwirrt und habe versagt.«

»Lass es uns diesmal richtig machen«, sagte Crystal und legte die Hand auf Peters Brust.

Er spürte, wie seine Schultern ein paar Zentimeter herabsanken. Sie streckte die andere Hand aus und umschloss seine Eier. John hatte über diese komischen Handstellungen gesprochen, die ›die Energie von einem Chakra zum anderen strömen lassen‹.

»Ist das eine *Mudra?*«, würgte Peter hervor.

»Ja«, sagte Crystal. »Gefällt's dir?«

»Klar«, erwiderte Peter. »Nur ist mir nach Weinen zumute.«

Crystal lächelte ihn an.

Er spürte zwischen Crystals Händen einen warmen Strom aufsteigen. Sie ließ eindeutig die Energie strömen, und jetzt strömte die Energie durch ihn hindurch.

Er erwiderte ihr Lächeln.

»Du bist so schön«, sagte er.

Während Jason wegen seiner Karriere durchaus depressiv werden konnte, machte er sich um seinen Körper nicht die geringsten Sorgen. Seine Komplimente an Frauen waren Attribute seiner Selbstwertschätzung als Liebhaber. »Du bist gar nicht so übel«, sagte er dann, oder: »Ist doch nett, gut anzukommen.« Er wusste, dass sein Schwanz über dem Durchschnitt lag, und er offerierte Frauen sein genitales Selbstvertrauen in der fröhlichen Überzeugung, dass sie komplett ausrasten könnten, wenn er ihnen mehr bieten würde. Er fand es jedenfalls unnötig, einer Frau Aufmerksamkeit zu schenken, während er mit ihr schlief. Er beglückte sie ja schon mit seinem Hüftschwung, also konnte er in Ruhe gedanklich durch die Masturbationspraktiken schweifen, die ihn seit seinen Teenagertagen auslaugten. Seine sexuelle Entwicklung hatte sich wie bei fast allen seinen Freunden, zwischen falschen Gerüchten, dreckigen Wichsvorlagen, linkischem Gefummel und enttäuschten Hoffnungen abgespielt. Es war ihm nie in den Sinn gekommen, die mentalen Gewohnheiten zu hinterfragen, die diesem kargen Boden entsprossen waren.

Natürlich war es leichter, aufmerksam zu sein, wenn man frisches Fleisch vor sich hatte, erst recht bei einem hübschen, geilen Mädchen wie Angela, das ähnlich tickte. Eine Weile konnte seine Erfahrung sein Verlangen nach Eroberung, Abwechslung und Zufallsbegegnungen überdecken. Doch ein unmerklicher Abstand blieb. Die Konturen des Verlangens mochten durch die gelebte Erfahrung zwar perfekt umrissen sein, doch dazwischen lag immer noch das Pauspapier. Jason wäre dieser Abstand nicht einmal aufgefallen, hätte nicht Angela am Abend zuvor etwas gesagt. Es war ihm schwer auf die Nerven gegangen.

»Du brauchst nicht woanders zu sein, um Lust zu erfahren, die Lust ist genau hier«, hatte sie bemerkt und ein klein wenig ihre Vaginalmuskeln zusammengepresst.

Normalerweise hätte er dieses Gefühl total sexy gefunden, aber er war zu sauer. Er hatte nämlich tatsächlich phantasiert. Nicht über so was Krasses wie eine andere Frau, das würde bei Angela noch ein paar Wochen dauern. Aber über eine andere Version von ihnen beiden. Er war natürlich ein berühmter Rockstar und sie ein bewunderndes Groupie. Sie lagen in seiner riesigen Hotelsuite, und sie, überwältigt, dass er unter all den Groupies sie ausgesucht hatte, machte die unvergesslichste Erfahrung ihres Lebens. Und da sagte sie: »Du brauchst nicht woanders zu sein, um Lust zu erfahren …«

Absturz. Das hatte ihn wirklich runtergeholt. Er hatte das gekränkte Unschuldslamm gespielt, und das stimmte sogar irgendwie, denn ihm wäre sein Phantasieren gar nicht aufgefallen, wenn sie nichts gesagt hätte.

Und jetzt, als sie tantrischen Wundersex haben sollten, saßen sie nackt auf dem Bett und redeten über ihre Gefühle.

»Also, gib mir mal einen ungefähren Eindruck«, sagte Angela. »Was macht das jetzt mit dir?«

»Ich hab gerade gedacht, Mädels sind nicht zum verstehn sondern zum Aufreißen da.«

»Also erst mal bin ich kein Mädel, sondern eine Frau. Und zweitens, ist das die aller–«

»War doch nur ein Witz!«, sagte Jason. »In Wirklichkeit hab ich gedacht, dass mir Sex bisher Spaß gemacht hat, aber jetzt mache ich mir Sorgen, wenn ich ihn ein bisschen aufpeppe, erwischen mich die Phantasiebullen.«

»Was für Phantasiebullen?«, fragte Angela und überlegte, ob Jasons Probleme vielleicht ernster seien als gedacht.

»Polizei«, erklärte Jason. »Ich meine die Polizei.«

»Ich bin nicht die Polizei«, sagte Angela. »Ich hab nur gesagt, dass du keine Phantasien brauchst, um Lust zu empfinden. Und außerdem möchte ich sagen, dass es etwas Respektloses hat – du bist in mir, denkst dabei aber an etwas anderes.«

»Darum geht es doch beim Sex!«, protestierte Jason. »Es ist wissenschaftlich erwiesen, dass sich alles im Kopf abspielt.« Er tippte sich an die Stirn. »Hier sitzt der Orgasmus.«

»Mein Gott, ich kann einfach nicht glauben, was ich da höre! Bewusstsein ist überall in deinem Körper, Jason. Das ist die Wunde der Menschheit, das Monster der Gesellschaft, von dem Barry Long spricht. Es ist –«

»Barry Long Dong«, gluckste Jason.

»Kannst du nicht *einmal* ernst sein?«, fragte Angela. »Ich will das, worüber John gesprochen hat, ich will die *Amrita*, das weibliche Ejakulat, aber ich werde mich nicht jemandem hingeben, der in mir abspritzt und dabei an eine andere Frau denkt.«

»Ich hab nicht an eine andere Frau gedacht. Ich war nur ein Rockstar, das ist alles«, meinte Jason. »Im Grunde zählt das nicht als Phantasie.«

»Der Punkt ist, ich hab gespürt, dass du nicht da warst«, erklärte Angela. »Gestern musstest du ein Rockstar sein, morgen muss ich ein Filmstar sein. Und bald werden wir zwei Phantasiebullen sein, die es in ihrem Phantasiestall miteinander treiben.«

Sie blickten sich an und brachen glücklicherweise in Gelächter aus.

Jason packte Angela um die Taille, begann wie ein Tier ihren Körper abzuschnüffeln und schnaubte dabei wild. Insgeheim beeindruckte es ihn, wie fokussiert Angela wurde, wenn sie wütend war.

»Können wir es einfach so versuchen, wie John es vorgeschlagen hat?«, fragte Angela. »Viel Blickkontakt, Kommunikation und bewusstes Atmen. Ich will die *Amrita*, Jason, ich will mein sexuelles Potenzial erfahren, deshalb bin ich in diesem Workshop.«

»Kein Problem, Süße«, sagte Jason. »Deine *Amrita* wird von der Zimmerdecke tropfen!«

»LAM… VAM… RAM… YAM… HAM… OM…«, intonierte Karen.

Stan sagte RAM und YAM in der falschen Reihenfolge und hinkte beim Rest hinterher.

John hatte gesagt, man könne sein Chakrensystem stimmen wie eine Gitarre.

»LAM«, begann Karen erneut, stimmte ihr Basis-Chakra und stellte sich die Farbe Rot vor.

»VAM«, sagte sie, und stimmte ihr Genital-Chakra. Diesmal konnte sie sich an das Yantra erinnern – die heilige Form –, das mit dem Mantra einherging – dem heiligen Klang –, denn es war wie ein Lächeln, eine horizontale Mondsichel. Ja, sie lächelte von Hüfte zu Hüfte. Sie spürte es!

»VAM«, sagte Stan und dachte, wie schwer es war, nicht an Femme zu denken, Femme fatale.

»RAM«, chantete Karen und bewegte sich aufwärts zum Nabel. War das nicht der Name Gottes? Sie hatte irgendwo gelesen, dass Gandhi »RAM« gesagt hätte, als er erschossen wurde. Oder hatte sie das in dem Film gesehen? Was für ein wundervoller Mensch war Gandhi gewesen. Welch ein Privileg, Mensch zu sein, solange es Leute wie Gandhi gab, die einem aufzeigten, was menschliches Potenzial wirklich bedeutete.

RAM, dachte Stan. Ramm, ja, passte auch ganz gut. Passte zu Femme.

»YAM«, sagte Karen, und sie spürte, wie ihr Herz aufging und Liebe in den Raum verströmte. Die Farbe war grün, wie der Frühling.

YAM, dachte Stan. Jamswurzel, war das eine Frucht oder ein Gemüse? Bei HAM dachte er automatisch an *ham and eggs*, leckeren Schinken, und das passte zu LAM, weil ihm da Lamm einfiel. Stan stellte sich vor, wie die Femme fatale LAMM mit YAM und HAM zubereitete, für jedermann. Oje, er erfasste den wahren Geist dieser Sache einfach nicht. Das waren heilige Silben, durchdrungen von Jahrtausenden der Übung. Vielleicht konnte man die Chakren ja tatsächlich stimmen. Vielleicht gelang es ihm ja, das gute alte zweite Chakra zu stimmen und einen Ständer zu kriegen.

»HAM«, sagte Karen und stellte sich ein blaues Licht vor, das von ihrem Hals ausstrahlte. Sie hoffte, ihr würden wundervolle Worte einfallen, die sie zu Stan sagen konnte, während sie sich liebten, Worte, die ihm Sicherheit und Inspiration schenkten, und Worte, die auch ihre eigenen Bedürfnisse als Frau zum Ausdruck brachten.

»HAM«, sagte Stan. Wo waren sie jetzt angelangt? Beim Hals? Mit seinem Hals war alles in Ordnung. Wohlgemerkt, John hatte betont, man solle »Geräusche zulassen«, was offenbar hieß, dass man die ganze Nacht seine Nachbarn wach hielt, denn John hatte erzählt, dass er mehrfach aus Hotels geflogen war, weil er ein bisschen zu viel Geräusche zugelassen hatte. »Sagt einfach, ihr seid in den Flitterwochen, da wird euch eine Menge nachgesehen«, lautete sein Rat. Vielleicht schaffte Stan es ja, dass die Leute nebenan gegen die Wand hämmerten, weil sie schlafen wollten!

»OM« chantete Karen und stellte sich einen purpurroten Kreis vor, der sich aus ihrem dritten Auge ausbreitete und sich, als er über die Stirn stieg und über ihrem Scheitel schwebte, in eine tausendblättrige weiße Blume verwandelte.

Stan wusste, dass OM das berühmteste Mantra war. Bei OM wusste man, woran man war. Er hatte schon vor langer Zeit davon gehört, in den Sechzigern, als er noch total spießig war. Es gab auch kein ähnlich klingendes Wort, und das war hilfreich. Jetzt musste er sich wirklich konzentrieren. Das gute alte zweite Chakra stimmen. »LAM«, begannen sie erneut.

Brooke bat Kenneth, kurz die Gegend zu »erspüren«, während sie das Zimmer herrichtete. Zu ihrer Erleichterung fand sie die fünfzig honiggelben Bienenwachskerzen, die zwölf Dutzend roter Rosen und die Körbchen mit in Papier eingeschlagenen *fraises des bois,* die Moses auf ihren Wunsch aus San Francisco hergeschickt hatte. L'Heure Bleue von Guérlain, das sie in das tiefe grau gekachelte Doppelbad träufeln wollte, hatte sie auch dabei.

Kenneth trat den Spaziergang auf dem kleinen Rundweg des Hotels an in der traurigen Gewissheit, dass ihm dieser Spaziergang noch mehr Zecken, Mücken, Gifteichen und sockendurchnässende Bäche bescheren würde, und die tödlichen Strahlen der untergehenden Sonne, die ihm durch die Zweige eines der vielen Mammutbaumhaine zuzwinkerten. Er spielte mit dem Gedanken, zum Highway hinunterzugehen und per Anhalter nach L.A. zu fahren. Er konnte wieder als Ambience Manager arbeiten, Nutten und Drogen für

Rockbands beschaffen; angebissene Sandwiches auf seinem Fernseher im Chateau Marmont, das Handy wie eine Wucherung mit seinem Hals verwachsen. Das waren noch Zeiten!

Kenneth blieb auf halbem Weg stehen, unsicher, uneins mit sich selbst. Vor ihm lag der dunkle Wald. Vielleicht sollte er umkehren und in der Bar einen Drink nehmen. Vielleicht sollte er sich fragen, was er da eigentlich tat, vielleicht auch lieber nicht. Gestern hatte er sich inspiriert gefühlt, nicht durch Scharlatanerie, der sonst sein Ernst entsprang, sondern durch jene unverdiente Vitalität, die seinen Körper während des Trommelns erfüllt hatte. Das Problem an dieser Inspiration war, dass sie es ihm unmöglich machte, Brooke zu betrügen. Brooke sehnte sich so sehr nach Leidenschaft statt nach der schäbigen Rücksichtnahme, über die ein Plutokrat verfügte. Ein ritterlicher Teil seines Selbst, der fast ganz verschüttet unter dem Ambience Manager und sterilen Guru war, hätte ihr gern genau das gegeben, was sie brauchte. Heute Abend musste er sich daran ergötzen, *wie* sie war, nicht daran, *was* sie war.

Schnell ging er in den Wald, voller Angst vor der Aufgabe, die er sich gestellt hatte. Ihr dünnes Haar, ihr müdes Gesicht und ihre teuren Kleider, diese labile Balance zwischen Herrschsucht und Schüchternheit, ließen einen leicht die leidenschaftliche Frau übersehen, die in Brookes Körper schlummerte. Wenn er an die grauenhafte schlichte Frage dachte, die sie ihm im Wagen gestellt hatte, »Willst du meine Fotze?«, konnte er nicht leugnen, dass die naheliegende Antwort »Nein« gewesen war. Dachte er jedoch an ihren Mut, die Frage überhaupt zu stellen, leuchtete die entgegengesetzte Antwort auf. Die einzige Möglichkeit, diesen Konflikt zu lösen, dachte er und trat versehentlich in eine Pfütze, besteht darin, die Vitalität wiederaufleben zu lassen, die ich gestern empfunden habe, und Brooke daran teilhaben zu lassen.

Brooke hatte inzwischen entdeckt, dass schon zwanzig Kerzen ein Brandrisiko waren, also verstaute sie die restlichen dreißig unangezündet in einer Schublade. Weil Kenneth ja noch auf dem Erspürungsrundgang war, hatte sie das Bad siedend heiß einlaufen lassen, bis sich auf der Wasseroberfläche dicke Schaumfetzen kräuselten. Die nach L'Heure-Bleue-Öl duftende Wanne, das flackernde, flimmernde Leuchten der goldenen Kerzen an Wänden und Decken, die knöcheltiefe Schicht roter Rosenblätter, die den Boden bedeckten, und Holzscheite, die hinter feuersicherem Glas leise vor sich hinbrannten, verliehen dem Ferienhaus ein exotisches Flair. Auf einem Teller neben dem Bett häuften sich die Walderdbeeren, mit denen sie Kenneth füttern würde, wenn sie dann in postkoitaler Ruhe unter den feuchten Laken ruhten.

Die präkoitale Ruhe allerdings wollte sich einfach nicht einstellen. Brookes geheimes Aphrodisiakum und der brillanteste Fernkauf, den sie je getätigt hatte, war die CD von Mtumbes *Drums of Africa*, genau der Klang, der Kenneth am Vortag so hingerissen hatte. Sie hatte die perfekte Lautstärke eingestellt, hatte die Fernbedienung getestet (von jeder Stelle aus, die sie erreichen konnte, ohne die Wände hochzuklettern) und schließlich auf »Pause« gedrückt. Jetzt gab es nichts mehr zu tun, nur noch vor dem Spiegel zu stehen und zum zwanzigsten Mal ihren Bademantel zurechtzuzupfen.

Kenneth näherte sich dem Cottage auf einem überaus gepflegten Waldweg. Wenn er das, was er vorhatte, wirklich tun wollte, dann musste er es richtig tun. Er blieb stehen, um der Sonne zuzusehen, die mit blutbefleckten Fingern den geschlachteten Tag hinter den Horizont zerrte. Er atmete ein paarmal tief durch, überwand die letzten Meter und klopfte an die Tür mit ihrer künstlichen Rostpatina.

Jason beugte sich vor, schnappte mit den Lippen nach einer von Angelas Brüsten und biss sie leicht in die Brustwarze. Das mochten Frauen doch, nicht wahr? Er vögelte sie schon und rieb ihre Klitoris, da konnte sie wirklich zufrieden sein. Überall gleichzeitig, das war seine Taktik. Da flippten sie total aus. Jetzt konnte sie sich auch nicht mehr über seine Phantasien beklagen, denn er war ganz im Hier und Jetzt und dachte daran, wie toll er's ihr besorgte. Was ihn total aufgeilte, war der Gedanke, wie sehr er die Frau aufgeilte, mit der er zusammen war. *Physisch* empfand er eigentlich gar nicht so viel, es sei denn, er war ewig nicht gekommen. Sein absoluter Rekord waren zehn Tage gewesen. Eine Art Experiment, weil er ausprobieren wollte, ob das seine Intelligenz steigerte.

Bis vor zwei Tagen war Angela mächtig scharf auf seine Heldentaten im Bett gewesen. Aber nach dem bisschen Tantra-Propaganda war sie plötzlich die LEHRERIN, in Großbuchstaben, und wollte ihm zeigen, wie man die voll spirituelle Nummer schob. Natürlich wollte er besseren Sex (wer wollte das nicht?), aber er hasste es, herablassend behandelt zu werden. Das Schlimme war, dass Angela es merkte, wenn seine Gedanken abschweiften. Zum Glück hing er im Moment nicht irgendwelchen Phantasien nach. Außer der, dass sie gerade viel Spaß hatte. Mist, das alles war der reinste Albtraum. Sie ruinierte sein Leben.

Jason rammelte empört vor sich hin.

Angela spürte, dass Jasons Energie blockiert war. Sie betete zur Göttin, die Blockade zu lösen und *Shakti* zwischen ihnen fließen zu lassen. Sie wünschte sich so sehr, Jason möge jene Verbindung spüren, jene wunderbare Verbindung mit der Göttin.

»Lass los«, flüsterte sie.

Jason gab ihre Brust frei und ließ sich aufs Kopfkissen plumpsen.

»Ich hab nicht gemeint, dass du meine Brust loslassen sollst«, sagte Angela. »Ich habe gemeint, du sollst *innerlich* loslassen, in dir selbst.«

»Hör auf, mich herumzukommandieren, ja?«, schnauzte Jason. »Wenn du loslassen willst, dann lass los. Aber hör auf, mir zu sagen, dass ich loslassen soll, ich hab die meiste Zeit nämlich keine Ahnung, wovon du redest, verdammt noch mal.«

»Dieses Thema löst so viel Wut in dir aus«, sagte Angela, löste sich abrupt von ihm und kniete sich etwas entfernt von ihm aufs Bett.

»Aha, jetzt lässt du auch den Sex los?«, fragte Jason. »Na toll.«

»Nein, ich dachte, wir sollten es mal mit Yab-Yum probieren.«

»Und was soll das sein?«, fragte Jason gelangweilt. »›Bearbeiten‹ auf Sanskrit?«

»Nein, das ist eine Stellung, in der sich alle Chakren in einer Linie gegenüberliegen und wir die Energie wirklich ins Gleichgewicht bringen und durchlässig für die Göttin werden.«

Jason war kurz vor einem Wutanfall, aber irgendetwas hielt ihn zurück und brachte ihn dazu, aufrichtig zu sein.

»Das fände ich gut. Also, ich weiß jetzt, was das Problem ist, kann mir eine Lösung aber nicht mal im Traum vorstellen. Für mich löst beim Orgasmus der Körper einfach den Verstand ab, und da gibt's null Phantasien mehr, oder wie du das nennen willst.« Jason gab sich große Mühe, ohne Witz und Aggressivität auszukommen, die Krücken, auf denen er sich sonst voranschwang. »Das Ideal wäre natürlich eine Art permanenter orgastischer Trip«, meinte er, »aber das ist nicht möglich, oder?«

»Ich glaube schon«, sagte Angela, »auch wenn ich es etwas anders ausdrücken würde.«

»Na, dann legen wir mal los«, schlug Jason vor und ließ seinen Charme spielen. »Wie geht diese Stellung genau?«

»Setz dich in den Schneidersitz, als würdest du meditieren.«

Jason folgte ihren Anweisungen.

Als Angela feststellte, dass seine Erektion während ihres Gesprächs nachgelassen hatte, machte sie einen Ring aus Daumen und Zeigefinger und rieb seinen Schwanz auf und ab. Als er wieder steifer wurde, beugte sie sich hinunter, umschloss ihn mit den Lippen und ließ ihn langsam in ihre Kehle gleiten. Mit dem Mittelfinger tastete sie nach dem Damm, dem Stückchen Haut direkt hinter seinen Eiern. Sie liebte diesen Teil von ihm, die verborgene Wurzel seines Schwanzes, dick und hart unter der weichen Haut. Sie kraulte ihn dort sanft, während ihr Kopf sich auf seinem Schwanz auf und ab bewegte.

Jason stöhnte genüsslich.

»Das gefällt dir, wie?«, fragte Angela und schaute zu ihm hoch.

»Mach weiter!«, rief Jason.

Angela ignorierte ihn und setzte sich auf.

»O nein!«, stöhnte Jason. »Das war super. Dein Hals war so eng.«

»Warte«, meinte Angela. Sie kniete sich über ihn, nahm seinen Schwanz in die Hand, zog ihre Schamlippen auseinander, führte ihn in sich ein und ließ sich langsam herabsinken. Sie machte es sich auf seinem Schoß bequem, umschlang ihn mit den Beinen und blieb reglos sitzen.

»Das ist Yab-Yum«, sagte sie. »Siehst du, unsere Chakren liegen sich jetzt genau gegenüber.«

»Phan-tas-tisch«, sagte Jason, beinahe verwundert. »Yab-Yum, sagst du? Wäre ein toller Titel für einen Song.«

»Der Frühling ist auf den Berg zurückgekehrt!«, brüllte Stan. »Ich hab einen Ständer!«

Aus dem Zimmer nebenan drang gedämpfter Applaus, und jemand rief: »Weiter so!«

»Oh Liebling«, sagte Karen, »ich freue mich ja so für dich.«

»Und das halbe Haus mit dir«, gluckste Stan. »Offensichtlich ist mein Hals-Chakra auch ganz gut in Form.«

Stan stützte seine Hände aufs Bett, drückte sich hoch und wölbte sich in einem Bogen über Karen. Er sah hinab in ihre Augen. Zweiundvierzig Jahre lang hatte er in diese lieben Augen geschaut, und vierzig davon waren es die Augen seiner Frau gewesen. Jetzt funkelten dort Tränen, aber auch ein schelmischer Blick, unverändert seit dem Tag, an dem er sie kennengelernt hatte.

»Du bist ein guter Mensch«, sagte er.

Sie lachte, und die Tränen quollen ihr aus den Augen, rannen ihr übers Gesicht.

»Ich gehe mal davon aus, dass ich Walking Eagles Spezialzeremonie jetzt nicht mehr brauche«, meinte Stan vergnügt.

»Stimmt«, flüsterte Karen.

Sie hatte heimlich arrangiert, dass Walking Eagle die Zeremonie während ihres Trips nach Esalen abhielt, aber das hätte sie Stan um nichts in der Welt erzählt.

Kenneth und Brooke lagen in der Badewanne, bis zur Brust im Wasser, und atmeten den duftenden Dampf ein – Schweiß kitzelte Wangen und Stirn. Kenneth spürte, wie ihn eine Art kollektiver männlicher Erschöpfung befiel. Tausend Jahre lang hatte er in den Salzsümpfen gekämpft, mit stumpfem Schwert auf andere wütende, erschöpfte Männer eingeschlagen. Sein Körper war von Schnittwunden übersät, die Rippen trugen violette Prellungen. Er war müde, weil er nur oberflächlich geschlafen hatte, tausend Jahre lang mit dem Schwert in der Hand. Seine Arme schmerzten, weil er auf Schutzschilde eingeschlagen hatte und sich selbst vor Schlägen hatte schützen müssen. Er wollte ausruhen, er wollte sich ergeben; der Sieg lag in der Kapitulation. Er wollte nicht länger so tun, als spüre er irgendetwas außer Müdigkeit, nicht mehr so tun, als sei er kompetent, nicht mehr so tun, als wisse er Bescheid. Brooke war hier, um seine Kapitulation anzunehmen, ihn zu entwaffnen und seine verhärteten Muskeln zu küssen, die aufgeschürfte Haut.

Brooke beschlich der Gedanke, dass *Drums of Africa* vielleicht doch nicht die perfekte Musik für diese Gelegenheit war. Mit seinem aschfahlen Gesicht, dem offenen Mund und den geschlossenen Augen lag Kenneth da wie ein am Badewannenrand Gekreuzigter und wirkte stockbetrunken, vielleicht sogar tot. Sie ließ sich auf die andere Wannenseite gleiten und beugte sich über ihn, traute sich jedoch nicht, ihn zu berühren. Als er leise das Wasser plätschern hörte, öffnete er die Augen und lächelte matt.

»Ich bin so müde«, sagte er. »Ich meine wirklich müde, bis ins Mark. Und nicht nur physisch. Ich bin es müde, ständig irgendetwas vorzutäuschen.«

Als Nächstes wird er mir sagen, dass er Kopfschmerzen hat, dachte Brooke, aber dann merkte sie, dass Kenneth sie nicht auf eine sexuelle Enttäuschung vorbereiten, sondern ihr etwas Wichtiges mitteilen wollte. Seine Verteidigung bröckelte unaufhaltsam, er löste sich im heißen Wasser auf. Sie spürte auch, dass in seiner Hilflosigkeit mehr Vertrauen lag als bisher je in irgendeinem seiner Sexualakte. Plötzlich war sie gerührt, dass ihre Freundschaft überdauert hatte, trotz all der Missverständnisse um Sex und Geld. Wozu waren Sex und Geld überhaupt gut, außer dass sie zu Missverständnissen führten? Sie und Kenneth waren hier, um ihr restliches Leben für höhere Ziele als Zank, Lügen und Geschmolle zu befreien Da war es ihr momentan gleich, ob Kenneth sie begehrte, sie wollte ihn nur heilen, ihn dort berühren, wo er hilflos war, und sich über das Vertrauen freuen, das seine Hilflosigkeit offenbarte.

Sie streckte ihre Hand aus und presste ihre Finger in seine Schultern und seinen Nacken. Kenneth stöhnte und sank tiefer ins Wasser. Sie kniete sich vor ihn und massierte ihm die Schultern. Sie spürte, wie sein Körper bei ihrer Berührung unwillkürlich erschauerte. Kenneth griff nach ihr wie ein Blinder, schlang Arme und Beine um ihren Rumpf. Sie spürte seinen kratzenden Bart auf ihrer Brust, die Panik in seinen kurzen Atemstößen, die Anspannung in seinen Armen, die Verkrampfung der Halsmuskulatur. Armer Kenneth, der aufstrebende Guru war nur noch ein Wrack. Während sie ihm mit den Händen über den Rücken strich, spürte sie emotionale Konflikte, abgeladen in den verspannten Muskeln wie auf einem Schrottplatz, und tausend Knoten, von denen jeder die Geschichte eines nicht aufgelösten Widerspruchs erzählte.

Jeder Mensch war ein Wrack, doch auf Kenneth traf dies noch mehr zu als auf die meisten anderen. Was blieb einem übrig, als zu heilen und sich heilen zu lassen? Ja, wir alle sind Wracks, dachte Brooke und drückte ihre Finger tiefer in Kenneths gemartertes Fleisch, und wir müssen uns gegenseitig durchs Leben helfen.

Sie stiegen aus dem Bad, und Brooke trocknete Kenneth ab, während er schwankend dastand, die Augen immer noch geschlossen. Ihr wurde klar, dass sie sich in einer Art Trance des Dienens befand. Für jemanden, dessen Serviette sonst schon im Herabfallen von Dienstboten aufgefangen wurde, bedeutete dieser Rollentausch nicht nur etwas Neues, sondern zeugte auch von Können. Indem sie durch den Spiegel trat, gab Brooke nun all das weiter, was sie selbst so oft empfangen hatte. Die Erinnerung an zehntausend Massagen stieg aus ihren verwöhnten Schultern und strömte eilfertig in ihre Hände.

Kenneth lag auf dem Bett und wimmerte erbärmlich, während Brooke hinten auf seine Beine trommelte, und als er spürte, dass seine Erschöpfung auf Mitgefühl stieß, überwand er die Erschöpfung durch dankbare Erregung. Brooke, die sich inzwischen in die Mutter Teresa von Big Sur verwandelt hatte, staunte, als Kenneth sich auf den Rücken rollte und ihr eine trotzige Erektion präsentierte.

»Du machst das phantastisch«, sagte er, und umfasste mit einem männlichen Griff ihre Taille.

Sie beugte sich vor, und sie küssten sich.

»Verklemmter Spießer!«, schimpfte Jerome.

»Du bist ja völlig daneben«, meinte Paul, während er sich wieder anzog.

»Poly will mehr als nur einen«, jammerte Sabine mit Kleinmädchenstimme und räkelte sich auf dem Bett.

»Und du«, wandte Paul sich an Sabine. »Du magst ja attraktiv sein, aber du bist echt krank. Ich mache eigentlich so ziemlich alles mit, aber worauf ihr da so abfahrt ...«

Paul schüttelte den Kopf und machte Anstalten zu gehen.

»Poly findet Paul langweilig«, sang Sabine und streckte die Zunge heraus.

»Findet Jerome auch«, echote Jerome.

Er und Sabine wälzten sich auf dem Bett herum, streckten die Zunge heraus und lachten. Paul verließ in stiller Würde das Zimmer.

»Vielleicht würde Peter gern spielen«, meinte Sabine.

»Peter?«, fragte Jerome. »Gib dich doch nicht mit dem ab.«

Sabine rollte sich auf den Rücken, zog die Knie bis zu den Ohren an und spreizte die Beine.

»Poly will alle Männer in sich haben«, stöhnte sie.

»Klar«, sagte Jerome ermunternd.

Hoffentlich hatte er mit dem Versuch, sie von Peter abzubringen, nicht alles vermasselt. Poly war die reine Wollust in Sabine, eine erstaunlich eigenständige Persönlichkeit und die heißeste Geliebte, die ihm je untergekommen war. Man konnte sie nicht zügeln, und wenn sie Peter wollte, musste sie ihn auch haben.

Wegen der Geräusche, die sie möglicherweise zuließen, lagen die Zimmer der Tantra-Gruppe alle im selben Bereich des Anwesens. Ihrer Intuition folgend, suchte Sabine nach Peters Zimmer. Sie drückte die Klinke, und als sie merkte, dass die Tür offen war, stürmte sie ins Zimmer.

»Hallo! Wer ist da?«, fragte Karen und machte Licht. »Ach, du bist es, Herzchen«, sagte sie, als sie die Frau erkannte, die sie am Nachmittag getröstet hatte. »Ich hoffe, wir waren nicht zu laut – äh, haben nicht zu viele Geräusche zugelassen«, verbesserte sie sich selbst.

»Was ist los?«, fragte Stan verschlafen. »Gibt's jetzt Gruppensex?«

»Stan!«, sagte Karen. »Sorry, Herzchen, er ist ein bisschen überdreht, er hatte gerade seine erste Erektion seit acht Jahren.«

»Komm, wir gehen«, meinte Jerome, der hinter Sabine stand.

»Poly will bleiben«, flüsterte Sabine.

»Wirklich?«

»Wär doch irgendwie originell, oder? Mit diesen alten Leuten.«

»Zu originell«, befand Jerome.

»Aber Poly will!«, Sabine stampfte mit dem Fuß.

»Ok, ok«, lenkte Jerome ein.

»Das ist die Frau, von der ich dir erzählt habe, die aus meiner Gruppe«, sagte Karen leise zu Stan. »Ich glaube, sie ist ganz durcheinander.«

»Oje«, meinte Stan.

»Komm, Herzchen, setz dich doch«, sagte Karen.

»Danke«, antwortete Sabine schüchtern.

»Klar«, knurrte Jerome. »Danke.«

Mit sanften kleinen Bissen spürte Peter der Sehne nach, die von Crystals Knie hinauf zu ihrer Leiste führte. Sie drehte ihr Knie nach außen, sodass ihre weichen Oberschenkel eine Mulde bildeten. Er biss kräftiger zu, je höher er kam, küsste die Mulde, presste seine Lippen auf die weiche Hautfalte und rieb seine Wange an ihrem wirren Schamhaar.

Er sah zu ihr hinauf. Sie schloss kurz die Augen und schlug sie wieder auf, mit einem intensiveren Blick als zuvor. Alle Traurigkeit und alle Unschuld, die sie je erlebt hatte, wurden zu purem Entzücken destilliert, schienen ihren Blick entlangzugleiten und Tropfen für Tropfen in sein Herz zu fallen.

»Mein ganzes Leben habe ich auf dich gewartet«, sagte Peter. »All meine Sehnsüchte und Phantasien haben sich um dich gedreht, aber ich wusste nicht, dass es dich wirklich gibt. Und jetzt liegst du in deiner ganzen Schönheit vor mir.«

Peter, der normalerweise kaum ein »Ich-liebe-dich« herausbrachte, bevor er rasch einschlief, sprach diese Worte auf unwiderstehliche Art und Weise.

Er beugte sich hinunter und fuhr mit der Zunge leicht über ihren Bauch, bis die Zungenspitze an ihrem Nabelring verharrte. Als seine Zunge mit dem Ring spielte, klang das Gold wie ein Glöckchen gegen seine Zähne. Crystal stöhnte und ließ die Hüften kreisen.

»Du bist so offen, so lebendig«, sagte er.

Sie lächelte ihn vertrauensvoll an, ihre Wangen glühten im Kerzenlicht.

Sie spreizte ihre Beine weiter, und er presste seine Brust gegen ihre geöffneten Schamlippen. Sein verdorrtes Herz saugte die Nässe auf, und mit einem Seufzer des Erstaunens ließ er seinen Kopf zwischen ihren Brüsten ruhen.

Sie fuhr ihm mit den Fingern durchs Haar.

»Du bist so sanft zu mir«, sagte sie.

»Du bist das Einzige, wofür ich lebe«, entgegnete er und sah wieder zu ihr auf. Dann ruhten seine Augen in ihren Augen und ihre Augen in seinen.

Dass seine Gefühle so rein waren, erstaunte ihn. Im Augenblick war er ausschließlich durch das Liebesspiel mit Crystal definiert. Er hatte nicht das Gefühl, dass seine überschwänglichen Worte eine Verpflichtung nach sich zogen, nicht das Gefühl, dass sie zu Versprechungen umgemünzt wurden. Hier, bei ihr, war jede Geste dazu bestimmt, dem Augenblick Leben einzuhauchen.

Er sah auf ihren Körper hinab, und als er sie wie eine offene Blüte vor sich liegen sah, wurde er von Leidenschaft ergriffen. Er beugte sich hinunter und küsste sie behutsam auf die Schamlippen, als küsse er im Schlaf ihre Stirn und wolle sie nicht wecken. Dann spreizte er diese Lippen mit den Daumen auseinander, fuhr mit der Zunge die Furche zwischen ihnen entlang, und als er die Klitoris erreichte, kreiste seine Zunge sanft um sie herum und glitt über sie hin.

Crystal hob ihm die Hüften entgegen, um ihm zu zeigen, dass er sie ganz haben könne. Jede Bewegung war perfekt, nichts war zu viel oder zu wenig, nichts musste schneller oder langsamer geschehen. Wie kam es, dass er sie schon kannte? Wie kam es, dass sie ihm schon vertraute? Sie fühlte, wie sich das klare Glas ihres meditierenden Geistes durch diese plötzliche Fülle von Empfindungen verfärbte, doch ob klar oder bunt, es blieb durchsichtig.

Jetzt schob er seinen Mittelfinger in sie hinein und streichelte gleichzeitig mit dem Daumen ihren Nabelring, so als würde er über den Rand eines Glases streichen, um es zum Klingen zu bringen. Ihre Körper waren regelrecht intelligent.

Sie wussten, was zu tun war; sie hatten immer gewusst, was zu tun war. Sie atmete tief ein, zog ihre Erregung nach oben, ließ sie durch die Mitte ihres Oberkörpers aufsteigen wie Quecksilber in einem Thermometer. Sie stieß einen lustvollen Seufzer aus, als Peters Zunge immer schneller wurde; sie spürte den Drang in ihrem dritten Auge, als die Erregung durch das offene Tor ihrer Kehle in den Schädel flutete, sich an der Innenseite ihres Scheitels brach und durch jeden einzelnen Nerv ihres Körpers wieder zurückströmte.

Und jetzt wurde er langsamer, ganz langsam. Sie entspannte alle Muskeln und ließ sich in seine hohle Hand fallen, die am unteren Ende ihrer Wirbelsäule ruhte und darauf wartete, sie zu empfangen. Dann berührte er mit der Zungenspitze wieder ihre Klitoris, so behutsam, als hätte er eine große Wüste durchquert, ohne etwas zu trinken, und nehme nun den letzten Tautropfen von einem Rosenblatt auf. Dort ließ er seine Zunge liegen und stellte sich vor, wie all die Liebe, zu der er fähig war – nein, das war nicht genug –, auch all die Liebe, zu der er nicht fähig war, in sie hineinströmte.

Und dann lagen beide ganz still. Doch alles um sie herum strömte, und alles in ihrem Innern strömte.

Nach einer kleinen Ewigkeit sah er zu ihr hoch, und sie lachten beide vor Staunen über die intensive Leichtigkeit, die sie empfanden.

»Meine Güte«, rief er. »Das ist phantastisch …«

Crystals Wangen glühten. Sie sah verjüngt aus und sehr schön. Sie ließ ihre Hände den Körper hinaufwandern und sagte: »*Woosh.*«

»Oh ja«, sagte Peter und folgte der Linie, die sie mit ihren Händen beschrieben hatte, küsste ihren Bauch, küsste sie zwischen den Brüsten, küsste die Mulde an ihrem Hals, küsste ihr Kinn, küsste ihre Lippen, und als er ihre Stirn küsste, ließ er die Spitze seines Penis zwischen ihre Schamlippen gleiten.

»Ah …«

»Oh mein Gott.«

Er blieb mit der Schwanzspitze in ihr, seine Augen blickten in ihre Augen, ihre Augen in seine Augen, sie rührten sich nicht. Langsam, ganz langsam, weil jeder Millimeter eine neue Stufe der Intimität bedeutete und es dumm gewesen wäre, sie zu überspringen, drang er weiter in sie ein. Sie starrten einander in die Augen, als ob sie ein Wunder erlebten, statt einen Akt zu vollziehen.

Crystal spürte, wie er sich von ihren geschwollenen und empfindlichen Lippen hoch in ihren Schoß hinauf bewegte, und sie spürte, wie in ihrem Innern der gleiche Weg beschritten wurde, vom erregten Teil ihres Geistes bis zu dessen ruhiger Mitte. Sie spürte den Einklang von allem, was als tief galt, und allem, was als hoch galt; die vertikale Dimension verschwand, und ihr war, als werde sie über einen endlosen Horizont hinweg verstreut.

Dann zog er sich langsam zurück, und sie fühlte sich selbst zurückgezogen in eine Zone voller Empfindungen, eine Zone der Lust und der Gewohnheit zu entscheiden, was einem guttat. Aber inzwischen war sie nicht mehr sie selbst, sie war nur eine Frau, und er ein Mann, und vielleicht vögelten sie schon seit tausend Jahren, denn sie konnte sich nicht erinnern, je etwas anderes getan zu haben.

Er kniete sich hin, sie legte ein Bein auf seine Schulter und drehte sich zur Seite. Jetzt vögelte er sie heftig, blickte auf ihre gespreizten Beine hinunter und sah, wie sein Schwanz in ihrer nassen Scheide verschwand, glänzend wieder zum Vorschein kam und wieder hineinglitt. Und das Vögeln erfüllte ihn ganz, in seinem Kopf war nur noch der Gedanke ans Vögeln, und so sollte es sich ja auch anfühlen, die Erste des Stammes lag da, ja, da, ja, da, und er war da, und sie war da, und es war da, und da war es und vögelte.

Er war, er spürte es, kurz davor, er spürte es, kurz davor zu kommen. Jetzt aufhören. Tief einatmen. Alles fest zusammenpressen. PC-Muskel, Pobacken, Arme, Brustmuskeln, Unterleib, Zähne zusammenbeißen. Noch tiefer einatmen, das letzte bisschen Luft durch angespannte Nüstern. Gerade noch rechtzeitig. Er spürte, wie die Begierde umkehrte, durch seinen Körper emporschoss und seinen Kopf überflutete. Er hockte sich auf die Fersen und schloss die Augen.

Sie spürte, wie die Wände ihrer Scheide weich und weit wurden, und dann ergoss sich in mehreren Kontraktionen *Amrita* in ihrer beider Schamhaar.

Yab-Yum war ein großer Erfolg gewesen. Jason fand immer noch, dass es einen super Songtitel abgeben würde. *»No need to rush / No need to run / Just stay where you are / And yab yum / ya-ba-di-yum«*.

Er konnte es sich gut vorstellen: er selbst auf MTV, vor einem dezenten Kamasutra-Setting, und die ganze Band in weich gezeichnetem Yab-Yum. Das könnte ein Riesenhit werden. Ein leises Rieseln auf der Sitar, prasselnder Regen auf der Tabla, und dazu seine coole raue Stimme mit *»Yab yum / ya-ba-di-dum«*. Das wäre genialer als *»Be-Bop-A-Lula«* und *»Da Doo Ron Ron«* zusammen. Der Sound von Weltmusik mit einer Neo-Sechziger-Message. Perfekt.

»Das muss ich aufschreiben«, sagte er.

»Was?«, fragte Angela liebevoll.

»Dieses Lied, das mir durch den Kopf geht«, antwortete Jason.

»Siehst du«, meinte Angela. »Sexuelle und kreative Energie haben im Grunde dieselbe Quelle. Wenn du die eine stimulierst, stimulierst du die andere gleich mit.«

»Ja, definitiv«, stimmte Jason zu, stand auf und holte Stift und Papier. Flüsternd komponierte er. *»Line up your chacras / It's time to have fun / Yab yum, ya-ba-di yum / Yab yum / Yaba-di dum.«*

»Donnerwetter«, sagte Stan voller Bewunderung für Sabines perfekten Körper, ihre kleinen sinnlichen Brüste, ihren breiten braun gebrannten Bauch und ihr kunstvoll rasiertes Schamhaar. Aber trotz seines ehrfürchtigen Staunens merkte er doch, dass ihr toller Körper die psychische Krankheit nicht ausblenden konnte, die wie der Lichtstrahl eines Leuchtturms leuchtete.

»Heute ist dein Glückstag, Alter«, sagte sie, während sie sich auf dem Bett rekelte und mit den Fingerspitzen ihre Oberschenkel streichelte.

»Heute war schon mein Glückstag«, erwiderte Stan ruhig. »Zum ersten Mal seit acht Jahren habe ich wieder mit meiner Frau schlafen können.«

»Oh, wie süß«, sagte Karen.

»Na ja, so ist es eben«, meinte Stan. »Ich weiß noch nicht mal, wie diese junge Dame heißt.«

»Ich heiße Poly«, sagte Sabine.

Jerome hatte sich bis auf seine lindgrünen seidenen Boxershorts ausgezogen. Seltsam orangefarbene Haut hing schlaff an seiner knochigen Gestalt herunter. Aus seiner zerzausten Lockenmähne grinste er Karen anzüglich und zornig an. Vermutlich war Karen der Preis, den er für die wahnsinnige Intensität von Sabines Alter Ego bezahlen musste.

Karen schöpfte Kraft aus dem Gedanken, dass sie nicht nur die Wucht von Jeromes sexueller Zuwendung von der armen, zerbrechlichen Poly ablenkte, sondern auch Stan noch die Gelegenheit bot, seine wiederentdeckte Potenz mit einer schönen, wenn auch verrückten jungen Frau zu feiern. Ganz und gar perfekt wäre diese erblühende Selbstaufopferung allerdings nur, wenn sie jeden körperlichen Kontakt mit Jerome vermeiden könnte. Vielleicht fand sie ja einen taktvollen Weg, Stan sein Vergnügen zu lassen, während sie mit Jerome plauderte.

»Hättest du etwas dagegen, wenn ich nur zuschaue?«, erkundigte sie sich bei Jerome.

»Uns dreien zuschauen?« fragte Jerome erwartungsvoll. »Cool.«

»Oder den beiden«, schlug Karen vor, denn sie versuchte, Stan vor Jeromes Konkurrenz oder, schlimmer noch, seiner Mitwirkung zu schützen.

»*Ich* steig da aber nicht aus«, protestierte Jerome. »Es ist unsere Aufgabe, diese sexuell unersättliche Frau zu befriedigen«, sagte er zu Stan. »Was meinst du?«

»Na ja«, wandte Stan ein, »ich will nicht, dass Karen sich ausgeschlossen fühlt.«

»Sie schaut ja gern zu«, grummelte Sabine. »Jeder kann hier doch sein Ding durchziehen.«

Sie griff in Stans weiße Schlafanzughose und legte ihre Finger um seinen gleichgültigen Schwanz.

»Ich weiß nicht genau, was mein Ding ist«, sagte Stan. »Aber ich glaube, im Moment möchte ich am liebsten mit meiner Frau zusammen sein.«

»Ihr könntet uns zuschauen«, bot Jerome an und sprang rittlings auf Sabines sich windenden Körper.

»Wir gehen kurz auf den Balkon«, sagte Karen diskret. »Fühlt euch wie zu Hause.«

»Das ist doch bescheuert«, schrie Sabine und hämmerte mit den Fäusten auf die Matratze. »Dann hätten wir ja genauso gut in unserem eigenen Zimmer bleiben können.«

»Das habe ich doch gleich gesagt«, stellte Jerome fest.

Sabine sprang auf, Jerome raffte hastig seine Kleider zusammen, drehte sich um und verabschiedete sich.

»Bis morgen dann«, rief er fröhlich.

Karen und Stan schwiegen, während Sabine hoch erhobenen Hauptes aus dem Zimmer schritt und Jerome mit präsidialem Winken hinterherschlurfte.

»Na, jetzt werden wir wohl nie mehr Gruppensex haben«, sagte Stan mit einem Anflug von Melancholie.

»Wir könnten unsere eigene Gruppe aufmachen«, meinte Karen. »Lass uns mit Walking Eagle darüber reden.«

»Er wird sicher eine Zeremonie daraus machen«, sagte Stan.

»Zweifellos«, stimmte Karen zu.

Brooke war eingeschlafen und träumte, das Meer wäre ein orientalischer Kaufmann, der ganze Ballen von Spitze zu ihren Füßen ausrollte, und mit jeder Welle kaufte sie einen weiteren Hektar Spitze, denn die Muster waren alle so schön, dass sie keinem widerstehen konnte. Dann meinte der Kaufmann, er könne ihr auch Seide zeigen, und sie war einverstanden, und da wies er hinter sich, und der ganze Ozean war ausgebreitete Seide. Sie sagte, sie nehme alles, aber da lachte er und meinte, es stehe nicht zum Verkauf. Ob er ihr nicht ein kleines Kleid machen könne, fragte sie. Oder wenigstens ein Taschentuch? Nichts? In diesem Augenblick strömten die ganzen Spitzenballen zurück in den Ozean, die Seide verwandelte sich in wogende Meereswellen, die über ihren nackten Körper tosten, und sie war vollkommen frei.

Kenneth stand auf dem Balkon. Er fühlte sich beschwingt und empfand es als Auszeichnung, als Brooke zu ihm herauskam.

»Ich hatte gerade einen wunderschönen Traum und weiß jetzt, dass ich mein ganzes Geld hergeben muss«, sagte sie noch ganz verschlafen.

»Dann gründe doch eine Stiftung«, schlug Kenneth vor.

»Ok, mein Schatz«, gähnte Brooke. »Jedenfalls brauche ich keine neuen Kleider.«

»Das können wir in die Satzung der Stiftung aufnehmen: keine neuen Kleider für die Direktorin.«

Brooke legte ihm eine Hand auf die Schulter und lehnte ihren Kopf an seine Brust.

»Der Ozean sieht aus wie Seide, aber das Wunderbare daran ist, dass es der Ozean ist.«

»Stimmt«, sagte Kenneth.

»Und Blitze sind Blitze, und Sperma ist …« Sie machte eine Pause.

»Sag bloß nicht ›Weihwasser‹«, bat Kenneth. »Enttäusche mich jetzt nicht.«

»Ich wollte nicht ›Weihwasser‹ sagen«, wandte Brooke ein. »Ich wollte sagen ›lecker‹.«

»›Lecker‹ ist ok«, sagte Kenneth. »›Lecker‹ ist genehmigt.«

Peter lag vollkommen reglos auf dem Bett und lauschte dem Raunen des Meeres. Ab und zu kam ein Luftzug und kühlte seine schweißbedeckte Haut. Er war in den Reichtum seines eigenen Körpers versunken und merkte das Bett dennoch kaum. Er konnte spüren, wie Blut und Enzyme und Drüsensekrete durch seinen Körper schossen, und fühlte sich gleichzeitig vom Puls des schwächsten Sterns gestärkt.

Er sah, wie alle Ursachen von den unerkennbaren Grenzen der Zeit, die seines Wissens gar keine Grenzen hatte, auf seinem Körper zusammenströmten und diesen Körper zu dem machten, was er war. Und dann sah er, dass sein Körper selbst eine Ursache war, die ihre Wirkungen in die Zukunft streute. Er sah die Zeit hineinrinnen, einen Moment verharren und wieder hinausrinnen. Die Geschichte und alle möglichen Zukunftsformen waren nur das Interferenzmuster jener zusammen- und wieder auseinanderfließenden Wellen von Ursächlichkeit. Und dann sah er, dass das, was hinein- und was hinausrann, dasselbe war, weil sein Körper auch nicht weiter im Zentrum stand als irgendein anderer Punkt und dieser Moment nicht weiter im Zentrum stand als jeder andere Moment. Es war ebenso wahr, die Stille Rinnen zu nennen wie das Rinnen Stille oder die Stille Stille und das Rinnen Rinnen …

»Wahnsinn«, murmelte er.

»Was?«, flüsterte Crystal.

»Ich habe gesehen, wie das Ganze funktioniert.«

»Was? *Yoni* und *lingam*?«, fragte Crystal. »Hast du das vorher nicht gewusst?«

Peter lachte. »Nein. Das Universum«, sagte er.

»Ach so, das Universum«, meinte Crystal erleichtert. »Sabines Lieblingsthema.«

»Jetzt hast du mir mein mystisches Erlebnis vermasselt«, sagte Peter.

»So leicht geht das? Es hat sich einfach aufgelöst, weil ich eine Frau erwähnte, die du nicht mehr so magst wie früher?«

»In der Tat«, bestätigte Peter. »Ich denke, wir werden die Etappen, die dazu geführt haben, Stück für Stück rekonstruieren müssen.«

»Das funktioniert nie«, sagte Crystal. »Wir werden uns aus einer neuen Position heranarbeiten müssen.«

Umhüllen und enthüllen zugleich. Sie lächelte, als ihr diese Worte aus Jean-Pauls Brief wieder in den Sinn kamen.

Sie beugte sich vor und saugte an einer von Peters Brustwarzen. Die Empfindung durchdrang und besänftigte ihn wie das Schwirren eines Kolibris.

Crystal kniete rittlings auf ihm und hielt sein Gesicht in ihren gewölbten Händen.

»Eine andere Position«, wiederholte sie und glitt zu ihm unter die Laken.